LONDON HEIST

MASKS & MIRRORS

FÜR KIRA. YOU KNOW WHY.

Dieses Buch enthält die folgenden Teile der London-Heist-Serie
von Jonna McKay:
LONDON HEIST : UNDERCOVER
LONDON HEIST : TRAPPED
LONDON HEIST : HIDE & SEEK

JONNA McKAY

LONDON HEIST

MASKS & MIRRORS

ink rebels

Redaktion: INK REBELS
Lektorat: Kira Minttu und Franziska Fischer
Korrektorat: Tatjana Weichel, Wortfinesse
Umschlaggestaltung: Julia Dibbern
Umschlagabbildungen: Atanas Chankov (Unsplash), stockphoto.com

INK REBELS
c/o Spacebit Software GmbH
Wieseneck 21
16225 Eberswalde
www.ink-rebels.de

Herstellung und Vertrieb der Lizenzausgabe:
Amrûn-Verlag Jürgen Eglseer
www.amrun-verlag.de
ISBN 987-3-95869-324-1

Die Deutsche Nationalbibliothek verzeichnet diese Publikation in der Deutschen Nationalbibliografie; detaillierte bibliografische Daten sind im Internet abrufbar über http://dnb.d-nb.de

TEIL 1

UNDERCOVER

In den Tagen und Wochen, nachdem das mit dem Polizisten passiert war, hielt er sich versteckt wie ein kleines, verwundetes Tier, das nur nachts aus seiner Höhle kam, um in der Nähe ein paar klägliche Essensreste einzusammeln.

Nie zuvor hatte er einen Menschen sterben sehen.

Das Blut hatte sich nach dem Schuss erschreckend schnell auf dem blauen Uniformhemd ausgebreitet, und als der Cop zitternd nach Atem rang und ihm dünner, blutiger Speichel aus dem Mundwinkel lief, hätte er ihm am liebsten auch in den Kopf eine Kugel gejagt, nur, damit es ein Ende hatte.

Wirklich unerträglich aber waren die Augen. Zuzusehen, wie das Leben aus ihnen verschwand.

Das war das Schlimmste.

Der Auftrag

Ausgestreckt lag sie auf dem Bauch, das Ziel in fünfundzwanzig Yards Entfernung. Jetzt! Sie feuerte. Drei Schüsse, schnell hintereinander, die Zeit lief. Aufspringen, zur Fünfzehn-Yards-Linie sprinten. Dieses Mal die schwächere Knieposition. Anlegen, fokussieren, feuern. Nachladen, die Position wechseln. Feuern.

Feuern, feuern, feuern.

Die Silhouette vor ihr verschwamm. Feuern. In die rechte Schulter, in die linke Schulter.

Ins Herz.

Nachladen, ins Herz. Und noch einmal Feuer!

Sie richtete sich auf, ließ die Waffe sinken.

Fast gut. Die Trefferquote war exzellent, wie immer, aber sie musste aufpassen, dass sie nicht emotional wurde. Der Boden um ihre Füße war bedeckt mit leeren Patronenhülsen, die Zielfigur durchlöchert. Ins Herz.

Helen ging zurück zur Startlinie und streifte den Gehörschutz ab. Erst jetzt entdeckte sie Chuck Martin, der an der Wand der ehemaligen Fabrikhalle stand, die Arme verschränkt. Durch die Oberlichter fielen Spätsommersonnenstrahlen in die Halle und ließen Staubflöckchen tanzen.

Sein Gesicht jedoch lag im Schatten, und seine Miene war undurchdringlich.

Helen schob die Glock ins Halfter. »Sir?«

»Keine schlechte Leistung, Shepherd. Überaus temperamentvoll.«

»Ich weiß, Sir.«

Immer noch war ihm nicht anzusehen, was er dachte. Sie hatte die Waffenprüfung mit Auszeichnung bestanden, das musste sie, wenn sie ganz nach oben wollte. Es war nicht der erste Schritt auf ihrem Weg, aber einer der entscheidenden. Schweigend hängte sie den Gehörschutz an den Haken und griff nach ihrem Rucksack.

»In England sind Polizisten traditionell unbewaffnet.«

Es dauerte einen Augenblick, bis sie verstand, was er sagte. Um ihm nicht quietschend um den Hals zu fallen, wischte sie die verschwitzten Hände an der Hose ab und fragte nur: »Sie meinen … ?«

Er reichte ihr die Hand. »Herzlichen Glückwunsch, Shepherd. Ihrem Gesuch wurde stattgegeben. Wir schicken Sie nach London.«

Jetzt konnte sie nicht mehr verhindern, dass sich ein Lächeln auf ihrem Gesicht ausbreitete. »Danke, Chuck.«

»Danken Sie nicht mir. Sie haben es sich verdient.«

Gemeinsam machten sie sich auf den Weg aus der Waffentrainingshalle zum Parkplatz. Ihr Boss parkte neben ihr.

»Bis gleich im Büro.« Sie schloss ihren alten Toyota auf und warf den Rucksack zwischen die leeren Pizzakartons auf die Rückbank.

»Shepherd?«

»Sir?«

»Ich sage Ihnen etwas als Freund, nicht als Vorgesetzter.«

Er wusste es, er wusste alles. Mit Anstrengung hielt sie seinem Blick stand.

»Sie haben sich für das Austauschprogramm beworben, und es passt für Scotland Yard ausgezeichnet. Eins der Museen in London bereitet eine große Sonderausstellung vor, die nicht nur Einheimische und Touristen interessieren wird, sondern für die die Kollegen auch die Crème de la Crème des Diebesgesindels erwarten. Sie dürfen die Bilder authentifizieren. Hört sich nach einem Job an, der Ihnen wie auf den Leib geschneidert ist, oder?«

»Ja. Es ist perfekt. Wo ist das Aber?«

»Das Aber ist Ihr Urlaubsantrag. Nach Abschluss der offiziellen Austauschzeit möchten Sie noch zwei Wochen in Europa bleiben. Warum?«

»Sir?«

»Ich frage anders. Warum sind Sie Polizistin geworden, Helen?«

Sie betrachtete den Rostfleck über der Fahrertür. »Weil ich der Gesellschaft dienen und die Welt zu einem besseren Ort machen will«, sagte sie dann, wie sie es bei jeder Einstellungsprüfung getan hatte. »Und weil ich von meinem Vater gelernt habe, was es bedeutet, ein guter Polizist zu sein.«

»Und weil Sie Gesetz und Recht dienen wollen.«

»Natürlich, Sir. Das … versteht sich von selbst.«

»Gut.« Er nickte. »Dann sind wir uns einig. Ich kenne Ihre Geschichte, Helen, und ich haben eine Ahnung, warum Sie sich wünschen, länger in Europa zu bleiben.«

Sie strich sich die Haare glatt, bevor sie merkte, dass die Unsicherheitsgeste sie verriet. »Europa hat sehr faszinierende Museen. Sie wissen, wie sehr ich Kunst liebe.«

»Ja.«

Sie öffnete die Fahrertür. »Wenn das alles ist, Sir …«

»Ich bitte Sie nur, auf sich aufzupassen. Achten Sie darauf, dass Sie keine Schwelle überschreiten, hinter der es kein Zurück mehr gibt.«

»Natürlich, Sir.«

»Ich rechne mit Ihnen.«

Glitzernd breitete sich London in der dichter werdenden Abenddämmerung aus, ein kleiner Fleck zuerst, der zu einem Lichtermeer wurde, während das Flugzeug sank.

Helen gähnte verhalten, um den Druck auf den Ohren loszuwerden. Hier war sie also, in Europa, beinahe genau sieben Jahre nach dem Tag, an dem es still wurde zu Hause. Sie dachte an die ungezählten Packungen Antidepressiva im Schrank ihrer Mutter, an die ungezählten abgebrochenen Jobs ihres Bruders. Vielleicht hätte es Mom geholfen, wenn sie ihr erzählt hätte, dass sie einen Schritt weiter damit gekommen war, den Mörder ihres Vaters zu finden. Vielleicht hätte es auch Benny geholfen. Aber sie hatte geschwiegen, wie sie immer schwiegen seit jenem Tag. Wenn sie den Mann gefunden hatte, konnte sie immer noch davon berichten. Auch ihrem Verlobten würde sie dann alles erzählen, was sie bisher wie ein schwelendes Geheimnis mit sich trug. David sollte es wissen. Helen bedauerte ein wenig, ihn nicht schon ins Vertrauen gezogen zu haben.

Sie hatte nicht die geringste Vorstellung davon, wie sie den Mann finden sollte, den sie suchte, aber tief in ihr breitete sich dennoch ein sattes, dunkles Gefühl des Angekommenseins aus. London war ein Schritt in die richtige Richtung. Sie schloss die Augen. Das leise Rumpeln des Fahrwerks, das Klacken der Landeklappen und sogar die Lautsprecherdurchsagen in der Kabine mischten sich zu ihrer ganz eigenen Schicksalssinfonie.

Es war so weit.

Seit sieben Jahren lernte sie, forschte, verfeinerte ihre Fähigkeiten, schärfte ihre Sinne, baute ihre Kontakte aus. Helen Shepherd, Kunstgeschichtsstudentin aus Pasadena, Texas, war zu Helen Shepherd, Kunstraubspezialistin von Interpol Washington geworden. Und als solche würde sie den Mann richten, der ihr und ihrem kleinen Bruder den Vater genommen hatte. *Achten Sie darauf, dass Sie keine Schwelle überschreiten, hinter der es kein Zurück mehr gibt.* Erst einmal musste sie ihn finden. Um die Schwellen würde sie sich dann kümmern.

Die Maschine setzte auf, es wurde unruhig in der Kabine.

Der englische Geschäftsreisende neben ihr hatte fast den ganzen Flug über geschlafen. Jetzt zog er sein Handy heraus und begann zu tippen. Helen lächelte. Wahrscheinlich schrieb er seiner Frau, dass er gelandet war, und machte sich gleich auf den Weg in sein Reihenhäuschen in einem Vorort, wo die Familie ihn willkommen hieß. Zwei Kinder und ein Golden Retriever.

Auf Helen wartete niemand außer dem Kollegen von Scotland Yard, der sie abholen und in ihre Dienstwohnung bringen würde. Ihm brauchte sie keine Nachricht zukommen zu lassen.

»Bitte bleiben Sie angeschnallt, bis wir unsere endgültige Parkposition erreicht haben.«

Das fiel den meisten Menschen offensichtlich schwer. Lange bevor die Anschnallzeichen erloschen, ertönte rings um Helen das Klappern von Gurten, die geöffnet wurden. Passagiere sprangen auf und holten ihre Koffer und Taschen aus den Gepäckfächern über den Sitzen – nur um dann in einer langen Reihe unbequem im Gang zu stehen und zu warten.

Helen blieb sitzen.

Noch hatte sie Zeit.

Im Fenster konnte sie nur ihre eigene Spiegelung erkennen, geisterhaft blass im Kunstlicht. Dunkle, glatte Haare, dunkle Augen, die die Müdigkeit unnatürlich groß erscheinen ließ.

Sie brachte ihr Gesicht nah an die kalte Scheibe und blinzelte hinaus, wo sich die Nacht über das Rollfeld senkte und die Lichter deutlicher wurden. Neben ihrer Maschine parkten zwei weitere, drei Techniker in gelben Neonwesten diskutierten im Scheinwerferlicht miteinander, und die erleuchteten Fenster des Flughafens verrieten reges Treiben im Inneren des Gebäudes. Da draußen war London.

Endlich bewegten sich die im Gang stehenden Passagiere in Richtung Ausgang. Als eine der Letzten verließ Helen das Flugzeug und folgte dem Strom ihrer Mitreisenden zur Gepäckausgabe. Ihrem englischen Sitznachbarn hatte die Eile nichts genützt, er stand nur wenige Meter neben ihr am Laufband.

Während sie wartete, wurde Helen klar, dass es klüger gewesen wäre, den knallpinken Koffer ihrer besten Freundin Keira zu nehmen statt ihren eigenen schwarzen Hartschalenkoffer. Bei jedem dritten Gepäckstück, das an ihr vorüberfuhr, musste sie genauer hinsehen. Es dauerte eine gefühlte Ewigkeit, bis endlich ihr Koffer auftauchte und sie ihn zu sich herunterwuchten konnte. Herrschaftszeiten, hatte sie Wackersteine eingepackt? Sie konnte sich nicht erinnern, bei ihrer Abreise in Washington derart gekeucht zu haben.

»Entschuldigung?«

Helen drehte sich um und wischte sich die Haare aus der Stirn. »Bitte?«

Der junge Typ neben ihr lächelte, dass die Sonne aufging. Im Gegensatz zu ihr schien er extrem frisch und ausgeruht. Vermutlich ein Business-Class-Passagier. Wie konnte man einen Langstreckenflug in Hemd und Anzug überstehen und danach derart unzerknittert aussehen? »Ich glaube, das ist mein Koffer«, sagte er freundlich.

»Ich glaube nicht.«

Sein Lächeln wurde breiter, als er sich vorbeugte und das Namensetikett aus der Lasche an der Kofferrückseite zog. »Verraten Sie mir, wie Sie heißen, und ich sage Ihnen, ob das Ihr Koffer ist.«

Sie grinste. »Helen Shepherd, und dieser Koffer gehört definitiv mir. Sehen Sie? Er hat einen Kratzer neben dem Griff.«

Er reichte ihr die Hand. »Anthony Goldstein. Sehr erfreut, Helen Shepherd. Willkommen in England. Wir sind offensichtlich beide gut darin, Koffer zu zerkratzen. Dies hier ist meiner.«

Er hatte recht. Bei genauem Hinsehen war sein Koffer in weit besserem Zustand als ihrer.

»Entschuldigung.« Sie wusste selbst nicht, warum sie lachen musste. »Ihr Koffer.«

Als sie wieder zum Laufband schaute, fuhr ein weiteres schwarzes Gepäckstück gerade um die Ecke auf der anderen Seite. Von ihr weg. Sie würde sich kaum durch die Menschenmassen drängeln können, um ihn noch zu erreichen. Also eine weitere Runde warten.

»Machen Sie Urlaub in London?« Der Typ, dessen Koffer sie für den ihren gehalten hatte, stand immer noch neben ihr, entspannt eine Hand in die Tasche der maßgeschneiderten Anzughose gesteckt.

»Nein.« Sie wollte ihren Koffer, und danach wollte sie in die versprochene Dienstwohnung und sich ausschlafen. »Arbeit.«

Wieder lächelte er dieses Sonnenaufgangslächeln. »Was arbeiten Sie?«

Sein Lächeln steckte sie an. Es war nett von ihm, ihr beim Warten Gesellschaft zu leisten. »Ich bin ... Kunstsachverständige.«

Für einen kurzen Augenblick huschte etwas über seine Gesichtszüge. Sehnsucht? Er war zu schnell wieder verschwunden, als dass sie den Ausdruck hätte deuten können. »Welche Stilrichtung?« Er kannte sich aus – oder tat zumindest so.

»Es ist mein Job, über jegliche Kunst Bescheid zu wissen«, sagte sie, »aber am liebsten sind mir Gemälde des achtzehnten und neunzehnten Jahrhunderts. Vielleicht noch des frühen zwanzigsten.«

»Caspar David Friedrich?«

»Oh, ja. Ich liebe *Mönch am Meer.*«

»Nicht Ihr Ernst.« Es schien ihn zu erfreuen.

Sie sah ihn fragend an.

Ein wenig verlegen holte er sein Portemonnaie aus der Tasche und zog eine ziemlich lädierte Postkarte daraus hervor. Es war ein Nachdruck von *Mönch am Meer.* »Die hat mir vor vielen Jahren jemand geschenkt. Seither trage ich sie mit mir rum. Ich hatte es fast vergessen, bis eben.«

David würde im Leben keine zerknitterte Postkarte eines alten Bildes mit sich herumschleppen. »Das ist ... süß. Was machen Sie?«

»Womit beschäftigt man sich als Kunstsachverständige?«

Sie konnte mit einem Fremden kaum ihren Job diskutieren, Caspar-David-Friedrich-Fan hin oder her. Und im Gespräch mit ihm hatte sie ihr Gepäck vernachlässigt. Der nächste schwarze Koffer verschwand in der Luke am Rande des Laufbands. Sie seufzte. Falls das der ihre war, würde sie hier noch eine Weile ausharren müssen. »Sie haben meine Frage nicht beantwortet.«

Unschuldig legte er den Kopf schief.

»Sind Sie im Urlaub hier?«, fragte sie.

»Sehe ich nach Urlaub aus?«

»Geschäftlich unterwegs?«

»Sozusagen. Ist dies Ihr Koffer?« Mit einer fließenden Bewegung war er am Laufband und hob ein Gepäckstück herunter: ihren Koffer mit dem charakteristischen Kratzer, der tatsächlich wesentlich markanter war als seiner.

»Sieht so aus.« Sie überprüfte das Namensschild und erinnerte sich in letzter Sekunde an die Regeln der Höflichkeit. »Vielen Dank fürs Gesellschaftleisten. Und fürs Kofferretten.«

»Kofferretten ist meine Spezialität.« Er schien einen Augenblick nachzudenken, dann holte er eine Visitenkarte aus der Brusttasche und reichte sie ihr. *Anthony Goldstein, Investmentbanker*, dazu eine amerikanische Telefonnummer. »Falls Sie sich in London langweilen und Lust haben, mit einem Laien über Kunst zu plaudern.«

Süß irgendwie. Sie steckte die Karte ein. »Ich glaube kaum, dass ich dafür Zeit finden werde.«

»Nehmen Sie sich die Zeit. Ich würde mich freuen.«

Während sie auf den Ausgang zuging, stellte sie fest, dass sie immer noch lächelte.

Der Mann, der das Schild mit ihrem Namen hochhielt, als sie das Terminal verließ, sah aus wie eine zwanzig Jahre jüngere Version von Morgan Freeman. Die krausen schwarzen Haare fingen an vielen Stellen an, grau zu werden, und um die Augen hatte er freundliche Lachfältchen.

»Andrew Parker.« Er reichte ihr die Hand, warm und fest und so entschieden, dass sie sicher war: Jeder Verbrecher würde zweimal nachdenken, bevor er sich mit Parker anlegte.

Sie erwiderte seinen Händedruck.

»Auf gute Zusammenarbeit. Scotland Yard freut sich auf Sie.«

»Ich freue mich auch.«

Durch das abendliche London zu fahren, war ein Erlebnis für sich. Zuerst wäre sie beinahe auf der falschen Seite eingestiegen, dann musste sie sich zusammennehmen, nicht alle drei Minuten erschrocken zu quieken, wenn Andrew Parker – für ihr Gefühl – falsch herum in einen Kreisverkehr einbog oder jemandem die Vorfahrt nahm.

Er schmunzelte. »Ist was anderes als Washington, oder?«

»Definitiv. Allein, dass die Leute alle auf der falschen Seite fahren.«

»Lassen Sie das nicht unseren Verkehrsminister hören.«

Es dauerte weit über eine Stunde, bis sie ins Stadtinnere kamen. Helen hatte den Verdacht, dass ihr neuer Kollege

Umwege fuhr, um ihr ein wenig Sightseeing zu ermöglichen, und trotz ihrer Müdigkeit freute sie sich darüber. All die Sehenswürdigkeiten, die sie nur aus den Medien kannte: Hier waren sie. Der Tower of London, die London Bridge, das Riesenrad London Eye am anderen Ufer der Themse. Und dort vorn – war das der berühmte Big Ben?

Parker deutete nach rechts. »Unser Hauptgebäude.«

Vor dem großen, hellen Backsteinhaus prangte unübersehbar der Schriftzug *New Scotland Yard*. Ihr Arbeitsplatz für die nächsten Wochen. Wie viele Polizisten konnten das schon von sich behaupten?

»Ihr Appartement ist gut zu erreichen«, fuhr Parker fort. »Ich bringe Sie nach der Dienstbesprechung hin.«

Helen sah auf die Uhr. Jetzt noch Dienstbesprechung? Nach dem langen Flug war sie erschöpft und hätte gern alle Viere von sich gestreckt.

Ihr englischer Vorgesetzter musste ihren Blick bemerkt haben, denn er sagte: »Sonderfall, ich habe vorhin einen wichtigen Anruf bekommen. Es wird nicht lange dauern. Normalerweise versuchen wir uns an geregelte Arbeitszeiten zu halten.«

»Das macht mir Hoffnung.« Sie musste lachen. »Ich hoffte, dass die englischen Diebe bessere Manieren haben als bei uns.«

»Auch hier machen die bösen Buben leider ab und zu Überstunden.«

Das Büro von Scotland Yard unterschied sich nicht wesentlich von den anderen großen Polizeidienststellen, die sie kannte. Ein langer, durch Neonröhren beleuchteter Gang, dessen Wand von den Türen einzelner Büroräume unterbrochen war. Am Ende weitete er sich auf zu einem Besprechungsraum, dazu gab es zwei Verhörräume, mehrere Ausnüchterungszellen und luxuriösere Einzelbüros für die Chefs. Andrew Parker wies ihr einen Schreibtisch am Fenster eines der Büros zu. »Morgen früh wird er für Sie eingerichtet.«

Den Arbeitsplatz neben ihr belegte eine Frau mit roter Lockenmähne. »Christine Ellis.« Die Frau reichte ihr die Hand. »Chris für die, denen Christine zu lang ist.« Forsch, vertrauenerweckend und um die dreißig war Helens erster Eindruck von ihrer Kollegin. Sie traf so gar nicht das Klischee der leisen, vornehmen Engländerin. Die Haare ringelten sich bis auf den Rücken, und unter dem linken Ohr meinte Helen ein verschwommenes Tattoo zu erkennen.

»Freut mich«, sagte sie. »Ich bin Helen.«

»Das dachte ich mir. Der da ist Tom.«

Swift stand auf dem Namensschild des Mannes, der zu ihnen trat. Tom Swift, sehr effizient, kein Buchstabe zu viel. Er erinnerte Helen ein bisschen an ein Eichhörnchen, eins der schnellen, europäischen, das hager und flink an jedem Baum hochturnte. Tom reichte ihr die Hand. »Willkommen bei Scotland Yard.«

Der dritte Kollege, den sie kennenlernte, hatte den Arbeitsplatz hinter ihrem, direkt an der Tür. Er hieß Lloyd Kensington, war sehr jung und schüchtern und konnte ihr kaum ins Gesicht gucken. Zu seinem Glück wurde er schnell von Andrew Parker erlöst, der die Vorstellungsrunde mit einem Händeklatschen unterbrach. »Legen wir los.«

Sie versammelten sich im Besprechungsraum. Gelbliche Lichter von Straßenlaternen spiegelten sich im Wasser der Themse. Helen bedauerte, dass Parker mit einem Knopfdruck die Lamellengardine zuzog und mit einem weiteren ein Bild auf die Wand hinter sich projizierte. Helen erkannte einen der drei Männer darauf sofort, auch wenn das Bild, krisselig und unscharf, offensichtlich von einer der unzähligen Londoner Überwachungskameras stammte: Jack Schwartz, anscheinend in reger Diskussion mit zwei grobschlächtigen Kerlen, von denen nur das Profil erkennbar war. Er befand sich also tatsächlich in London.

Ohne Umschweife sagte Parker: »Blackjack ist in der Stadt.«

»Blackjack?«, fragte der Junge, der rot wurde, wenn Helen ihn ansah.

»Miss Shepherd?« Parker sah sie an. »Fassen Sie für Mister Kensington zusammen, was Interpol über Blackjack weiß? Sie sind Expertin für ihn, wie ich hörte.«

»Er war mein erster Fall.«

»Sie haben ihn überführt. Erstaunliche Leistung.«

»Ich war lediglich dabei. Die eigentliche Arbeit hat –«

»Erzählen Sie uns von ihm.«

»Gern. Jack Schwartz, 29 Jahre alt, Einbrecher und Kunsträuber. Er hat als gewöhnlicher Kleinkrimineller angefangen, inzwischen ist er spezialisiert auf große Aktionen. Er ist intelligent, aber skrupellos, schreckt nicht vor Gewalt zurück. Ursprünglich kommt er aus Boston, lebt aber, soviel wir wissen, derzeit in Birmingham. Er saß drei Jahre wegen Kunstraubs in einer Galerie in Alexandria, seither hat ihm niemand mehr etwas nachgewiesen.«

»Die drei Jahre hat er Ihnen zu verdanken?«, fragte Tom Swift beeindruckt.

»Chuck Martins Team.«

Andrew Parker nickte. »Danke. Jack Schwartz plus die geplante Impressionisten-Sonderausstellung in der National Gallery allein genügen, um uns in Alarmbereitschaft zu versetzen. Aber er ist nicht der Einzige, der in den letzten Wochen aus der Versenkung aufgetaucht ist.«

»Die beiden anderen auf dem Bild sind seine Schläger?«, erkundigte sich Christine Ellis.

»Das vermuten wir. Oder Typen, die er als Schläger angeheuert hat. Die Identifizierung läuft noch.« Parker drückte auf die Fernbedienung, und das Bild einer blonden, jungen Frau in einem Straßencafé erschien auf dem Monitor. Es handelte sich weder um ein Fahndungsfoto noch eins von einer Überwachungskamera, sondern schien ein mit Teleobjektiv aufgenommener Schnappschuss aus einer direkten Personenüberwachung zu sein. Sie erinnerte Helen ein bisschen an ihre beste Freundin Keira. »Wer ist das?«, fragte sie.

»Emma Duponte.«

In Helens Hinterkopf ratterte es. Emma Duponte, in den letzten fünf Jahren mit einer Vielzahl hochkarätiger Raubzüge in Verbindung gebracht. Keinerlei Vorstrafen, nie überführt, nie gefasst. Eine – falls es so etwas gab – fast sympathische Kriminelle, ganz anders als Jack Schwartz. Aber vermutlich konnte man sich in dem Gewerbe seine Geschäftspartner nicht immer aussuchen. »Ich hatte sie mir älter vorgestellt.«

Tom nickte. »Sieht auch nicht sehr kriminell aus, nicht wahr? Sie ist leicht zu unterschätzen.«

»Die üblichen Verdächtigen also für einen großen Raub«, sagte Christine Ellis.

»Genau«, stimmte Parker zu. »Fehlt nur noch einer.«

Zu Helens Erleichterung schaute Lloyd Kensington genauso ratlos, wie sie sich fühlte. Er war es auch, der die Frage stellte. »Wer?«

»Lucien Levraix.«

Helen wusste, dass sie den Namen kennen sollte, sie hatte auf einer Konferenz von ihm gehört. Sie schob es auf den Jetlag, dass ihr keine Details einfielen.

»Levraix und Blackjack? Zusammen?« Christine Ellis schüttelte den Kopf. »Im Leben nicht. Das wäre, als würde Justin Trudeau freiwillig mit Trump eine Gartenparty feiern.«

Tom Swift grinste. »Und wer ist wer?«

»Das ist ja wohl keine Frage«, sagte Christine.

»Sie steht auf Levraix.« Tom deutete mit dem Daumen auf seine Kollegin.

Christine verdrehte die Augen. »Ist klar.«

Parker unterbrach das Geplänkel durch scharfes Händeklatschen. »Kommen wir wieder zur Tagesordnung.«

Dies war nicht der richtige Zeitpunkt für falschen Stolz. »Ich weiß, dass ich schon mal von Levraix gehört habe, aber ich erinnere mich nicht«, sagte Helen.

»Er arbeitet kaum in den Staaten«, erwiderte Christine. »Vermutlich ist er deshalb nicht auf Ihrem Radar. Ein Auftragsdieb. Hört sich erst mal unspannend an, aber er ist einer der besten.«

»Und attraktivsten«, warf Tom mit Seitenblick auf Christine ein.

Diese ließ sich auf bewundernswerte Weise nicht aus dem Konzept bringen. »Er klaut wahllos, wofür man ihn bezahlt. Nie besonders ausgefallen, aber immer elegant und immer so, dass man ihn nicht schnappt. Ohne viele Leute, ohne Waffen. Er mag Herausforderungen.«

»In Stockholm haben die Kollegen ihn einmal fast gehabt.« Toms Augen leuchteten, als spräche er über einen Kinohelden. »Er ist über eine drei Meter hohe Mauer auf einen Schrottplatz getürmt und in der Nacht verschwunden. Levraix ist schlau, und er ist aalglatt; er schlüpft durch jedes Netz, das man ihm auslegt.«

»Nicht dieses Mal«, sagte Parker nachdrücklich. »Nicht, wenn ich das Kommando habe. Dieses Mal schnappen wir ihn. Er ist übrigens der Grund für diese Besprechung.«

Christine mochte auf Levraix stehen, aber bei Helen hatte er gerade sehr deutliche Minuspunkte gesammelt. Wer sie um ihren Schlaf brachte, hatte keinerlei Sympathien verdient.

Parker fuhr fort: »Der Chef und ich waren uns einig,

dass Levraix nicht weit sein kann, wenn Emma Duponte hier ist. Wir haben also die Augen offengehalten. Et voilà. Er ist heute Abend angekommen – ironischerweise mit demselben Flug, mit dem auch unsere Interpol-Kollegin Miss Shepherd geflogen ist.«

»Warum haben Sie ihn nicht gleich festgenommen?«, fragte Tom, während Parker mit Hilfe der Fernbedienung ein neues Bild aufrief.

»Aus welchem Grund?« Der Monitor zeigte ein Bild von einer Flughafenkamera, ein Mann Ende zwanzig war darauf zu sehen. Helen erkannte ihn auf der Stelle, doch bevor sie etwas sagen konnte, dozierte Parker: »Lucien Levraix, eingereist als Anthony Goldstein. Er ist vom Radar verschwunden, sobald er durch den Zoll war. Wir haben ihn auf keiner Überwachungskamera gesehen, er hat unter keinem uns bekannten Decknamen in ein Hotel eingecheckt.«

»Duponte?«, fragte Christine. »Vielleicht ist er bei ihr untergekrochen, die beiden sind alte Freunde.«

»Möglich. Wir überprüfen das. Sobald wir ihn gefunden haben, bleiben wir auch an ihm dran. Wir haben noch zwei Wochen Zeit bis zur Ausstellungseröffnung.«

Helen räusperte sich. »Ich habe seine Telefonnummer.«

Vier Köpfe drehten sich um, vier Augenpaare sahen sie an.

»Ich denke, Sie kennen ihn nicht?«, fragte Tom.

Helen grinste entschuldigend. »Wir haben zusammen auf die Koffer gewartet. Er hat mir seine Karte gegeben.«

Schweigen.

Dann lachte Parker auf. »Lucien Levraix hat Ihnen seine Telefonnummer gegeben? Er ist entweder blöder, als ich dachte, oder noch unverschämter.«

Lucien

»Du bist entweder doch blöder, als ich dachte, oder wesentlich leichtsinniger!« Emma pfefferte den Stapel mit seinem Bettzeug auf das Sofa im Gästezimmer ihres Lofts. »Wie kannst du irgendeiner hergelaufenen Tussi deine Telefonnummer geben?«

»Ich freue mich auch, wieder hier zu sein«, sagte er.

»Hör auf, mich anzugrinsen, Levraix!« Sie warf ihm einen Kopfkissenbezug ins Gesicht.

Er schenkte ihr einen Luftkuss. »Hast du mich vermisst?«

»Wie wild.«

Mit dem Kopfkissenbezug in der Hand blieb er neben dem Sofa stehen. »Es ist nicht meine Telefonnummer, sondern die von Anthony Goldstein –«

»Was auf das Gleiche rauskommt, Blödmann!«

»Und es ist ein Prepaid-Handy. Kannst du dich jetzt beruhigen?«

»Zur Not.« Emma stapfte zu dem Eichenschrank, der als Raumteiler diente und den sie vor ein paar Jahren gemeinsam bei einem Antiquitätenhändler in Bournemouth gegen ein paar geklaute Juwelen eingetauscht hatten, holte

Decke und Kissen heraus und knallte die Schranktür wieder zu. »Was willst du mit der Tussi?«

»Eifersüchtig?«

Sie schnaubte.

Auf einmal hatte er das Bedürfnis, sie zu besänftigen. Er ließ sich auf das Sofa fallen. Während er noch nach den richtigen Worten suchte, landete die Decke, die Emma aus dem Schrank geholt hatte, auf seinem Kopf und nahm ihm die Sicht. »Die Wohnung ist schön geworden«, sagte er, während er sich befreite. »Besonders der Gauguin über dem Kamin gefällt mir.«

»Wer hätte das gedacht?« Emma sah ihn nicht an, aber er konnte von der Seite gerade noch ein Grinsen erkennen.

»Ist das der aus Stockholm?«

Sie drehte sich um. »Du lenkst ab. Was war das mit der Tussi am Flughafen?«

»Es ist der Gauguin aus Stockholm. Du weißt, dass mir davon die Hälfte –«

»Visitenkarte, Süßer. Warum gibst du einfach irgendwem deine Telefonnummer?«

Er schüttelte den Bettbezug aus und nahm sich die Decke. Den Impuls mit der Visitenkarte am Flughafen hatte er Caspar David Friedrich zu verdanken. Und diesem Lachen, als die Frau merkte, dass sie die Koffer verwechselt hatte. Die ganze Anspannung in ihrem Gesicht war in dem Moment verflogen. Außerdem schadete es ja grundsätzlich nicht, Kunstexperten zu kennen. »Keine Ahnung. Nur so.«

»Nur so.«

»Ja. Nur so. Das bedeutet: ohne besonderen Grund.«

»Okay«, sagte Emma gedehnt.

»Sie war süß.«

Emma verschränkte die Arme und sah ihm dabei zu, wie er die Bettdecke bezog. »Und weiter?«

Was sollte er darauf antworten?

»Weiter?«, hakte sie nach.

Er seufzte. »Ich glaube, ich würde mich einfach gern mal wieder mit einer Frau treffen, für die ich nicht Lucien Levraix, Krimineller, bin. Die einen ganz normalen Menschen mit einem ganz normalen Beruf in mir sieht.«

Emma schaute ihn wortlos an.

»Sie kennt mich nicht, ihr muss ich nichts vorspielen. Ich kann einfach ich sein. Verstehst du?«

»Merkst du selbst, oder?«

Er lächelte entschuldigend. »Na gut, ich kann einfach Anthony Goldstein sein.«

»Ein guter Mann.«

»Siehst du.«

»Netter als Lucien Levraix.«

»Sag nichts gegen Lucien!«

Emma zog nur zweifelnd die Augenbrauen hoch. »Ich bestelle uns was beim Thai. Kommst du auf die Terrasse, wenn du ausgepackt hast?«

Er nickte.

»Rotes Thai-Curry?«, fragte sie beim Hinausgehen. »Das scharfe?«

»Du kennst mich zu gut.« Sorgsam sortierte er seine

Kleidungsstücke und die Werkzeuge aus dem Koffer so in die Kommode neben dem Sofa, dass er alles jederzeit finden würde.

Bevor er auf die Dachterrasse ging, betrachtete er das Bild über dem Kamin genauer und strich vorsichtig mit den Fingerspitzen darüber. Die leuchtenden Farben, die Pinselführung … das Gemälde war echt. Schwarzmarktwert bestimmt eine Million Dollar, eher mehr. Emma musste sich sehr sicher fühlen, wenn sie Diebesgut offen in ihr Wohnzimmer hing.

»Du schuldest mir ungefähr fünfhunderttausend Dollar«, sagte er, als er die Dachterrasse betrat. »Ich würde es auch in Euro nehmen.«

Emma hatte eine Flasche Wein geöffnet und zwei Gläser gefüllt. Sie reichte ihm eines. »Kramst du jetzt ernsthaft die alten Sachen wieder hervor?«

»Vielleicht.« Lächelnd hob er das Glas. »Danke für die Einladung.«

»Es ist mir stets ein Vergnügen.«

Er zog sich einen der ausladenden Gartenstühle heran. »Die Sonderausstellung in der National Gallery, ja? Du weißt, dass ich meine Prinzipien habe und an Bilder normalerweise nicht rangehe –«

»Aber dem Gauguin hinterherweinen.«

»Und ohne Auftrag schon gar nicht. Wieso sollte ich es dieses Mal tun?«

Sie schob ihm einen Prospekt zu. »Hast du dir angesehen, was sie ausstellen? Seit heute ist es öffentlich.«

Er nahm das Faltblatt entgegen. *Große Ausstellung impressionistischer Kunst*, las er. *Werke von Matisse, Monet, Renoir … selten gezeigte Bilder … Einmalige Leihgaben aus Privatbesitz … nie vorher der Öffentlichkeit zugänglich …* Die Innenseite des Faltblatts zeigte die Bilder im Einzelnen. Von Renoir war nur ein einziges dabei, eines, das er kannte. Er blickte auf.

Emmas Augen leuchteten erwartungsvoll.

»Sieht gut aus«, sagte er unverbindlich. Als hätte Renoir nicht noch Dutzende anderer Bilder gemalt. Es musste ja ausgerechnet dieses sein.

»Bist du dabei?«

Er zögerte. Seitdem er nach dem Juwelenraub in Baden-Baden vor zwei Jahren auf dem Radar von Europol gelandet war, versuchte er sich in Europa genauso bedeckt zu halten wie in den Staaten. »Ich arbeite nicht ohne Auftrag«, wiederholte er.

»Und trotzdem bist du dafür über den ganzen, großen Atlantik geflogen.«

So breit er konnte, lächelte er sie an. »Ich wollte dich sehen.«

»Wahre Liebe.«

»Yep.«

»Ich denke, du wirst in diesem Fall mit Begeisterung ohne Auftrag arbeiten.«

»Warum sollte ich?«

Sie beugte sich nach vorn und stützte die Ellenbogen auf den Tisch. »Wegen des Renoirs vielleicht?«

»Der Renoir …« Er lächelte schief. »Ich dachte eher daran, bald in Rente zu gehen.«

Emma lachte. »Du würdest dich zu Tode langweilen.«

»Ich könnte Versicherungen beraten. Oder Tresorhersteller.«

»Warum nicht gleich die Polizei?«

»Vielleicht schreib ich auch ein Buch.«

»*Memoiren eines Meisterdiebs.* Wird ein Bestseller.«

Er zuckte mit den Schultern.

Sie stand auf, kam zu ihm und setzte sich auf seine Armlehne. »Was ist los mit dir?«

»Hast du mal darüber nachgedacht, was das alles soll? Warum wir das tun?«

»Midlife Crisis, Monsieur Fontaine? Mit siebenundzwanzig?«

»Nenn mich nicht so.« Die spielerische Leichtigkeit von vorhin wollte sich nicht einstellen, als er sie von der Lehne schubste.

»Tut dir nicht weh, wenn ich dich ab und zu daran erinnere, wer du wirklich bist.«

Langsam ließ er den Wein im Glas kreisen.

»Du willst wissen, warum wir das tun?«, fragte sie. »Warum wir die Reichen ausrauben und –«

»Sag nicht: es den Armen geben. Wir wissen beide, dass das Quatsch ist.«

»Wollte ich nicht sagen«, entgegnete Emma ungerührt. Sie nahm ihr Weinglas vom Tisch und trat an das Geländer der Dachterrasse.

Er tat es ihr nach. Gemeinsam betrachteten sie die Lichter von Rotherhithe auf der anderen Seite der Themse. Von der Straße wehten Gesprächsfetzen herauf.

»Wie geht es dir, Emma?«

»Ich denke zumindest nicht darüber nach, meine Memoiren zu schreiben.«

Er legte den Arm um ihre Schulter, und sie lehnte ihren Kopf daran. »Fragst du dich nicht manchmal, was gewesen wäre, wenn –«

»Wir normal wären? Es wäre langweilig. Sehr. Und um auf deine Frage von vorhin zurückzukommen: Wir tun es, weil wir es können. Weil es Spaß macht. Und weil es angenehmer ist, diesen 2000er Insignia Sauvignon zu trinken«, sie hob das Glas, »als irgendeine billige Plörre aus dem Supermarkt.«

»Hm.« Er kannte sie zu gut, um nicht zu bemerken, dass sie etwas vor ihm zurückhielt. Dass sie eigentlich über etwas anderes sprechen wollte. Er nahm noch einen Schluck und wartete. Als sie nachdrücklich schwieg, fragte er: »Warum bist du so sicher, dass ich das Museumsding mache, ohne Auftrag?«

Sie löste sich aus seinem Arm und drehte sich zu ihm um. »Jack ist in der Stadt.«

Das war es also. Er bemühte sich um einen neutralen Tonfall. »Ich verstehe.«

»Das ist alles, was du dazu sagst?«

»Das ist alles, was es zu Jack zu sagen gibt, oder?«

»Und es reizt dich nicht?«

»Natürlich reizt es mich.«

»Das sollte es. Blackjack plus eine Impressionisten-Sonderausstellung in der National Gallery – kriegst du eins und eins zusammen?«

Die Rechnung war nicht besonders schwierig. Sie wollte das Zeug aus dem Museum, und Jack Schwartz wollte es auch. Emma allein würde bei einem Kopf-an-Kopf-Rennen gegen Jack verlieren, doch zu zweit würden sie es mit ihm aufnehmen können. Emma kannte seinen wunden Punkt zu gut. »Ich fühle mich gerade ziemlich offensichtlich manipuliert«, sagte er.

Emma legte den Kopf schief und lächelte unschuldig. »Keine Zeit für eine komplexere Falle, sorry.«

»Du hättest dir wenigstens Mühe geben können, sie nicht ganz so plump zu stellen.«

»Bist du dabei?«

»Du weißt genau, dass du mich längst am Haken hast.«

Sie legte ihm eine Hand auf den Arm. »Das hatte ich in dem Moment, in dem du den Flug gebucht hast. Für jemanden, der sein Geld damit verdient, andere zu hintergehen, bist du einfach erstaunlich leicht zu beeinflussen.«

Jack also. Und der Renoir. Welche Ironie. Vielleicht war es ganz gut, das Kapitel endlich abzuschließen. Er griff nach ihrer Hand. »Ich will, dass Jack aus dem Verkehr gezogen wird.«

»Wenn, dann richtig«, sagte Emma.

Fast gegen seinen Willen schlich sich ein boshaftes Grinsen auf sein Gesicht. »Wie in alten Zeiten?«

»Wie in alten Zeiten.«

»Hast du schon einen Hehler?«

»Ich dachte an Kazmarek.«

»Wo Kazmarek ist, ist die Mafia nicht weit.«

Sie lächelte sanft. »Die Mafia hat das Geld, du Unschuldslamm.«

Natürlich hatte sie recht. Wie immer. Er konnte sich noch so sehr einreden, dass das, was er tat, saubere Kriminalität war, dass er niemanden verletzte – spätestens beim Verkauf der geklauten Waren hörte es auf, hatte es immer schon aufgehört. Das war einer der Gründe, warum er nicht mehr ohne Auftrag arbeitete.

»Willst du Jack einen auf die Nase geben oder nicht?«

Er hob das Glas und grinste halbherzig. »Nehmen wir Jack aus.«

Mit sanftem Klirren stieß sie ihr Glas an das seine. »Nehmen wir Jack aus.«

$$$

Andrew Parker hielt vor einem zweigeschossigen Backsteinhaus in einer belebten kleinen Straße. Ganz Gentleman hob er ihren Koffer aus dem Auto und trug ihn sogar die Treppen zu ihrer Dienstwohnung hinauf. Das Appartement war winzig. Die hellen, modernen Möbel täuschten nicht darüber hinweg, dass das Mietshaus vermutlich aus Abraham Lincolns Geburtsjahr stammte. Ein Raum mit einer durch ein Regal abgeteilten Schlafecke, ein Tisch mit zwei Stühlen, Couch, Fernseher, Waschmaschine neben der Kochzeile. Alles sehr weiß und sehr sauber. Zwei Fenster führten zur Straße hinaus. Sie waren zweigeteilt, wobei sich der untere Teil nach oben schieben ließ. Besonders schalldicht schien diese Konstruktion nicht zu sein, denn Helen hörte von draußen Jugendliche rufen und lachen.

»Willkommen in Scotland Yards feinster Dienstwohnung.«

Helen lächelte. »Danke.«

Nachdem Parker sich verabschiedet hatte, rief sie als Erstes David an und warf, das Smartphone unters Kinn geklemmt, ihren Koffer auf die Couch.

»Wenn das nicht mein Mädchen ist.«

Sie klemmte das Telefon zwischen Kinn und Schulter. »Hey, Handsome.«

»Wie war dein Flug? Gut angekommen?«

»Klar.« Irgendwo musste der Kopfhörer mit der Freisprecheinrichtung sein. »Alles entspannt. Und bei dir?«

Sie hörte nur halb zu, wie er von seinem Vormittag in der Kanzlei erzählte. Die wirklich aufregenden Dinge unterlagen sowieso der Geheimhaltung, und welche Sekretärin schwanger war oder wer mit wem gerade ein Techtelmechtel hatte, fand sie nur bedingt interessant. Da war der Kopfhörer! Endlich hatte sie beide Hände frei, um den Koffer auszupacken.

»Aufgeregt wegen morgen?«, fragte er schließlich.

»Wir hatten unsere erste Teamsitzung schon.«

»So spät? Ich dachte, die Engländer seien so ordentlich.«

»Es war eine Sondersitzung, angeblich. Hier versammelt sich gerade die gesamte internationale Kunstraub-Elite, und einer davon ist heute aufgetaucht. Er war lustigerweise im selben Flugzeug wie ich.«

»Wie nett.« Jemand klopfte an Davids Bürotür, Helen hörte gedämpfte Stimmen. Dann sagte David: »Tut mir leid, Süße, ich muss Schluss machen.«

»Klar. Hab einen schönen Nachmittag.« Sie schickte ihm einen kleinen Kuss durch die Leitung.

»Lieb dich.«

»Selber.«

Das Bad war ebenso winzig wie die Wohnung, aber neu gefliest und sauber. Sich in der Dusche umzudrehen, würde eine mittlere Herausforderung sein. Sie warf die Kleider in den Flur, damit sie nicht nass wurden, und stellte sich unter die Dusche. Zwei Wasserhähne, um die Temperatur zu mischen – die waren ja auf dem neuesten Stand hier. Probehalber drehte sie den linken auf. Kalt. Sehr kalt. Sie wich zurück und stieß sich den Ellenbogen an der Wand. Gut, dann eben der rechte, vermutlich kochend heiß. Sie musste nur die richtige Mischung finden. Doch auch, als sie den rechten Hahn aufdrehte, blieb das Wasser kalt, selbst nach zwei Minuten noch. Das konnte ja heiter werden.

Sie verzichtete darauf, sich die Haare zu waschen, seifte sich schnell ein und machte sich nach dem Duschen auf die Suche nach einem Boiler oder etwas Ähnlichem. Diese Dusche musste doch warmzukriegen sein. Sie fand den

Boiler im Schrank unter dem Waschbecken. Nach allem, was sie beurteilen konnte, war er eingeschaltet. Sie würde das im Büro morgen ansprechen, jetzt konnte sie nichts ändern. Um warm zu werden, frottierte sie sich ein zweites Mal gründlich, bevor sie Nachthemd und dicke Socken anzog und sich auf das schmale Metallbett legte. Quietschend gab es unter ihr nach. Willkommen in London.

Mit David hatte sie schon gesprochen, aber Keira würde sich auch über einen Anruf freuen. Helen griff nach ihrem Telefon.

»Und, wie ist es?«, fragte ihre beste Freundin statt einer Begrüßung.

»Kalt«, sagte Helen wahrheitsgemäß.

»Oh.«

»Nur die Dusche, nicht schlimm. Das Wetter ist gut. Wie ist es mit dir? Neuigkeiten aus der Gerichtsmedizin?«

»Wahnsinnig aufregende. Der alte Mann, der letzte Woche gestorben ist, ist tatsächlich einfach gestorben. Keine Fremdeinwirkung.«

»Es gibt noch Unschuld auf der Welt.« Sie erzählte Keira ein paar kleine Anekdoten vom Flug und schickte ihr verwackelte, grobkörnige Fotos des spätabendlichen Ausblicks aus ihrem Fenster.

»Ist das niedlich!«, sagte Keira begeistert. »Sehr englisch.«

Helen lachte. »Ja, oder?«

Keira fragte kauend: »Machst du heute noch London unsicher?«

»Dazu müsste ich mich nochmal anziehen«, sagte Helen. »Und ich fürchte, mein Jetlag gewinnt gegen den Hunger. Ich will morgen fit sein.« Ihr Magen protestierte vernehmlich. Um die Befüllung der Küche würde sie sich morgen kümmern, auch wenn der Supermarkt gleich an der Ecke war. Sie entschied sich für die Packung Erdnüsse, die sie vom Flug noch übrig hatte. Mager, aber nicht zu ändern.

»Wie ist dein Chef?«

»Morgen Freeman, in *Outbreak*«, antwortete Helen, während sie die Erdnusspackung aufriss.

Keira lachte. »Ich bin neidisch.«

»Er ist okay, glaub ich«, sagte Helen. »Bisschen schroff, aber fair, nach allem, was ich bisher weiß.«

Der Gedanke an ihren Chef brachte die Erinnerung an den ersten Auftrag zurück, den er ihr gegeben hatte: »Können Sie Levraix heute noch anrufen?« Wieso hatte sie in der Besprechung nicht einfach die Klappe gehalten? Sie seufzte. Weil es ihr Job war.

»Und sonst?«, fragte Keira. »Hast du die Kollegen schon kennengelernt?«

»Ja. Ich habe sogar schon die erste Arbeitsanweisung.«

»Kannst du darüber sprechen?«

»Glaub schon.« Helen schnitt eine Grimasse, auch wenn Keira sie nicht sehen konnte. »Ich muss jemanden anrufen.«

»Oh, wo du telefonieren ja so liebst.«

Helen lachte. »Mit dir telefoniere ich gern.«

»Mich hast du ja auch schon angerufen. Wer ist nach mir der Glückliche?«

»Ich muss mich mit einem Verbrecher verabreden, den ich zufällig kennengelernt habe.« Einen fremden Typen anzurufen, der ihr seine Visitenkarte zugesteckt hatte, war so schon schräg genug. Dazu noch durfte sie nicht aus Versehen verraten, dass sie Kenntnis von seinem echten Namen hatte. Sie holte Anthony Goldsteins Karte heraus und drehte sie in den Fingern.

»Wie aufregend!«

»Ich hasse telefonieren. Aber wenn ich morgen früh schon Ergebnisse vorweisen könnte, und seien sie noch so unbedeutend … das wäre schon cool.«

»Schreib ihm eine Textnachricht, wenn du nicht anrufen willst.«

Genau das würde sie tun. Nachdem sie sich von Keira verabschiedet hatte, dachte sie kurz nach und tippte dann: *Hi, ich hätte Lust, mich über Kunst zu unterhalten. Steht das Angebot noch?*

$$$

Bei der einen Weinflasche blieb es nicht. Auch wenn der Wein und das Thai-Curry zusammenpassten wie – na ja, teurer kalifornischer Wein und Londoner Bringdienst-Thai-Curry eben – war der Abend ziemlich perfekt. Als es auf der Terrasse langsam zu kühl wurde, zogen sie um ins Wohnzimmer. Das Ledersofa dort war wesentlich ausladender und bequemer als die Klappcouch in Emmas Gästezimmer.

»Ist das ein echtes Sloane-Sofa?«

»Nichts spricht dagegen, die schönen Dinge im Leben zu genießen«, antwortete Emma.

»Absolut nicht.« Er ließ sich in die Tiefen des Luxusmöbels sinken.

Es war in Ordnung, dass Emma den Gauguin behalten hatte. Er passte in diesen Raum.

Emma setzte sich neben ihn, sie tranken Wein, redeten und lachten, als wären sie immer noch Kinder, die Torte aus der Speisekammer des Gutshauses klauten und stolz darauf waren, nicht erwischt zu werden. Nebenbei warfen sie sich hirnverbrannte Ideen zu, wie sie Jack beim Wettlauf um die Impressionisten schlagen konnten.

Irgendwann küsste Emma ihn, und er küsste sie zurück.

»Wir würden ein großartiges Paar abgeben, Fontaine.«

»Nenn mich nicht so«, sagte er automatisch.

Sie küsste ihn noch einmal, dieses Mal länger und intensiver, und ihr Kuss schmeckte ein bisschen nach teurem Rotwein und viel nach unschuldiger Vergangenheit.

»Mit einem Typen, der Anthony Goldstein heißt, mach ich so was nicht.«

Er leckte sich die Unterlippe, wo sie ihn geküsst hatte. »Zu schade. Du könntest Spaß mit ihm haben.«

»Das ist alles, oder? Spaß?« Ein Hauch der alten Verletzung schlich sich in ihre Stimme, bevor sie sie weglachte und erneut nach dem Weinglas griff.

Er antwortete nicht, sondern leerte sein Glas mit einem großen Schluck.

»Spaß«, sagte sie leise, und dann berührten ihre Lippen wieder die seinen, seine Wange, sein Kinn, seinen Hals, während ihre Finger die Knöpfe seines Hemdes öffneten, einen nach dem anderen. Er konnte sich ebenso gut hineinfallen lassen in diese Küsse. Das Hemd rutschte ihm über die Schultern. Sie streichelte seine bloße Brust, und er machte sich daran, ihre Bluse aufzuknöpfen.

»Julian?« In ihrem Blick lagen Himbeeren, Mückenstiche und zerkratzte Beine. Der Geruch von frisch getrocknetem Heu.

»Es ist lange her«, flüsterte er und ließ ihre Bluse auf den Boden fallen.

Ihre Hände auf seiner Brust waren warm. Angenehm, auch während sie tiefer glitten.

»Willst du das?«

»Ja.« Reinfallen lassen. Er erwiderte ihre Küsse, vorsichtig, und dann, als sie sich an seinem Gürtel zu schaffen machte, dringender. Oh ja, er wollte das. Schuhe abstreifen, ihren Rock hochschieben, sie küssen. Emma setzte sich auf seinen Schoß, die Weinflasche fiel um, und der Inhalt ergoss sich über den Tisch und das Sofa.

Sie lachte atemlos. »Hast du es schon mal in verschüttetem Zweihundert-Euro-Wein gemacht?«

Sehr viel später strich er ihr die verschwitzten Haare aus der Stirn. »Du hast immer noch die Sommersprosse über der Augenbraue.«

»Wo sollte sie auch hingelaufen sein?« Sie kuschelte sich in seine Armbeuge, und er ließ sie. Ein Teil des Rotweins war inzwischen ins Holz des antiken Couchtischs eingezogen, den Rest hatten sie gekonnt in ihrer Kleidung verteilt.

»Ich treffe mich morgen mit Kazmarek«, sagte Emma.

»Nimmst du mich mit?«

»Vielleicht.«

Er küsste sie leicht auf den Kopf.

»Es gibt Gerüchte, dass Jack einen Sack voller Krügerrands hat, mit dem er sein Unternehmen finanzieren will. Kann sein, dass Kazmarek dazu was weiß.«

»Also fühlen wir Kazmarek auf den Zahn und heuern ihn für die Bilder an?«

»Falls ich dich mitnehme.«

Er drehte eine ihrer Haarsträhnen um den Finger. »Wovon hängt das ab?«

»Davon, wie du dich benimmst, ist doch klar«, antwortete sie träge. Sie hatte die Augen geschlossen.

»War wohl anstrengend gerade?«, flüsterte er.

Undeutlich murmelte sie: »Bilde dir bloß nichts ein.«

Ihr Kopf auf seiner Schulter wurde schwerer. Als sie eingeschlafen war, stand er vorsichtig auf, deckte sie zu und ging ins Gästezimmer hinüber.

Anthonys Telefon auf dem Tisch blinkte.

Er lachte leise. Nicht viele Menschen kannten diese Telefonnummer. Die Frau vom Flughafen hatte sich tatsächlich gemeldet. Nach kurzem Zögern entsperrte er das Telefon und las ihre Nachricht.

Es war seltsam, wie wichtig ein paar wenige Worte auf einem kleinen Bildschirm sein konnten. Er las sie noch einmal.

Klar, schrieb er und löschte das Wort wieder, bevor er ihre Nummer wählte. Mit Anrufen kam man schneller weiter.

Es klingelte nur drei Mal, bevor sie das Gespräch annahm. »Hier ist Helen.«

»Es wäre ein seltsames Angebot, wenn es nach ein paar Stunden verfiele«, sagte er.

Anthony Goldstein

Selbst in ausgeschlafenem Zustand brachte Helen es nicht über sich, sich unter der eiskalten Dusche die Haare zu waschen. Ein Punkt auf der Liste der Dinge, die sie unbedingt heute klären musste.

Sie zog ihre Laufschuhe an und verließ die Wohnung. Die kleine Straße, an der ihre Wohnung lag, war wenig befahren, die Luft war frisch und herbstlich kühl. Die meisten Läden waren noch geschlossen, nur vor einem iranischen Gemüsegeschäft schob ein Mann das Gitter vor der Ladentür schon rasselnd nach oben. Nach einem Blick auf Google Maps wandte Helen sich nach rechts. Der nächstgelegene Park war Weavers Fields – nicht gerade der East Potomac Park, aber sie konnte hier nicht wählerisch sein. Zehn Mal durchquerte sie den handtuchgroßen Park, bis sie das Gefühl hatte, für den Tag warmgelaufen zu sein. Zurück im Appartement absolvierte sie ihre üblichen Kraft- und Dehnübungen und wusch sich dann über dem kalten Waschbecken, bevor sie sich auf den Weg ins Büro machte.

An der U-Bahn-Station stand sie vor der nächsten Herausforderung. Parker hatte ihr beschrieben, welches Ticket sie kaufen musste, es im Automaten zu finden, war aber gar nicht so einfach. Zu allem Überfluss sprach der Helfer an der Einlassschranke mit so starkem Akzent, dass sie ihn erst beim dritten Mal verstand.

Helen wertete es als kleine Entschädigung, dass sie auf dem Weg von der Westminster Station zum Büro eine Touristenbäckerei mit höchst attraktiven Scones fand. Sie kaufte ein wie um für eine Hungersnot vorzusorgen.

Helen betrat das Büro, und Christine Ellis sah lächelnd auf. »Guten Morgen. Wie war die erste Nacht? Hast du etwas geträumt? Du weißt, was man in der ersten Nacht in einem fremden Bett träumt, geht in Erfüllung.«

Helen schüttelte den Kopf. »Ich habe geschlafen wie ein Stein.« Sie öffnete die Papiertüte vom Bäcker und hielt sie Christine hin. »Ich habe ein bisschen zu viele Scones gekauft. Sie sahen so lecker aus. Möchtest du einen?«

Erfreut nahm Christine das Angebot an und fragte kauend: »Hast du ihn noch angerufen?«

»Levraix? Ich hab ihm eine SMS geschickt.«

»Und?«

»Er hat zurückgerufen.«

»Du hast mit ihm gesprochen?«

Helen sah sich um. »Ja, erzähle ich gleich. Gibt es hier irgendwo eine Kaffeemaschine?«

»Dahinten. Komm, ich zeige dir, wie sie funktioniert.«

Tom kam herübergeschlendert. »Ich sehe, ihr kümmert euch schon um das Wohl der Mitarbeiter. Ist der Kaffee fertig?«

»Gleich«, sagte Christine. »Helen hat Levraix angerufen.«

»Er hat mich … ist egal.«

»Du hast mit ihm gesprochen?«, fragte dieses Mal Tom.

»Es war komisch. Ich meine, wenn ich nicht wüsste, wer er wirklich ist …«

»Der Typ verdient sein Geld damit, dass er andere dazu bringt, ihm zu vertrauen. Wäre traurig, wenn er das nicht mal am Telefon schaffen würde, oder?«

»Vermutlich, ja.« Sie dachte nach. »Aber was will er von mir? Wir haben uns für heute Mittag im Museum verabredet. So … so ganz normal.«

Christine grinste. »Vielleicht will er wirklich einfach nur ein Date?«

Sie schüttelte den Kopf. »Kaum. Wie Tom sagt: Er ist ein Betrüger, und er weiß, dass ich Kunstexpertin bin. Da ist mehr dahinter, ich weiß nur noch nicht, was.«

»Du wirst es herausfinden.«

»Ja, ich treffe mich um halb eins mit ihm in der National Gallery. Passt das mit der Mittagspause?«

Tom sah sie irritiert an. »Dazu brauchst du keine Mittagspause, das ist Arbeitszeit. Vielleicht geht es um eine unauffällige Deckung für seine Erkundungen?«

»Vielleicht, ja. Aber wozu? Jeder kann ins Museum gehen und sich dort umschauen.«

Sie kehrte an ihren Arbeitsplatz zurück, und ihre Gedanken wanderten von Lucien Levraix zu dem anderen, dem zusätzlichen Grund für ihren Europaaufenthalt. Vor ihr befand sich ein leerer Schreibtisch. Und ein Computer. Bis vor kurzem war ihr Dienstgrad nicht hoch genug gewesen, um auf die Personendaten von damals zurückzugreifen und den Mörder ihres Vaters zu finden. Jetzt endlich konnte sie das tun. Sobald sie sich im Büro ein wenig besser zurechtfand, würde sie diesen Computer dafür nutzen.

$$$

»Jules? Julian?«

Eine leichte Berührung an seiner Stirn. Haarspitzen? Emmas Duft. Ein hauchzarter Kuss.

»Jules? Zeit aufzuwachen.«

Er zog die Decke höher und drehte sich von ihr weg. Drei Minuten noch schlafen, dann würde er sich dem Tag stellen. Drei Minuten …

Kaltes Wasser! Sie hatte ihm allen Ernstes einen Waschlappen ins Gesicht geklatscht.

»Ey!«

»Bist du jetzt wach?«

»Nein.«

Ungerührt zog sie ihm die Decke weg. Bei dem Versuch, noch einen Zipfel zu erwischen, rollte er leider vom Sofa und landete unsanft auf dem Boden. »Wer Freunde wie dich hat, braucht echt keine Feinde.«

»Wir treffen uns in einer Stunde mit Kazmarek. Kaffee steht auf dem Tisch. Wir haben nichts mehr zu essen. Ich gehe zum Bäcker, während du duschst.«

Wie konnte man um die Zeit schon so wach sein, so gutgelaunt, so frisiert? Aber es war schön, dass sie einen vernünftigen Bäcker aufgetrieben hatte und nicht nur Toast servierte.

»Ein Croissant wäre nett.«

»Wir sind in London, Süßer.«

Er musste es ihr sagen, irgendwie.

Zwanzig Minuten später kehrte Emma mit einem Croissant für ihn und zwei Milchbrötchen für sich selbst zurück, fröhlich und aufgedreht. Anekdoten vom Einkaufen, Sticheleien über seine Müdigkeit, Witze über Jack – alles nur eine Nuance zu schnell.

Er versuchte zu antworten, aber die Worte verhedderten sich in seiner Verlegenheit. Mit jeder Sekunde wurde das Ungesagte erstickender. Schweigend zupfte er Fetzen von seinem Croissant und spülte sie mit Kaffee hinunter. Arabica, gute Bohnen. »Wegen gestern …«, quetschte er schließlich hervor.

Emma unterbrach sich mitten im Wort.

Er schenkte Kaffee nach und verbrannte sich die Zunge, als er zu hastig davon trank.

»Es war gut«, sagte Emma, endlich in normaler Geschwindigkeit. »Sehr … heiß.«

»Ja. Das war es.«

»Freunde, die Spaß miteinander haben. Amis amants.«

Er korrigierte sanft: »Hatten. Vergangenheitsform. Wir … sollten das nicht mehr tun.«

»Süß, Fontaine. Du vergisst, wie gut ich dich kenne.«

»Du vergisst, dass andersherum dasselbe gilt.«

»Wir wären das Traumpaar.« Sie sagte das leichthin, als wäre es ein Witz, aber ihre ernsten Augen verrieten ihm etwas anderes.

»Die Sache ist die«, sagte er langsam, »es ist schwierig, mit jemandem auch nur so etwas Ähnliches wie eine Beziehung zu führen, wenn man damit rechnen muss, dass dieser Jemand mit einer Fünf-Millionen-Beute verschwindet, während man selbst vor den Polizeischeinwerfern steht wie ein dämliches Karnickel.«

Emma versuchte erfolglos, ihr Messer auf der Spitze auszubalancieren. »Sie haben dich nicht gekriegt, wenn ich mich recht erinnere.«

Er rieb sich den Unterarm. »Ich konnte ein Jahr nicht vernünftig arbeiten, während du –«

»Jetzt tu nicht so, als wärst du –«

»Während du an der Copacabana mit heißen Surfern am Strand lagst.«

Emma schleuderte das Messer so über den Tisch, dass es neben seinem Teller im Holz stecken blieb. »Du hattest genau dasselbe vor. Du hättest mich ganz genauso abgez–«

»Hab ich aber nicht, oder?« Endlich gelang es ihm, wieder zu lächeln. Er zog das Messer aus dem Tisch.

»Hast du nicht. Weil ich schneller war.« Sie grinste.

»Weil man dir nicht vertrauen kann.«

Sie kam um den Tisch herum und hauchte ihm einen Kuss in den Nacken, bevor sie ihm das Messer aus der Hand nahm. »Das sagt der Richtige. Wenn du mich dieses

Mal versuchst zu linken, brichst du dir nicht nur den Arm. Bloß, damit du Bescheid weißt.«

»Dann ist das ja geklärt.«

Bei ihrem letzten Zusammentreffen hatte Jurij Kazmarek ein kleines Geschäft in Bethnal Green besessen, jetzt war es ein Juwelierladen in der Nähe des Trafalgar Square, am *Strand*. Messinggeländer, Glas, Marmor – eine beeindruckende Verbesserung. Unwillkürlich senkte Julian die Stimme, als Emma und er das Geschäft betraten und leise Musik erklang. »Nicht schlecht. Der Mann hat ausgesorgt.«

»Ich glaub, er hat Schulden bei der Mafia«, wisperte Emma.

Da kam Kazmarek auch schon auf sie zugeeilt und zog Emmas Hand zu einem Kuss an seine schnauzbärtigen Lippen. »Emma, meine Liebe! Es ist mir stets eine Ehre.« Dann breitete er die Arme aus. »Lucien! Die Zeit war gnädig zu dir. Immer noch genauso hübsch.«

Julian ertrug die bärige Umarmung. Kazmarek tat herzlich, aber in Wirklichkeit tastete er ihn auf Waffen ab. Dann rieb der Hehler sich die Hände. »Also, meine Herrschaften. Worum geht es?«

»Die Impressionisten-Ausstellung in der National Gallery«, antwortete Emma ohne Umschweife. »Such dir aus, was du willst. Oder was du am besten loswirst.«

Kazmarek pfiff durch die Zähne. »Beliebt, diese Ausstellung, noch bevor sie eröffnet ist.«

»Wie meinst du das?«, fragte Emma.

Kazmarek wiegte den Kopf. »Wie ich es gesagt habe.«

Emmas Vermutung stimmte also. Sie waren nicht die Einzigen, die es auf die Kunstwerke abgesehen hatten. »Wer? Blackjack?«

»Ich spreche nicht über meine Kunden. Schlecht fürs Geschäft, Lucien, mein Freund.«

»Mit Jack macht man keine Geschäfte, Jurij. Jack ist ein Killer.« Julian merkte erst, dass seine Stimme scharf geworden war, als Emma ihm beschwichtigend die Hand auf den Unterarm legte.

»Natürlich arbeite ich lieber mit euch«, sagte Kazmarek glatt. »Aber als … mein letzter Kunde bei mir war, ging es nicht um Kunstwerke. Euer Konkurrent scheint andere Pläne zu haben.« Die Goldmünzen, wie Emma vermutet hatte.

»Inwiefern andere Pläne?«

»Schlecht fürs Geschäft, Lucien«, flötete er erneut.

Julian war danach, sich über Kazmareks aufgesetzte Integritätsbeteuerungen lustig zu machen, stattdessen schaltete er das Lächeln an, von dem Emma immer sagte, dass er damit sogar den Polizeipräsidenten von seinen ehrlichen Absichten überzeugen könnte. »Vertraust du mir? Das mag sich für dein Geschäft als ziemlich vorteilhaft erweisen.«

Kazmarek zögerte. Dann sah er über die Schulter, als könne er in seinem eigenen Laden beobachtet werden, und flüsterte: »Jemand hat mich gebeten, einen Käufer für fünf Kilogramm Krügerrands zu suchen.«

Jack machte also tatsächlich Geld flüssig. Das passte zu

seiner Arbeitsweise, Subtilität war nie seins gewesen. Immer mit viel Manpower und Geräteeinsatz und wenig Kopf. Es würde Jacks Pläne mächtig durcheinanderbringen, wenn er dieses Kapital nicht mehr einsetzen könnte.

»Lässt du uns eine Minute allein?«, bat Emma den Hehler. Sie schien dasselbe zu denken wie er.

»Mit meinen Juwelen? Euch beide?«

»Würden wir *das* tun?«, fragte Emma.

»Würdet ihr. Du vielleicht nicht, aber er.« Jovial zwinkerte er Emma zu. »Ich habe Kameras.«

Julian lächelte noch einmal das Vertrauenerweckende. »Die sind nicht nötig.«

Sichtlich wenig begeistert, verließ Kazmarek den Verkaufsraum und begann kurz darauf, im Nebenzimmer zu rumoren.

Emma flüsterte: »Wenn wir Jack das Gold abnehmen würden, bevor er es verkaufen kann …«

»… würden wir ihn ein ganzes Stück im Rennen zurückwerfen«, brachte er ihren Satz zu Ende.

»Genau. Was auch immer er vorhat: Er müsste umplanen, um seine Crew zu bezahlen.«

»Und wir hätten mächtig Spaß dabei.«

Sie erwiderte sein Grinsen. »Den hätten wir.«

Als Kazmarek zurückkam, hielt Julian sich im Hintergrund. Der Hehler kannte Emma besser als ihn. Aber auch ihr konnte er nichts über Jacks Aufenthaltsort verraten, schlicht, weil er ihn nicht kannte. Natürlich nicht. So blöd war Jack dann doch nicht.

»Wann will er wieder hierherkommen?«, fragte Emma.

Kazmarek zuckte mit den Schultern.

Julian zog seinen Notgroschen aus der Innentasche des Sakkos. Zwanzig Fünfzig-Pfund-Noten. »Sag Bescheid, wenn er sich meldet. Und halt ihn hin.«

»Lucien, mein Freund, glaubst du im Ernst, dass ich käuflich bin?«

»Absolut.«

Kazmareks Miene blieb undurchdringlich. »Ich werde sehen, was sich machen lässt.«

$$$

Levraix hatte sich über ihre Verabredung gefreut, das war an seiner Stimme erkennbar gewesen. Aufrichtig gefreut. Umso mehr fühlte sie sich jetzt schlecht. Sie hatte vorher schon Leute observiert. Sie hatte auch vorher schon Leuten verheimlicht, dass sie Polizistin war. Das hier war verdammt noch mal ihr Job. Warum war da jetzt dieses nagende Gefühl in ihrem Magen, als würde sie etwas Unrechtes tun?

Komm mal klar, Helen, dachte sie, während sie das Kabel für das versteckte Mikrofon unter ihrer Bluse befestigte. Der Typ ist ein Dieb und Trickbetrüger. Der hat dir nicht mal seinen richtigen Namen verraten. Es gab keinen Grund, jetzt Gewissensbisse zu bekommen.

Christine Ellis betrat das Büro. »Bereit?«

Helen reckte das Kinn. »Bereit.«

Gemeinsam betraten sie den Flur und gingen Richtung Ausgang, wo das Zivilfahrzeug wartete, das Helen und die Überwachungscrew zum Museum bringen sollte.

»Wir werden in der Nähe sein«, sagte Christine.

»Ich weiß. Ist nicht meine erste verdeckte Ermittlung.«

Christine lächelte. »So meinte ich das nicht. Aber ich hatte den Eindruck, du bräuchtest etwas Zuspruch. Auf Kommando flirten ist nicht jedermanns Sache.«

»Merkt man das so deutlich?«

»Na ja, du bist nicht gerade …«

»Was?«

»Nicht gerade der flirtige Typ. Nur mein erster Eindruck.«

Wie frustrierend. Wenn Keira ihr ihre Gefühle an der Nasenspitze ansah, war das etwas anderes, mit ihr war sie schon zusammen in der Grundschule gewesen. Aber Christine kannte sie erst seit einem Tag. »Ich mag es lieber geradeheraus«, gab sie zähneknirschend zu.

»Mach dir keine Gedanken, ich bin sicher, keinem von den Jungs ist was aufgefallen. Ich merke so was nur schnell.«

»Na, wenigstens etwas.«

»Sie sind höchstens neidisch.«

»Wer ist neidisch?« Tom Swift gesellte sich aus einem der Nebenräume in den Flur.

»Du«, erwiderte Christine gelassen. »Dass Helen gleich Levraix treffen darf und nicht du.«

»Klar bin ich neidisch. Der Mann ist eine Legende.

Aber ich bekomme das Ganze ja immerhin aus zweiter Hand mit. Wollen wir los?«

Helen nickte. »Meinetwegen gern.« Je eher sie es hinter sich brachte, desto besser.

Christine deutete auf ihre linke Hand. »Den solltest du abnehmen.«

Was für ein Fauxpas! Zu einem Date mit einer flüchtigen Flughafenbekanntschaft erschien man nicht mit Verlobungsring. Bei ihrem ersten Zusammentreffen konnte Levraix den Ring nicht gesehen haben. Da hatte er sicher verwahrt in Helens Portemonnaie gesteckt, bis die Finger nach der Landung wieder abgeschwollen waren. Dort verstaute sie ihn auch jetzt wieder. Ab sofort gab es nichts mehr, das sie davon abhielt, herauszufinden, was Lucien Levraix von ihr wollte, und welche Pläne er bezüglich der Sonderausstellung schmiedete.

Es wäre praktischer gewesen, die Underground zu nehmen und anschließend drei Minuten zu Fuß zum Trafalgar Square zu laufen, aber dann hätten sie die Ausrüstung nicht dabeigehabt.

Der Fahrer setzte Helen als Erste ab. Über den Transponder in ihrem Ohr konnten die anderen bei Bedarf mit ihr kommunizieren. Sie erinnerte sich noch gut daran, wie irritierend diese Erfahrung am Anfang für sie gewesen war: in der echten Welt normal funktionieren zu müssen, während aus dem winzigen Lautsprecher die Instruktionen des Einsatzleiters klangen. Inzwischen störte es sie kaum noch, solange sich die Anweisungen in Grenzen hielten.

Levraix wartete am Haupteingang auf sie, sehr korrekt im dunkelblauen Nadelstreifen-Dreiteiler mit zur Krawatte passendem Einstecktuch. Sie fasste sich an die Kehle, wie um sich zu kratzen, und drückte dabei den kleinen Knopf an ihrem Kettenanhänger, der die Aufnahmefunktion aktivierte. »Hört ihr mich?«, flüsterte sie.

»Klar und deutlich«, sagte Christine, während Helen sich Lucien Levraix näherte.

»Miss Shepherd.« Sonnenaufgangslächeln, Händedruck. Angenehm warm, nicht zu fest, nicht zu locker. Wie lange hatte er geübt, bis er dieses perfekte Auftreten beherrschte?

»Mister Goldstein.«

»Haben Sie gut hergefunden?«

»Es ist alles ausgeschildert, aber das Gebäude ist riesig!«

»Haben Sie Lust auf eine Tour?«

»Sie kennen sich aus?«

Er klopfte auf den Museumsführer, den er in der Hand hielt. »Ich dachte, wenn ich mich mit einer Kunstexpertin treffe, sollte ich nicht ganz unwissend erscheinen.«

»Süß«, sagte Christine. »Ich wette, der kann dir aus dem Kopf den Schwarzmarktpreis von jedem einzelnen Gemälde aus dem Kopf nennen.«

Helen wünschte, ihre Kollegin würde schweigen, wie sie es von Chuck kannte. Auf Dauer konnte sie keinen zwei Konversationen gleichzeitig folgen, ohne abgelenkt zu erscheinen. Sie lächelte Levraix zu. »Dann sind wir ja bestens ausgestattet.«

»Wo fangen wir an?«

Helen bat darum, einen Blick in den Museumsführer werfen zu können. Um alles wirklich anzuschauen, brauchte man vermutlich eine Woche. »Wie wäre es mit Raum vierundvierzig?«, fragte sie schließlich. »Manet, Monet und die Impressionisten.«

Ohne eine Regung nickte er. »Da sage ich nicht nein.«

Helen hätte gern das beeindruckende Gebäude in jedem Detail auf sich wirken lassen, aber ihr Auftrag war nicht, die National Gallery zu genießen, sondern Lucien Levraix zu beobachten. Leichtfüßig schritt er neben ihr die Stufen zu den Ausstellungsräumen im Hochparterre hinauf.

Sie war unsicher, als handle es sich um ein echtes Date. Worüber um alles in der Welt sollte sie sich mit einem Meisterdieb unterhalten?

Am Eingang zu Raum vierundvierzig blieb er stehen und wandte sich ihr zu. »Wir könnten ein Spiel spielen.«

»Was für eins?«

»Ich zeige Ihnen ein Bild, und Sie sagen mir, wie es heißt und wer es wann gemalt hat. Dann tauschen wir, und wer am Ende verliert, muss dem anderen einen Kaffee ausgeben.« Er grinste wie ein kleiner Junge im Süßigkeitenladen. Vielleicht war das hier so etwas Ähnliches für ihn.

»Okay«, sagte Helen. »Aber machen Sie sich keine allzu großen Hoffnungen.«

»Sehen wir mal.« Er schlenderte an einem der Gemälde vorbei. »Ich fange mit diesem hier an.«

»Monets *Wasserlilienteich*. Die genaue Jahreszahl weiß ich nicht. Sie?«

»Klar. 1899. Das weiß jeder.«

Helen lachte. »Jeder, der zuvor unauffällig gespickt hat.«

Er lächelte unschuldig. »Vielleicht auch das. Aber ich mag das Bild. Es hat so eine Tragik.«

»Hat es?«

»Ja, weil Monet, als er älter wurde, diese wunderschönen Blau- und Grüntöne nicht mehr richtig sehen konnte und die Farben nicht mehr stimmten, als er es zwanzig Jahre später noch einmal gemalt hat. Ich finde das tragisch.«

Es war nichts Aufgesetztes daran, wie Levraix über Monet sprach. Er meinte das absolut ernst. Helen war dankbar, dass Christine in diesem Augenblick still blieb. Wie konnte jemand Künstler respektieren und ihre Kunstwerke so eindeutig lieben – und dennoch Bilder klauen?

»Was ist los?«, fragte er.

»Nichts. Ich –«

»Sie haben gerade sehr nachdenklich ausgesehen.«

Jetzt war es an ihr, glatt zu lächeln. »Ich habe nur sinniert, wie bemerkenswert es ist, wenn sich ein Investmentbanker mit Malern und ihren Werken beschäftigt.«

»Ist ein Hobby. Ich muss ja irgendwohin mit meinem Geld«, sagte er, kein bisschen aus der Fassung gebracht.

»Jetzt bin ich dran. Was ist mit dem da drüben?«

»*Das Museum von Le Havre*. Ebenfalls von Monet, aus seiner früheren Zeit. Er war dreiunddreißig, als er es gemalt hat. Auch ein tragisches Bild.«

»Warum? Weil das Museum im Zweiten Weltkrieg zerstört wurde?«

»Ja.«

»Aber durch sein Bild ist es noch da«, sagte Helen. »Manchmal sind Bilder alles, was bleibt.«

Je länger sie plauderten und von Bild zu Bild schlenderten, desto seltsamer kam es ihr vor, dass dieser gebildete junge Mann ein Krimineller war. Er war intelligent und witzig, und er stand ihr kaum nach, wenn es um Werke und Jahreszahlen ging. Zu allen Bildern kannte er eine Geschichte, und einige Male erwähnte er Besonderheiten in der Maltechnik, von denen sie im Studium zwar gehört hatte, die ihr aber entfallen waren. Sie schob den Gedanken weg, dass es schön gewesen wäre, auch mit David so über Kunst sprechen zu können.

»Woher wissen Sie das alles?«, fragte sie, als er über Röntgenuntersuchungen sprach, die gezeigt hatten, dass auf einem Bild von Renoir ursprünglich noch weitere Figuren im Vordergrund geplant gewesen waren.

»Wie ich gesagt habe: Es ist ein Hobby.« Er grinste und wies auf den Prospekt. »Außerdem steht es hier drin.«

Dazu kam, dachte Helen, dass Kunst ebenso sein Job war wie ihrer.

Als hätte er ihre Gedanken gelesen, fragte er: »Wo arbeiten Sie eigentlich? Was tut man als Kunstexpertin?«

»Ich habe einen Forschungsauftrag an der Uni«, erwiderte Helen, wie sie es im Büro besprochen hatten. Es entsprach sogar zum Teil der Wahrheit. Die *University of the*

Arts hatte einen Kollegen abgestellt, mit dem sie gemeinsam die Gemälde für die Sonderausstellung authentifizieren würde.

»Worüber forschen Sie?«

Sie konnte sich ein Lächeln nicht verkneifen. »Über die Genauigkeit von Bilddatierungen anhand von FT-IR-spektroskopischen Analysen.«

»Ah … ja.«

»Fourier-Transform-Infrarot-Spektroskopie«, erklärte Helen lächelnd. Sie würde tausend zu eins wetten, dass er ganz genau wusste, wovon sie sprach. »Das Coole daran ist vor allem, dass man recht schnell –«

Levraix lachte auf. »Es hört sich auf jeden Fall sehr spezialisiert an«, sagte er. »Um auf die einfacheren Dinge des Lebens zurückzukommen: Ich bin froh, dass wir uns diese Ecke des Museums herausgesucht haben. Raum vierundvierzig war eine gute Idee.«

»Ich mag diese Zeitperiode.«

»Ich auch.«

In Helens Transponder flüsterte Christine sarkastisch: »Wer hätte das gedacht! Frag ihn, ob er in zwei Wochen zur Impressionismus-Sonderausstellung auch da ist.«

»Malen Sie, Mister Goldstein?«, fragte sie stattdessen.

Ein Schatten flog über sein Gesicht, ganz kurz nur, dann lächelte er. »Nicht besonders gut, leider. Und Sie?«

»Ich beschäftige mich auch mehr mit der Theorie. Meine Kunstwerke könnte man bestenfalls als experimentell bezeichnen.«

Er lachte auf. »Das kommt mir bekannt vor. Aber wir könnten uns zusammen weiterbilden.«

Sie sah ihn fragend an.

»Am Wochenende gibt es einen Vortrag zu der geplanten Sonderausstellung. Vielleicht haben Sie Lust, mit mir hinzugehen?«

»Ich weiß nicht, ob mein Zeitplan –«

»Natürlich tust du das!« Vermutlich hörte man Christine bis auf die Straße. Helen bedeckte unwillkürlich ihr Ohr und tarnte die Bewegung gerade noch rechtzeitig als Kratzen.

»Vielleicht kann ich es einrichten«, sagte sie lächelnd.

»Es würde mich freuen.«

»Mich auch - wenn Sie mich Helen nennen.« Wenn schon, denn schon.

»Helen. Ich bin Anthony.« Nicht einmal den Bruchteil eines Augenaufschlags hatte er gezögert. Im Gegenteil. Er hielt ihre Hand einen winzigen Moment zu lange fest und sah sie eindringlich an. Schöne Augen hatte er. Extrem lange Wimpern.

Christine sprengte die Magie des Augenblicks. »Deine Chance! Verabrede dich mit ihm zu der Sonderausstellung – oder besser noch auf einen Drink.«

Auf einen Drink. Die hatte Nerven. In der Welt von Anthony Goldstein sprachen vermutlich immer noch die Männer solche Einladungen aus. Aber der Typ neben ihr war nicht wirklich ein reicher Investmentbanker, sondern ein Krimineller, der mit großer Wahrscheinlichkeit plante, einen ganzen Haufen Bilder wie das zu stehlen, vor dem er eben noch so bewundernd gestanden hatte. Und es kam jetzt nicht auf Höflichkeit an, das hier war Arbeit. Helen atmete tief durch und öffnete gerade den Mund, um die Einladung auszusprechen, als Levraix' Telefon klingelte und die Stimmung zerstörte.

Er neigte bedauernd den Kopf. »Tut mir leid, das könnte wichtig sein.«

»Kein Problem.«

Er zog ein iPhone aus der Innentasche seines Sakkos und warf seufzend einen Blick auf das Display. »Ich muss gehen. Aber vielleicht können wir uns mal nach Feierabend treffen?«

Jetzt war es an Helen zu lächeln. »Du hast meine Nummer.«

Während sie auf den Ausgang zustrebte, beobachtete sie, wie Tom sich unauffällig auf Levraix' Fährte setzte. Weit genug entfernt, um unbemerkt zu bleiben, nah genug, um das Objekt nicht zu verlieren, gelassen genug, um als Tourist durchzugehen. Saubere Arbeit.

Christine tauchte neben ihr auf. »Er ist gut, oder?«

»Tom? Ja.« Helen holte sich den Transponder aus dem Ohr und legte ihn in die kleine Schachtel, die Christine ihr reichte. »Wird er irgendwann abgelöst?«

»Sicher. Für wen hältst du uns? Wir haben auch Autos bereitstehen, und wir haben ein Auge auf Emma. Sehen wir mal, was die beiden vorhaben.«

$$$

Julian verkniff sich ein Grinsen. Der kleine, drahtige Mann, den er heute Morgen schon auf dem Weg zum Bäcker gesehen hatte, verließ sicherlich nicht zufällig zur selben Zeit die National Gallery wie er. Er griff zum Telefon und rief Emma an. »Ich hab einen Schatten.«

»Ich auch.«

»Wir könnten sie in die Irre führen«, schlug er vor. »Irgendwohin, wo sie dann sehr lange grübeln müssen, was wir vorhaben.«

Emma lachte. »Gefällt mir, die Idee. Aber dann verpassen wir Jack. Kazmarek trifft sich mit ihm in fünf Minuten.«

Widerwillig stimmte er ihr zu. »Dann sieh zu, dass du deinen Schatten loswirst. Ich komme bei Kazmarek durch den Hintereingang rein.«

»Gut, ich warte vorn in dem Andenkenladen auf der anderen Straßenseite.«

»Perfekt.«

Er blieb vor einem Schaufenster stehen und beobachtete aus dem Augenwinkel, wie sein Verfolger in einem Geschäft verschwand. Keine zwei Sekunden später verließ eine mit Einkaufstüten beladene Frau den Laden. Er lächelte in sich hinein. Es konnte Zufall sein – oder aber eine geschmeidige Übergabe. Ein Überwacher verschwindet, der nächste taucht auf. Die Frau kam in seine Richtung.

Na dann. Schnellen Schrittes, als sei er auf dem Weg zu

einem Termin, eilte er den Weg zurück, den er gekommen war, stieß sie an und riss ihr dabei eine der Tüten vom Handgelenk, so dass sich der Inhalt auf dem Gehweg verteilte: T-Shirts und Jeans, nichts davon besonders neu, alles ohne Preisschilder. Dies waren definitiv keine Einkäufe. »Oh nein! Das tut mir sehr leid. Bitte entschuldigen Sie!« Er bückte sich, um ihr beim Einsammeln zu helfen.

Die Frau schoss einen hektischen Blick zu dem Geschäft hinüber, in dessen Eingang der kleine Mann verschwunden war. »Schon gut, lassen Sie nur.«

»Sicher?« Er sah auf die Uhr.

»Ja ja, gehen Sie. Es ist schon gut.«

Er richtete sich auf. Eine Gruppe amerikanischer Touristen kam in ihre Richtung. In fünf Sekunden würden sie mit ihm auf einer Höhe sein. »Wenn Sie das sagen. Danke. Dann komme ich rechtzeitig zu meinem Termin.«

Der kleine Mann verließ den Laden, die Frau versuchte, nicht zu ihm hinzusehen. Sie lächelte gequält.

Julian nickte ihr kurz zu und ging weiter, bis die Amerikaner ihn vor ihren Blicken verbargen. Dann drehte er sich um und passte seinen Schritt dem Touristen neben ihm an, verschmolz mit der Gruppe und passierte die Frau ungesehen und kurz danach ihren Kollegen.

Das Manöver war nicht besonders elegant, aber es hatte seinen Zweck erfüllt, und er kannte jetzt zwei Gesichter seiner potenziellen Verfolger. Zu gern hätte er die beiden Polizisten dabei beobachtet, wie sie sich verzweifelt nach ihm umsahen und feststellten, dass er verschwunden war.

$$$

Andrew Parkers Wut war in ihrer stillen Gefährlichkeit beeindruckender als das Gebrülle, das Chuck Martin in solchen Situationen manchmal von sich gab. Allerdings verrauchte Chucks Zorn auch rasch, bei Parker war sie sich nicht so sicher. »Ihr wart mit vier Leuten an zwei Zielobjekten, und ihr habt sie beide verloren?«, zischte er.

Tom Swift, der sonst immer eine so spitze Zunge hatte, schwieg betreten, und auch seinen Kollegen, denen Helen bisher nicht begegnet war, schienen die geeigneten Worte zu fehlen.

»Mit was für Anfängern habe ich es eigentlich zu tun?«, knurrte Parker, was Tom dann doch zu einem »Tut mir leid, Chef« verleitete.

Parker seufzte. »Das sollte es. Wir können davon ausgehen, dass Levraix jetzt zumindest dein Gesicht und das von Gina kennt. Mit euch beiden«, er deutete auf Emma Dupontes Beschatter, »ist es nicht anders. Keine besonders guten Voraussetzungen für die Ausstellung, zwei Wochen vor der Eröffnung bereits vier Leute verbrannt zu haben.«

»Wir werden rotieren«, beschwichtigte Christine.

»Davon gehe ich aus, Ellis, und auch davon, dass das der einzige Fehler dieser Art bleibt.«

»Gibt es Neues von Blackjacks Team?«, fragte Tom.

»Ich hoffe nicht, dass die sich genauso stümperhaft angestellt haben. Falls ja«, Parker sah Helen an, »setzen wir besonders viel Hoffnung in Sie, Miss Shepherd. Dank Ihnen können wir jetzt Levraix' Telefon tracken. Freunden Sie sich mit ihm an. Werden Sie sein Schatten. Am besten vierundzwanzig Stunden am Tag.«

$$$

Auf dem Heimweg von Jacks Hotel kauften sie eine Flasche Wein und Sushi, und die Treppen zu Emmas Loft setzte Julian drei Stufen auf einmal nehmend hinauf. Emma sprang leichtfüßig neben ihm her, drückte ihm die Sushitüte in die Hand und schloss die Tür auf. »Du warst extrem gut gelaunt heute. War's nett mit der Kunstexpertin?«

»Sie heißt Helen. Sie mag mich.« Der Gedanke machte ihn glücklicher, als er selbst für gesund hielt. Er drückte mit dem Ellenbogen die Tür hinter sich zu und sah gerade noch, wie Emma theatralisch die Hände vors Gesicht schlug. »Was?!«

Emma blinzelte zwischen den Fingerspitzen hindurch, antwortete aber nicht.

Julian würde keine Antwort forcieren, die er ohnehin nicht hören wollte.

Sie ging nicht weiter auf das Thema ein, sondern trat ihre Pumps von den Füßen, nahm ihm die Einkäufe wieder ab und Sushitüte und Wein zur Kochzeile.

Sorgfältig schnürte er die Schuhe auf, wischte sie sauber und stellte sie ins Schuhregal, bevor er auf dem Weg ins Gästezimmer die Krawatte löste. Er öffnete gerade den Schrank in seinem Zimmer, als Emma rief: »Sie mag nicht dich. Sie mag Anthony. Wir hatten das Thema.«

»Das weißt du gar nicht«, antwortete er, hängte das Sakko in den Schrank und rollte die Krawatte zusammen, um sie in die oberste Schublade zu legen.

»Glaub mir einfach.« Aus dem Wohnzimmer erklang das Klappern von Tellern, dann das Knistern der Sushitüte.

Erst als er beim besten Willen nicht mehr vorgeben konnte, etwas Sinnvolles in seinem Zimmer zu tun zu haben, straffte er die Schultern und kehrte zurück zu Emma. »Okay, wir wissen jetzt, wo Jack wohnt. Das Hotel mit den engen Fluren ist perfekt für die Feuershow. Hast du alles an Utensilien da? Dann sollten wir sie zusammenpacken.«

»Soll ich auf mein Sushi verzichten?«, protestierte sie. »Keine Chance, Fontaine. Ich werde unfreundlich, wenn ich nicht genug esse, das weißt du.«

»Ich erinnere mich.« Julian mied das Sofa mit dem Rotweinfleck auf dem Couchtisch und zog stattdessen einen der Barhocker an den Tresen. »Okay. Lass uns essen.« Bei Helen in der Uni gab es bestimmt kein Sushi. Es musste nett sein, ein Büro zu haben, in dem man mit Kollegen zusammenarbeitete.

Emma betrachtete ihn fast mitleidig. Sie hatte seine Gedanken immer schon besser gekannt als er selbst. »Was, glaubst du, sieht sie in dir?«, fragte sie sehr sanft, während sie zwei Weingläser, ihre beiden Teller und die Sushiboxen auf den Tresen stellte. Dann stützte sie sich hoch und setzte sich daneben. Die Füße stellte sie auf der obersten Sprosse seines Barhockers ab.

Na ja, mich, wollte er sagen, aber er wusste, dass das nicht stimmte.

Emma nickte, als wäre sein Schweigen Bestätigung genug für sie. »Sie sieht einen schönen, reichen Typen, der ihre Passion teilt. Natürlich fühlt sie sich geschmeichelt. Aber Anthony ist eine Fiktion.«

»Ich bin schön«, sagte er grinsend.

Sie verdrehte die Augen.

»Und reich.«

»Du bist ein Dieb, Julian. Ein Krimineller, der so viele Namen hat wie andere Leute Unterhosen.«

»Kein Grund, nicht schön und reich zu sein.« Er hielt sich ganz gut. »Nett bin ich auch. Ich kann nett. Und ich teile durchaus ihre Passion.«

Emma schüttelte seufzend den Kopf. Sie setzte zu einer Bewegung an, als wolle sie ihm übers Haar streichen, ließ aber die Hand wieder sinken und griff stattdessen nach dem Weinglas. »Stell dir vor, was passiert, wenn ihr euch näherkommt. Ihr lernt euch kennen, geht essen, …«

»Ins Theater. Anthony geht gern ins Theater. Oder in die Oper.«

»Irgendwann verbringt ihr auch die eine oder andere Nacht zusammen. Und sie verliebt sich in dich.«

Er grinste sie anzüglich an. »So weit d'accord.«

»Und«, ihre Stimme wurde hart, »wenn ihr euch gerade in deinen seidenen Hotelbettlaken vergnügt, steht Scotland Yard vor der Tür mit einem Haftbefehl, weil du die National Gallery ausgeräumt hast.«

»Zum Ausräumen ist die viel zu groß.«

»Hör auf damit! Was glaubst du, wie deine Helen sich dann fühlt? Willst du ihr das wirklich antun?«

Er wusste, dass Emma recht hatte. Und sie wussten beide, dass er es nicht zugeben würde. »Also darf ich mich nicht erwischen lassen«, sagte er schlicht.

»Anthony ist keiner deiner großen Würfe. Er wird nicht lange halten.«

Auch damit hatte sie recht, natürlich. Anthony war ein Schnellschuss gewesen, jemand, der keine Geschichte hatte, keine Collegezeit, keine Abschlusszeugnisse, keine Büroadresse. Er war einfach nur Investmentbanker, der aus dem Nichts heraus existierte, weil es einen Pass für ihn gab mit Julians Bild darin. Und ein Bankkonto. Die Cops würden ihn enttarnen, sobald sie von ihm wussten. Interpol, Europol, FBI, es spielte keine Rolle. Julian wartete, bis sich die Worte in seinem Kopf sortiert hatten, und einmal im Leben unterbrach Emma ihn nicht beim Denken. »Das ist wahrscheinlich das Schöne daran«, sagte er schließlich. »Ich kann ihn völlig neu erfinden. Vielleicht erschaffe ich ihm noch eine Biografie. Er kann alles sein. Alles, was möglich gewesen wäre.«

»In einem anderen Leben.«

»Ja. In einem anderen Leben.«

»Zwei Wochen lang. Oder zwei Monate. Höchstens.«

»Ja.«

»Und dann?«

»Ich weiß es nicht.«

London

Abends kam Helen endlich dazu, mit David zu skypen.

»Hey, Süße.« Hinter ihm erkannte sie die beigefarbene Wand seines Büros in der Kanzlei. Sie hatte ihm gesagt, dass der Druck von Jasper Johns *Untitled* auf einer dunklen Wand besser gewirkt hätte, aber David mochte Beige, weil es so seriös wirkte. Er sah abgekämpft aus, aber auf seiner Nase bildeten sich die kleinen Runzelfältchen, die er immer dann hatte, wenn er ihr zulächelte.

Sie berührte mit den Fingerspitzen den Bildschirm. »Schön, dich zu sehen.«

»Dich auch. Wie geht es dir im guten alten Europa?«

»Ist alles sehr traditionell hier. Und alt. Richtig alt, meine ich. Ist dein Flug schon bestätigt?«

»Ja, in zwei Wochen. Pünktlich zu deiner Ausstellungseröffnung.«

Sie versuchte sich David in der National Gallery vorzustellen. »Tust du mir einen Gefallen?«

»Jeden.«

»Dieser wird eine Herausforderung.«

»Ich bin Anwalt. Ich liebe Herausforderungen. Und dich.«

Sie wusste, dass er das tat, auch wenn er beim Telefonieren zu dem Ordnerstapel schielte, der auf seinem Schreibtisch lag. »Ich wünsche mir, dass du die Ausstellung mit mir ansiehst und dich wirklich dafür interessierst.«

»Das ist –«

»Eine Herausforderung. Ich weiß.«

»Danach zeigst du mir Londons Sehenswürdigkeiten.«

Mit David zusammen durch die Stadt zu schlendern, zweckfrei und ohne Arbeit, wäre ein würdiger Abschluss ihres Aufenthaltes, bevor sie sich auf die Jagd machte. »Tu das! Dann fahren wir mit dem London Eye und gehen zu Madame Tussauds und tun all das, was Touristen so tun«, sagte sie.

»All das, wozu es dich jetzt in den Fingern juckt, du aber keine Zeit hast?«

»Ganz genau. Wobei ich heute in der National Gallery war.«

»Helen Shepherd im Paradies?«

»Absolut.« Er kannte sie so gut. »Ich brauche mindestens drei Wochen, um dieses Haus zu erforschen. Wusstest du, dass es eine der größten Gemäldesammlungen der Welt enthält?«

»Du hast es mir vermutlich erzählt.«

»Ich habe heute nur eine Abteilung gesehen, aber … wow. Jedes einzelne dieser Bilder ist es wert, dass man es stundenlang ansieht, und man würde immer Neues darauf entdecken. Die Spiegelungen auf dem Wasser, das Licht in den Wolken …«

Er sah verstohlen auf sein Handy.

»Mach dich darauf gefasst, dass ich dich hinschleife, wenn du kommst.«

Er grinste. »Oder du setzt mich in einem der zahlreichen Londoner Pubs ab und sammelst mich wieder ein, wenn du mit der Galerie fertig bist.«

»Es gibt auch ein Museumscafé. Dort soll es köstlichen Kuchen geben.«

Wieder blickte er auf sein Handy. »Tut mir leid, Süße, ich muss Schluss machen. Habe gleich noch einen Termin beim Staatsanwalt.«

»Schon okay.« Automatisch lächelte sie. Weil er David war. Weil sie ihn liebte. Weil sie rational wusste, dass sie mitten an seinem Arbeitstag telefonierten. »Viel Erfolg.«

»Dir auch. Fang viele böse Jungs.«

»Mach ich.« Damit beendete sie das Gespräch. Ihr Appartement kam ihr auf einmal noch kleiner vor, und der Lärm, der von der Straße drang, klang plötzlich fremd, obwohl er sich nicht wesentlich vom Lärm jeder anderen Großstadt unterschied.

Was tun an einem Abend in einer Stadt, in der sie niemanden kannte?

Ich habe Heimweh, schrieb sie an Keira, *ist das nicht idiotisch?*

Keira brauchte für die Antwort keine Minute. *Unternimm was.*

Allein?

Hast du keine Kollegen?

Doch, dachte Helen. Nur hatte sie von denen keine Telefonnummern. Sie notierte das als Erstes für den nächsten Tag auf ihrer inneren Erledigungsliste. Mit den Kollegen Telefonnummern austauschen. Jetzt gerade wäre sie sogar mit dem jungen Lloyd Kensington in den Pub gegangen. Oder mit Andrew Parker, obwohl er zornig war. Alles war besser als das stille, davidfreie Appartement, in dem aus jeder Ritze die Gewissheit zu kriechen schien, dass der Mann ihrer Träume eins nie mit ihr teilen würde: ihre Liebe zur Kunst.

Dann tu das, was du zu Hause auch abends tust: arbeiten, schrieb Keira.

Super Plan.

Du hast doch garantiert Akten dabei. Zungerausstrecksmiley.

Neben David auf dem Sofa zu sitzen, ihre Füße über seine gelegt, mit dem Laptop auf dem Schoß, während im Kamin ein Feuerchen knisterte und Garfield auf ihren Beinen lag und schnurrte, war etwas anderes, als hier in dieser fremden Wohnung Akten durchzublättern.

Hängen Sie sich an Levraix, hatte Parker gesagt. *Am besten vierundzwanzig Stunden am Tag.*

Nun gut, dann würde sie eben arbeiten. Entschlossen zog Helen sich den Verlobungsring vom Finger, verstaute ihn im Nachttisch, griff zum Telefon und schickte eine Nachricht an den einzigen Menschen in London, dessen Nummer sie kannte.

$$$

Sie hatten geplant und eingekauft und organisiert. Nach diesem letzten Telefonat war nichts weiter zu tun, als bis morgen früh zu warten, wenn Jack zum Frühstück ging. Zufrieden legte Julian das Smartphone auf dem Couchtisch ab, neben dem Fleck. »Das war's. Wir haben alles, was wir brauchen.«

»Du siehst aus wie die Grinse-Katze aus *Alice im Wunderland.*« Die Dinge waren wieder normal zwischen ihnen. Emma hatte die Füße auf seine Knie gelegt und Münzenverschwindenlassen geübt, während er telefoniert hatte.

»Das hier ist besser als Weihnachten.« So viel besser. Es fühlte sich an, als sprudelte Champagner durch sein Innerstes, fröhlich, anregend und ein bisschen verboten. Na gut, ziemlich verboten. »Weißt du noch, wie wir den Champagner geklaut haben?«

»Und hinter eurem Geräteschuppen getrunken, die ganze Flasche, mitten im Winter? Klar weiß ich das noch.« Ihre Augen leuchteten.

»Genauso fühlt sich das jetzt an.«

»Dein Vater hat derartig getobt!«

Er lachte bei der Erinnerung. »Ich konnte drei Tage nicht sitzen, aber das war es wert.« Genüsslich entkorkte er eine der Weinflaschen, die sie gekauft hatten, und schenkte ein. »Auf noch sehr viel mehr verbotenen Champagner.«

»Cheers.«

Sie tranken schweigend. Vielleicht sollte er seinen Vater

besuchen, wenn das hier vorbei war. Eventuell. Aber erst mal standen andere Dinge an. Kazmarek und die Krügerrands zum Beispiel. »Gehen wir das Unternehmen noch einmal durch. Sobald ich das Gold habe –«

»Wieso du?«

»Weil ich *besser* bin?«

»Wir reden hier von einem popeligen Hoteltresor, nicht vom Tower of London. Einen Hoteltresor schaffe ich gerade noch, Angeber.«

Er lächelte freundlich. »Aber ich habe keine Ahnung vom Computersystem.«

»Dafür finden wir schon eine Lösung.«

»Genau«, sagte er kopfschüttelnd. »Wenn ich auf ein Problem stoße, rufe ich dich an, und du klemmst dir beim Tresorknacken das Telefon unter die Schulter und sprichst mich durch, oder wie dachtest du dir das?«

»Warum solltest du den ganzen Spaß haben?«

»Schere, Stein, Papier?«

»Gewinn ich.«

»Von wegen.« Julian grinste. »Los. Schnick, schnack …«

»Schnuck.«

Beim Blick auf ihre Hände, die gleichermaßen die Schere zeigten, mussten sie beide lachen. Der nächste Versuch brachte zweimal Papier. Julian goss Wein nach. »So wird das nichts. Du musst was anderes nehmen als ich.«

Anthonys Telefon piepte.

Stirnrunzelnd sah Emma zu, wie er die Textnachricht las: *Ich kenne hier niemanden, vielleicht weißt du auch nicht, was du mit dem Abend tun sollst. In dem Fall könnten wir uns treffen.*

Er schloss kurz die Augen. *Und dann steht Scotland Yard vor der Tür mit einem Haftbefehl …*

»Was Wichtiges?«, fragte Emma.

Er lächelte das Unverbindliche. »Nicht sehr.« *Schöne Idee*, tippte er. »Ich muss noch mal kurz weg.«

»Oh.« Sie nahm ihre Füße von seinen Beinen, als hätte sie sich daran verbrannt.

Während er Anthonys Anzug aus dem Schrank holte, breitete sich wieder ein ungemütliches, dichtes Schweigen in der Wohnung aus.

»Ich vermute, du bist an der Stelle nicht zu überzeugen?«

»Nein.«

Emma seufzte vernehmlich. »Aber komm nachher nicht zu mir, um dich auszuheulen.«

»Mach ich nie.«

»Machst du immer.«

Er grinste. »Nie.«

Jetzt musste Emma auch lachen. »Jedes. Einzelne. Mal. Weißt du noch, als Jessica dich abgeschossen hat?«

»Autsch.«

»Komm her, Blödmann. Der Kniff in der Krawatte ist schief.«

Ein letztes Abwischen der Schuhe, dann verließ er das Loft. Auf dem Weg nach draußen drehte er sich noch einmal um. »Das hier ist anders. Sie weiß nicht, wer ich bin.«

Bevor Emma reagieren konnte, schloss er die Tür.

$$$

Während Helen zum *Crown & Crook* fuhr, das Levraix vorgeschlagen hatte, fand die Stadt endlich Zeit, sich in ihr Herz zu schleichen. Diese einzigartige Mischung aus steinalter Tradition und lässig-moderner Regelmissachtung hatte sie sonst noch nirgendwo erlebt. Und obgleich London den schmuddeligen Puls einer Weltstadt hatte, blieb es gemütlich, höflich und nett. Hier ist alles möglich, dachte sie, während sie einem der zahlreichen schwarzen Taxis nachsah. Sogar den Mörder ihres Vaters zu finden.

Auch der Pub zeigte diese selbstverständliche, schmuddelige Eleganz. Biergeruch und Lärm schlugen ihr entgegen, doch beides störte sie kaum, es gehörte zum Ambiente. Touristen standen neben Geschäftsleuten in Kostüm und Anzug, Studenten teilten sich die langen Tische mit Rentnern.

Helen machte ein Foto und schickte es David (*Bin spontan im Pub. Wäre schön, wenn du auch hier wärst.*), bevor sie wieder vor die Tür ging, um auf Levraix zu warten.

Merk dir die Adresse für meinen Besuch, schrieb David zurück. *Und teste schon mal das Bier.*

»Erfreuliche Nachrichten?«

Helen fuhr herum. Sie hatte ihn weder kommen gesehen noch gehört. »Warum?«

»Du siehst fröhlich aus.«

»Ja. Gute Nachrichten. Und … ich mag diese Stadt.«

»Sie ist eine der besten.« Von den Manschettenknöpfen

am Maßanzug bis zum perfekt gebundenen Krawattenknoten war sein Auftritt genauso untadelig wie am Nachmittag. Anthony Goldstein, Investmentbanker. Wenn er bei allem so sorgfältig vorging wie bei der Ausgestaltung dieser Rolle, war es kein Wunder, dass ihn niemand je geschnappt hatte. Helen fühlte sich fast schäbig in ihrer Kaschmirstrickjacke. Gut, dass sie sich wenigstens für Rock und Pumps statt Jeans und Sneakers entschieden hatte.

Levraix reichte ihr formvollendet die Hand und schenkte ihr das Sonnenaufgangslächeln, das sie inzwischen kannte. »Gehen wir hinein?«

Beinahe bedauerte sie, dass sie ihm am Ende Handschellen anlegen und ihn für sehr lange Zeit in den Knast befördern würde.

Er hielt ihr die Tür auf. Natürlich hielt er ihr die Tür auf. Anthony Goldstein tat so etwas.

Um die Musik, das Schwatzen und Stühlerücken im Pub zu übertönen, beugte Levraix sich zu ihr. »Durch die Hintertür hinaus gibt es einen Biergarten. Gehst du schon vor? Ich besorge uns was zu trinken.«

In den Biergarten im Innenhof passten nur wenige Tische. Auf jedem von ihnen stand ein Windlicht, und die umgebenden Backsteinmauern waren behängt mit Lichterketten. Wenn es einen romantischen Ort in London gab, dann war es dieser. Durch die Wände wurden alle Geräusche umso deutlicher zurückgeworfen, unaufdringliche Rhythm-and-Blues-Musik, Gelächter, Gespräche. Es war ein vielstimmiges Gemurmel auf Englisch mit charmantem britischen Akzent, Deutsch, Französisch, Chinesisch. Helen suchte sich den schönsten der wenigen freien Plätze aus, neben einer Rankpflanze an der Mauer.

Höchstens drei Minuten konnten vergangen sein, bevor Levraix mit zwei Gläsern Wein auftauchte.

»Vertrau keinem englischen Bier«, hatte er gesagt, und Helen hatte keinen Versuch unternommen, ihn vom Gegenteil zu überzeugen. Bisher waren ihr nie große Unterschiede bei Wein aufgefallen, aber der, den Levraix ihr reichte, nachdem sie sich gesetzt hatten, war wirklich gut. Leicht, ein bisschen fruchtig, nicht zu süß. Sie lachte auf.

»Was ist?«

»Ich habe tatsächlich darüber nachgedacht, wie ich diesen Wein beschreiben würde. Bis vor zehn Minuten fand ich das Getue immer albern, beerig im Abgang und so.«

»Ist er, oder? Beerig im Abgang?« Er grinste. »Aber das Aroma öffnet sich bereits im Mund.«

Nach dem zweiten Glas merkte sie, wie London noch schöner wurde und die Leute um sie herum noch freundlicher. Vor allem der Kriminelle, mit dem sie sich über die Unterschiede zwischen London, Paris und New York, über Alles und Nichts unterhielt, war wirklich, wirklich nett. Sehr schade, dass er nicht der war, der er vorgab zu sein. Selbst die kurzen Phasen des Schweigens waren erstaunlich angenehm mit ihm. Zweimal ertappte sie ihn dabei, wie er sie mit einem Blick anschaute, der Davids zu Beginn ihrer Beziehung nicht unähnlich war. Ohne die Kerzen, die Lichterketten und den Wein hätte sie das möglicherweise beunruhigt, aber in diesem Augenblick erschien es ihr genau richtig.

»Dieser Ort ist wunderschön«, sagte sie. Von wegen, nicht der flirtige Typ. Ha!

»Du auch.«

Das war direkt. Vor Schreck nahm sie noch einen Schluck Wein. »Ich … ich bin bloß Helen.« Die im Übrigen hier einen Job macht und dich observiert, selbst wenn jegliche verfängliche Frage an dir abgleitet.

»Du bist wie ein hauchzartes Aquarell. Je genauer man es anschaut, desto mehr fällt einem auf, wie perfekt es ist.«

»Glaub mir, ich bin so was von unperfekt.« Hatte Christine am Ende recht, und Lucien Levraix hegte tatsächlich keine Hintergedanken, sondern wollte schlicht ein Date mit ihr?

Er lächelte nur.

Nach dem dritten Glas Wein strich er ihr schmetterlingsleicht über den Ringfinger. »Bist du gegangen oder er?«

»Wer?«, fragte sie, um einen neutralen Tonfall bemüht.

»Der Mann, dessen Ring dort vor nicht allzu langer Zeit noch steckte.«

Sie sollte dringend etwas essen, um dem Alkohol entgegenzuwirken. Der Mann vor ihr war ein detailbesessener Kunsträuber. Er verdiente seinen Lebensunterhalt damit, Menschen zu beobachten. Natürlich war ihm aufgefallen, weniger sonnengebräunt und ein wenig dünner war, wo normalerweise der Ring saß. Sie musste vorsichtiger sein, wenn sie ihren Auftrag erfüllen wollte. *Sorry, David.* Es war erschreckend leicht, sich das Gefühl der Verlassenheit in Erinnerung zu rufen, das sie nach ihrem Skype-Telefonat empfunden hatte. Mit glaubhaft erstickter Stimme antwortete sie: »Es stimmte einfach nicht mehr. Kennst du das, wenn man lange Zeit mit jemandem verbringt und auf einmal feststellt, dass man ihn gar nicht wirklich kennt?«

Er stieß ein leises, resigniertes Lachen aus. »Ja.« Wie um den kurzen, ernsten Moment zu überspielen nahm er ihre Hand.

Automatisch zog sie sie weg. Levraix' Berührung hatte mehr in ihr ausgelöst, als sie sollte. Seine Augen waren wirklich unglaublich blau.

»Jetzt bin ich ja erst einmal in London«, sagte sie, weil ihr nichts anderes einfiel.

»Ja. Eine Stadt, in der alles möglich ist.«

Sie starrte ihn an, doch dann besann sie sich. »Wir sollten gehen. Sicherlich musst du morgen genauso früh raus wie ich. Die Arbeit wartet.« Beinahe hätte sie über ihre eigenen Worte gelacht. Welche Arbeit wartete wohl auf Lucien Levraix, Auftragsdieb?

Er ließ sie nicht bezahlen, sondern schob der Kellnerin eine goldene Kreditkarte hin, stilecht. Helen warf einen Blick darauf. Die Karte war von einer New Yorker Bank, ausgestellt auf Anthony Goldstein. Im Geiste machte sie sich eine Notiz.

Vor der Tür zum Pub fragte er: »Soll ich dich nach Hause begleiten? Wegen der fremden Stadt?«

»Ich bin schon groß, danke.«

Er lächelte freundlich, kein bisschen aus der Fassung gebracht. »Es war nicht als Affront gemeint.«

»Das weiß ich.«

Unschlüssig wie Teenager beim ersten Date standen sie sich gegenüber, ein kleines, winziges bisschen zu nah beieinander. Im Film würde jetzt leise Geigenmusik im Hintergrund einsetzen, ihre Köpfe würden sich wie an unsichtbaren Fäden gezogen aufeinander zubewegen, und sie würden in einem innigen Kuss versinken. Hier jedoch gab es keine Geigen, hier gab es kühle Nachtluft und einen Verbrecher, den sie dingfest machen sollte. »Ich geh dann mal«, sagte sie.

Bevor sie das tun konnte, hauchte er ihr einen vorsichtigen Kuss auf die Wange. »Vielen Dank für den schönen Abend.«

»Sehr gern.«

Vermutlich war der Wein schuld, aber das Appartement erschien ihr auf einmal nicht mehr so eng und leer. Helen klappte den Rechner auf, noch bevor sie die Schuhe ausgezogen hatte. David war online.

Sie sah auf die Uhr. In D.C. war es kurz nach sechs abends, die Zeit, wenn bei David in der Kanzlei allmählich Ruhe einkehrte, so dass er noch ungestört das Liegengebliebene des Tages abarbeiten konnte. Sie öffnete Skype und klickte auf *anrufen.*

»Hallo, meine Süße.« Er war tatsächlich zu Hause.

»Ich hatte Sehnsucht nach dir.«

»Wie war es im Pub?«

Sie zögerte. »Nett. Ich habe noch ein bisschen gearbeitet. Und Wein getrunken.«

Seine Nase kringelte sich.

»Auftrag vom Chef. Ich soll jemanden beobachten, den wir hier auf der Liste haben, also habe ich mich mit ihm getroffen.«

»Sehr unauffällig.«

»Edgar Allan Poe, weißt du doch. Je offensichtlicher, desto unauffälliger. Und es ist mal was anderes als Fernüberwachung.«

David lehnte sich auf dem Sofa zurück. Wahrscheinlich legte er die Füße auf den Hocker, und vor ihm im Kamin brannte ein Feuer. Auch im Sommer schalteten sie den Kamin gern an, einfach, weil es gemütlich war.

»Hast du ihn angerufen und gesagt: Ich bin ein Cop, lass uns treffen?«

Sie lachte. »So ähnlich. Nur den Teil mit dem Cop habe ich weggelassen.«

»Kluges Mädchen.«

»Der Typ ist unglaublich, Dave. Wir sind seit mindestens fünf Jahren hinter ihm her. Noch nie hat ihn jemand erwischt. Er tarnt sich als … darüber darf ich nicht reden, aber wenn ich es nicht besser wüsste, würde ich im Traum nicht darauf kommen, was er wirklich beruflich tut.«

»Ist er gefährlich?«

»Dave, ich bin Kunstexpertin! Ich jage keine Mörder.«

Jedenfalls noch nicht, setzte sie in Gedanken hinzu.

»Was tut er?«

»Wie?«

»Du hast gesagt, du würdest nicht darauf kommen, wenn du es nicht wüsstest. Also frage ich: Was tut er?«

»Ich vermute, das darf ich nicht erzählen.«

»Fälscher?«

»Dieb.«

»Wie langweilig.«

Sie lächelte verführerisch. »Geht so. Es war tatsächlich ganz nett mit ihm im Pub. Er klaut nicht nur Kunstwerke, weißt du. Er mag sie auch. Was ganz attraktiv an einem Mann ist, so zur Abwechslung.«

»Nicht so ein Banause wie ich, meinst du.«

»Du bist … anders attraktiv.«

»Das ehrt mich.« David lachte. »Sieht er gut aus?«

»Schon.« Sehr. Sie lächelte, um es wie einen Witz aussehen zu lassen.

Er strich sich über die wohlfrisierten Haare. »So gut wie ich?«

»Wie ein Model.«

»Sollte ich eifersüchtig sein?«

Ihr Lachen geriet nur ein winziges bisschen zu fröhlich, dann wurde sie wieder ernst. »Ganz ehrlich, wenn ich den überführen könnte, das wäre wie ein Lottogewinn. Das wäre besser als ein Lottogewinn, das wäre –«

»Ein größerer Arbeitsplatz als die Minibutze die du im Moment hast?«

»Mindestens. Und eine Gehaltserhöhung.« Und vor Chuck Martin die Bestätigung, dass sie ihren Job gut erledigt hatte und vertrauenswürdig war. Ihren Urlaub zu genehmigen, obwohl er ahnte, dass sie den Mörder ihres Vaters suchen wollte, war ein Risiko für ihn gewesen – ein schöner, satter Erfolg vorher konnte seine Sorgen vielleicht ein wenig mindern. Leider bedeutete dieser Erfolg auch, wenn Christine recht hatte, dass Helen ein Messer ins Herz eines netten jungen Mannes stechen musste, der unglücklicherweise seinen Lebensunterhalt damit verdiente, andere Leute auszurauben. Den Gedanken an ihr verwirrtes eigenes Herz schob sie zur Seite.

»Du wirst ihn schnappen«, sagte David. »Ich glaube an mein kluges Mädchen. Hör zu, ich will noch ein bisschen an dem Fall arbeiten, den ich mir aus der Firma mitgenommen haben, also …«

»Verstehe.« Sie spitzte den Mund zum Luftkuss. »Mach nicht mehr so lange.«

»Kunstliebhaber, ja?«

»Schlaf schön.«

Sie sollte müde sein. Der Tag war lang gewesen, sie sollte definitiv müde sein. Aber nachdem sie den Rechner zugeklappt hatte und ins Bett gegangen war, lag sie noch lange wach und betrachtete das Luftbild des nächtlichen London, das an der Wand gegenüber hing und im Mondlicht gerade so zu erkennen war, bevor ihr die Augen zufielen.

Feueralarm

»Sie haben sich mit Levraix im Pub getroffen?« Parkers Stimme ließ beinahe die Klemmleisten im Besprechungsraum scheppern, und seine Gesichtszüge sahen aus, als wären die Einzelteile leicht gegeneinander verrutscht.

»Ja. Sie haben gesagt, ich soll 24/7 an ihm dranbleiben.«

»Aber nicht so inoffiziell!«

»Es war ganz spontan. Ich dachte, es wäre eine gute Idee.«

»Und ich dachte, Sie wären ein Profi. Haben Sie Ihr Gespräch wenigstens aufgezeichnet?«

So viel zum Thema Beförderung. Sie fühlte sich wie damals in der dritten Klasse, als ihr Englischlehrer sie für ein fehlerhaftes Diktat abgekanzelt hatte. »Wie gesagt, es war ganz spontan. Und wir haben über nichts Aufregendes gesprochen. Ich meine, es ist nicht so, dass er seine Einbruchspläne mit mir diskutiert hätte.«

Kopfschüttelnd wandte Parker sich ab. »Swift? Ellis? Könnte einer von Ihnen diese junge Dame später mit Überwachungsequipment ausstatten und mit unseren Regularien vertraut machen?«

»Sir?«

»Was, Ellis?«

Parkers Gebell schien Christine nicht zu irritieren. »Wenn Helen tatsächlich einen guten Draht zu Levraix hat, können wir das vielleicht ausbauen. Wie wäre es, wenn Helen bei einem der nächsten Treffen behauptet, dass ihr Zusammentreffen am Flughafen überhaupt kein Zufall gewesen sei?«

»Ich habe seinen Koffer vom Band genommen«, sagte Helen. »Es war definitiv Zufall.«

Christine grinste diebisch. »Aber das weiß er nicht. Du könntest ihm sagen, dass das inszeniert war.«

»Warum sollte sie das tun?«, fragte Tom.

»Weil Helen in Wirklichkeit Charlotte Hunter ist«, sagte Christine verschwörerisch, »aufstrebende Tresorknackerin und Kunstdiebin, die ebenfalls hinter den Bildern her ist und sowieso auf der Suche nach Levraix war. Weil er der Beste ist – sie kann ihm ruhig ein bisschen schmeicheln – und sie gehofft hat, mit ihm zusammenzuarbeiten und von ihm zu lernen.«

Parker schwieg. Tom schwieg. Lloyd Kensington schwieg sowieso. Helen sah von einem zu anderen. Abgesehen davon, dass diese Idee sie selbst betraf, war sie eigentlich nicht schlecht.

»Charlotte Hunter?«, fragte Parker schließlich.

»Es sei denn, Helen hat einen besseren Decknamen für solche Unternehmungen. Hast du, Helen?«

Sie schüttelte den Kopf. Charlotte Hunter. »Ich brauche Zeit. Erst muss ich sein Vertrauen gewinnen.«

»Charlotte braucht sowieso erst mal eine glaubwürdige Biografie«, sagte Parker knapp. »Wo sind Sie zur Schule gegangen?«

$$$

Der Julian im Rasierspiegel grinste über das ganze Gesicht. Es war ein guter Abend gewesen, ein sehr guter, und das hier war ein guter Morgen.

Sie waren so weit.

In wenigen Stunden würde Jack Schwartz um fünf Kilo Gold ärmer sein. Zu schade nur, dass er Jacks Miene dann nicht sehen konnte, wenn der das nächste Mal seinen Tresor öffnete.

Emma schaute durch die Tür herein, der Angelegenheit angemessen mit Make-up und in Kostümchen und Pumps. »Champagner im Winter?«

»Besser!« Er nahm sie in den Arm.

»Hey, du zerknitterst mein Kleid! Und den Rasierschaum kannst du auf deiner eigenen Wange lassen!«

»Charmant wie immer.«

»Ich lieb dich auch.« Sie wischte sich mit dem Zeigefinger den Rasierschaum aus dem Gesicht und schmierte ihn auf seinen bloßen Oberkörper.

»Ich weiß. Das ist das Schöne daran.«

Passend zu Emmas Kleidung zog er Anthony Goldsteins besten Anzug an, überprüfte sein Erscheinungsbild ein letztes Mal und schnipste Fusseln vom linken Ärmel. Perfekt.

»Jules?« Emma warf ihm eins von zwei Smartphones zu, die sie in der Hand hielt. »Hier. Dein Prepaid-Kommunikator des Tages. Meine Nummer ist unter G.«

»G?«

»Goldraub.«

»Macht Sinn.«

Sie sahen sich an. In Emmas Augen lag dieselbe zappelige Vorfreude, die sich auch in ihm ausbreitete. Der Thrill des Verbotenen, Lampenfieber, Jagdtrieb – und die Aussicht auf viel Spaß und sehr, sehr viel Geld.

»Wie in alten Zeiten«, sagte Emma.

»Wie in alten Zeiten.«

»Ist gut, dich zurückzuhaben, Fontaine.« Sie boxte ihm leicht gegen den Oberarm. »Heute Abend feiern wir.«

»Wenn du nicht vorher mit den Millionen abhaust.«

»Oder du.«

»Ich tu so was nicht.«

Sie verschränkte die Arme. »Saint Tropez? Das Casino?«

»Das war –«

»Siehste.«

Er biss sich auf die Lippen. »Ich … heute Abend wollte ich Helen vielleicht … ich wollte sie fragen –«

»Ja?« Emma konnte extrem bedrohlich klingen, wenn sie es darauf anlegte.

Er holte Luft. »Ich dachte, ich könnte ihr vielleicht was kochen.«

Das Telefon fiel Emma aus der Hand. »Du willst. Helen. Was. Kochen.«

»Es ist romantisch.« Er hob das Smartphone auf und warf es ihr erneut zu. »Anthony kocht gern. Als Ausgleich zum harten Tagesgeschäft.«

»Hier?«

»Hier oder bei ihr, keine Ahnung. So weit war ich noch nicht.«

»Überspringst du nicht ungefähr drei Stufen? Spazieren gehen, Café, etwas in der Art?«

Vermutlich taten normale Leute solche Dinge beim Kennenlernen. Aber er hatte so verflucht wenig Zeit. »Spazieren gehen? Meinst du echt?«

Emma wandte sich ab. »Gehen wir. Wir haben einen Job zu erledigen.«

»Oder ist Café besser?«

»Jules?«

»Ja?«

»Erwarte nicht von mir, dass ich dein Liebesleben organisiere, okay? Und komm nicht zum Heulen zu mir.«

»Das erwähntest du.«

»Schön. Dann können wir ja jetzt gehen.«

$$$

»Sag noch einmal jemand was gegen Totalüberwachung.« Christine Ellis klang triumphierend, als sie auf dem Monitor im Besprechungsraum die Liveschaltung der städtischen Überwachungskameras verfolgten.

Nachdem die Polizisten, die vor Emma Dupontes Haus

stationiert waren, die beiden zu Verfolgenden verloren hatten, waren diese nur wenige Minuten später auf den Kameras von *Transport for London*, den städtischen Verkehrsbetrieben, aufgetaucht.

»Wettet jemand auf eine Ausstiegsstation?«, fragte Tom Swift.

»Unfaire Wette«, sagte Helen. »Ich kenne mich hier nicht aus.«

Er warf ihr einen U-Bahn-Plan zu. »Hier. Du bekommst dreißig Sekunden Vorsprung.«

Sie faltete die Karte auseinander und studierte sie. »Piccadilly Circus.«

Tom schüttelte den Kopf. »Leicester Square.«

»Covent Garden.« Das war Christine. »Lloyd?«

»Ich sage auch Leicester Square.«

Bei jeder Station wurde erneut ihre Aufmerksamkeit gefragt, um Emma Duponte und/oder Lucien Levraix in der Menge auszumachen. »Habt ihr keine Software für so was?«, fragte Helen.

»So macht es mehr Spaß, oder?« Tom schlug eine Faust in die Hand. »Leicester Square, sag ich doch. Da sind sie.« Er wies auf zwei verschwommene Gestalten am oberen Bildrand, die dem Ausgang zustrebten. »Fünf Pfund von jedem von euch für mich.«

»Von wegen!«, sagte Christine zur selben Zeit wie Helen. Sie sahen sich an und grinsten. »High five, Interpol.«

»High five, Scotland Yard«, gab Helen zurück und klatschte Christine ab.

Andrew Parker war unbemerkt in den Raum gekommen. »Irgendwelche Vermutungen, wo die beiden hinwollen, Kensington?«

Der junge Polizist wurde rot. »Die National Gallery ist dort in der Nähe.«

Tom sagte: »Der Kandidat erhält hundert Punkte.«

Kurz darauf schlenderten Duponte und Levraix durch die Fußgängerzone.

»Cranbourn Street«, murmelte Christine Ellis. »Sieht nach einem Vorbereitungsausflug zum Museum aus.«

Die beiden gingen jedoch nicht bis zum Museum, sondern blieben vor einem Hoteleingang stehen.

»Von wegen National Gallery«, sagte Christine. »Gepflegtes Hotelfrühstück schon eher. Vielleicht steht Levraix doch nicht auf dich.« Sie warf Helen einen entschuldigenden Blick zu. »Was kostet ein Frühstück in dem Laden eigentlich?«

»Warten wir ab«, erwiderte Andrew Parker gelassen. »Rufen Sie im Hotel an. Wir brauchen Zugriff auf die internen Kameras.«

$$$

»Fang mit spazieren gehen an.«

»Du redest wieder mit mir?«

»Nützt ja nichts. Wenn ich mit dir arbeiten will, muss ich mit dir reden. Und ich will mit dir arbeiten.«

Julian blieb stehen. »Ich hab nur eine Woche, Emma.

Vielleicht zwei, keine Ahnung, wie lange Helen hier ist. Ich würde sie einfach gern kennenlernen.« Er hielt ihr die Tür zur Hotellobby auf, und sie nahm die Geste gnädig an.

Beim Hindurchgehen zog sie einen breitkrempigen Hut aus der Handtasche und setzte ihn auf. »Soll ich schon mal Whisky kaufen für das große Heulen?«

»Nicht nötig, aber danke.«

»Halt einfach den Mund, okay?«

»Du hast damit angefangen!«

»Schschsch!« Sie waren genau rechtzeitig gekommen. »Da ist Jack«, wisperte Emma. »Pünktlicher als die Bahnhofsuhr.«

Jack stolzierte in den Frühstücksraum wie ein König. Das war immer schon seine Schwäche, dachte Julian bitter. Diese Überheblichkeit. Für ihr Vorhaben war das gut. Jack würde das Hotelbuffet bis zum letzten Häppchen auskosten und es genießen, die Kellnerinnen möglichst gönnerhaft zu beschäftigen. Gockel.

Emma nahm in einem Sessel in der Lobby Platz und zog ihren Laptop aus der Tasche. Eine Geschäftsreisende, die die Wartezeit mit Arbeiten füllt. »Ich brauche den WLAN-Code.«

»Lass mich raten: Den soll ich dir organisieren.«

»Wenn du so nett wärest …«

Julian setzte das Vertrauenerweckende auf und näherte sich der Rezeption. Ein junger Mann hatte Dienst, der eindeutig überfordert damit war, die Fragen dreier älterer Damen zu beantworten. Sehr gut.

»Entschuldigung«, sagte Julian mit seiner Autoritätsstimme.

Der Junge blickte ihn kaum an. »Ich bin gleich bei Ihnen, Sir.«

»Dauert nur eine Sekunde. Ich bräuchte einen neuen WLAN-Code, meiner funktioniert nicht.«

»Wenn Sie kurz warten würden ...« Der Junge warf ihm einen entschuldigenden Blick zu und wandte sich wieder an die Damen.

»Es tut mir leid, aber ich habe einen dringenden Termin. Es ist nur ein kleines Stück Papier.«

Darum bemüht, die Situation im Griff zu behalten, reichte der Rezeptionist ihm einen kleinen Zettel. »Ihre Zimmernummer, Sir?«

»Fünfundzwanzig.«

Betont gelassen kehrte Julian zu Emma zurück. Es würde ein paar Minuten dauern, bis sie Jacks Zimmernummer herausgefunden und danach die Überwachungskameras unter ihre Kontrolle gebracht hatte. Diese Zeit konnte er ebenso gut damit füllen, Jack zu ärgern. »Bin gleich wieder da.«

»Was machst du?«

»Vertrau mir. Das wird gut.«

Er schlenderte in den Frühstücksraum, wo Jack bereits mit vollem Teller an einem Fenstertisch saß. Sein Jackett hing über der Stuhllehne. Jack war Rechtshänder, also würde Julian in der rechten Tasche zuerst nach dem Zimmerschlüssel suchen.

Er näherte sich Jack von schräg hinten. Mit der rechten Hand langte er in Jacks Sakkotasche, während er sich auf Jacks linker Seite nach vorn beugte und ihm ins Ohr flüsterte: »Bisschen fettig, das Rührei mit Speck, oder?«

Jack fuhr herum, gewann seine Fassung aber bewundernswert schnell wieder. »Julian Fontaine.«

Julian lächelte dünn. Er ließ Jacks Schlüsselkarte in der Hosentasche verschwinden und setzte sich mit an den Tisch. »Für dich immer noch Lucien Levraix.«

»Julian, Lucien … der Unterschied ist minimal.«

Der Unterschied war ein ganzes Leben. »Weißt du, Jack«, sagte er freundlich, »das Problem an Speck ist: Er verklebt das Gehirn. Und wenn da ohnehin nicht viel ist …«

»Was willst du?«

»Dir einen Deal vorschlagen. Du willst die Bilder. Ich will die Bilder. Wenn wir zusammenarbeiten, sind wir effektiver.«

»Ich habe keine Ahnung, wovon du sprichst.«

»Überleg es dir.«

»Vergiss es.«

»Wir waren mal gut zusammen.«

Wütend beugte Jack sich nach vorn und zischte, dass die Speicheltröpfchen flogen: »Bevor ich deinetwegen im Knast saß, *Lucien.*«

»Das ist wieder das mit dem Gehirn, siehst du? Du saßt nicht *meinetwegen*, sondern weil du dich hast schnappen lassen.«

Das Geschirr klapperte, als Jack sich erhob und dabei gegen den Tisch stieß. »Du willst die Bilder, Fontaine? Hol sie dir. Ich werde schneller sein. Möge der Bessere gewinnen.«

»Wir sehen uns, Jack.«

$$$

»Trump und Trudeau, oder wie war das?«, flüsterte Helen, so dass es außer Christine niemand hörte.

Die grinste. »So ähnlich. Keine Frage, wer wer ist, oder?«

»Ich gebe zu, ich fand es unwahrscheinlich, dass die beiden überhaupt miteinander sprechen«, sagte Andrew Parker. »Hätten Sie Levraix gestern Abend eine Wanze in die Jackentasche geschummelt, wüssten wir jetzt, worüber.«

Levraix hatte bisher sowieso jedes Mal einen anderen Anzug getragen. Doch darauf herumzureiten wäre albern gewesen. Parker hatte recht, sie hatte unbedacht gehandelt. Bei Tageslicht und in ausgeschlafenem Zustand betrachtet, erschien ihr das Unternehmen des Vorabends kindisch, unprofessionell und sogar gefährlich. Wie hatte sie sich ohne Vorbereitung und ohne jemandem davon zu erzählen – nicht einmal David – mit einem der meistgesuchten Kriminellen der westlichen Welt in einem Pub treffen können? Selbst wenn Scotland Yard davon ausging, dass er in der Regel ohne Waffen arbeitete, selbst wenn er noch so *nett* war und sie beim Beobachten des stummen Kräftemessens im Restaurant einen klaren Favoriten hatte. »Es tut mir leid.«

Parkers Gesichtsausdruck wurde weicher. »Die Idee war grundsätzlich ja nicht schlecht. Aber das nächste Mal verkabeln Sie sich vorher, und Sie nehmen alles auf, egal, was es ist.«

»Selbstverständlich, Sir.« Nichts von dem, was Levraix im *Crown & Crook* geäußert hatte, wäre in irgendeiner Weise fahndungsrelevant gewesen, doch wer wusste schon, wofür man solche Aufnahmen noch gebrauchen konnte?

Auf dem stummen Bildschirm sprang Jack Schwartz gerade auf, als wenn er sich in der nächsten Sekunde auf Levraix stürzen würde.

»Da ist jemand gar nicht glücklich über den Verlauf des Gesprächs«, sagte Tom Swift.

Levraix lächelte, stand ebenfalls auf und verließ den Frühstücksraum. Christine schaltete auf die Kamera der Hotellobby zurück, Levraix näherte sich. Dann krisselte das Bild, und er war verschwunden. Eine Frau und ein junger Mann verrichteten hinter dem Rezeptionstresen ihre Arbeit, auf einem der Sofas an der Wand tippte Emma Duponte mit ausladendem Hut fast überzeugend am Laptop, und im Hintergrund ließ sich die Tür zum Frühstücksraum erkennen. Sogar Jack Schwartz konnte Helen erahnen, aber keine Spur des Mannes, der eben noch mit ihm gesprochen hatte und nun durch diese Tür die Lobby hätte betreten müssen. »Wo ist er?«, fragte sie überflüssigerweise.

»Niemand löst sich in Luft auf«, knurrte Parker, »nicht

einmal Lucien Levraix. Irgendwas stimmt da nicht.«

»Jedenfalls sind unsere beiden Zielpersonen nicht zum romantischen Frühstück verabredet.«

Parker schenkte Tom Swift einen vernichtenden Blick. »Geben Sie mir die anderen Kameras.«

Christines Finger flogen über die Computertastatur, dann zeigte der große Wandbildschirm vier verschiedene Kamerabilder gleichzeitig: die Hotellobby, eine Aufzugtür und zwei Flure. Weder Levraix noch seine Begleiterin waren darauf zu sehen.

»Verdammt.«

Helen betrachtete mit zusammengekniffenen Augen das Bild der Lobby. »Duponte«, sagte sie, als sie sich sicher war.

»Was ist mit ihr?«

»Vor einer halben Minute hat sie sich schon einmal genau so am Handgelenk gekratzt. Die haben eine Schleife eingebaut.«

»Verdammt«, wiederholte Andrew Parker, und rief beim Hinauslaufen Christine zu: »Schalten Sie mir den Concierge aufs Handy. Die sollen ihren Haupttresor sichern.«

»Von wegen, Levraix und Blackjack arbeiten nicht zusammen«, sagte Tom Swift. »Von wegen. Wenn die sich für die National Gallery zusammentun, wird das für uns eine ganz schöne Herausforderung.«

»Ich mag Herausforderungen«, sagte Helen.

Christine nickte. »Und du hast Jack Schwartz schon einmal geschnappt.«

»Ich war zumindest dabei.«

$$$

Emma wartete bereits ungeduldig, als er in die Lobby zurückkehrte. »Was sollte das? Was hast du gemacht?«

»Nur Jacks Schlüsselkarte organisiert und ihn ein bisschen geärgert. Er soll nachher ruhig wissen, von wem die Schokoladentaler in seinem Safe stammen.«

»Wirst du je erwachsen, Jules?«

»Wenn er sich ärgert, wird er nachlässig. Hast du die Kameras unter Kontrolle?«

»Für wen hältst du mich?«

»Dann los.«

Emma schob den aufgeklappten Rechner unter den Couchtisch mit der eleganten Decke, stand auf und hakte sich bei Julian unter. »Zimmer 323.«

Im Flur des zweiten Stockwerks platzierten sie die erste Rauchbombe und versorgten sicherheitshalber auch beide Aufzüge mit einer, bevor sie weiter nach oben eilten. Besser konnte es nicht laufen, die Flure waren menschenleer.

Im dritten Stock blieb Emma stehen, drückte ihm einen flüchtigen Kuss auf die Wange und sagte: »Viel Glück.« Dann warf sie die nächste Rauchbombe, während er weiterlief zu Zimmer 323. Als er es erreichte, war der Flur bereits voller Qualm, und die Rauchmelder gaben gellend Alarm. Sehr gut. Das Hotelpersonal würde niemanden mehr nach oben lassen.

Julian streifte die Handschuhe über, zog Jacks Schlüsselkarte durch den Leseschlitz und glitt ins Zimmer. Schnell schloss er die Tür wieder hinter sich. »Dann wollen wir mal sehen, was du uns so zu bieten hast, Schwartz.«

Jack musste sich unglaublich sicher fühlen. Der Safe stand im Kleiderschrank wie in jedem winzigen Dorfhotel. Beinahe schade, dass ihn dieser kleine Coup bisher so wenig herausforderte. Julian arbeitete leise und zügig. Ein kurzer Einsatz des Dietrichsets, einmal mit Gefühl den Schließmechanismus drehen, und der Safe war offen. Und überaus leer.

Verflucht!

Der Feueralarm auf dem Flur hörte auf zu schrillen, die Zeit wurde knapp. Julian sah sich im Zimmer um. »Los, Jack, wo hast du das Gold versteckt?« Er würde es im Leben nicht dem Haupttresor des Hotels anvertrauen, Jack Schwartz hatte seine Wertsachen lieber bei sich. Okay. Was würdest du tun, wenn du Jack wärst?

Sein Telefon klingelte. Er suchte weiter, während er den Anruf annahm. »Was?« Im Zeitraffer huschte er durchs Zimmer, das Smartphone am Ohr.

Emma klang gestresst. »Es kommt jemand die Treppe hoch.«

»Der Tresor war leer.« Schranktür auf, Schranktür zu. Minibar auf, Minibar zu.

»Es muss da sein. Im Haupttresor wird es nicht liegen.«

»Ach.« Schublade, Schranktür. Badezimmer. Nachttischschublade, Matratze.

»Jules, du solltest zusehen, dass du da rauskommst.«

»Eine Minute.« Nicht hinter den Handtüchern, nicht

unter dem Müll. Das war der Teil der Arbeit, den er liebte, wenn der Puls richtig hochging, den Rausch.

»Guck hinter der Stereoanlage!«, sagte Emma plötzlich.

Stereo … Stereo … Er zog die Anlage so unsanft heraus, dass das Netzkabel aus der Buchse rutschte. »Da ist absolut nichts. Außer Staub und einem alten Briefumschlag. Die sollten hier mal putzen.«

Stimmen auf dem Flur.

»Jules, raus da! Jetzt!«

Er steckte das Netzkabel wieder ein und schob die Anlage an ihren Platz zurück. Die Anzeige auf der Anlage blinkte, das konnte er jetzt nicht ändern. Ein letzter Kontrollblick – der Kleiderschrank hatte ein paar Zentimeter offen gestanden, als er reinkam, genau so – dann öffnete er die Zimmertür einen winzigen Spalt. Jack kam durch die Rauchschwaden durch den Flur gestürmt, einen Hotelangestellten hinter sich, der versuchte, ihn an der Schulter zu fassen. »Sir, Sie können nicht einfach –«

»Und wie ich kann, Kleiner.« Mit langen Schritten kam Jack näher. Damit hätte Julian rechnen müssen. Jack ließ sich nicht von Kleinigkeiten wie Verboten des Hotelpersonals aufhalten.

»Sir, wir haben Feueralarm. Zu Ihrer eigenen –«

Schnell schloss Julian die Tür wieder. Fluchtweg … Fluchtweg … Selbst wenn sich das Fenster mehr als einen Spalt hätte öffnen lassen, war das Sims davor verdammt schmal, und man konnte es von der Straße aus sehen. Das fiel also aus, aber viele andere Möglichkeiten blieben ihm nicht. Unter dem Bett oder im Kleiderschrank, beides eher aussichtslos.

Die Türsicherung klackte.

Als Jack unter den flehenden Worten des Hotelangestellten ins Zimmer kam, quetschte Julian sich unter das Bett, den Rucksack mit den Schokotalern und dem Werkzeug neben sich, und hörte auf zu atmen.

Goldsteine

»Sie bleiben im Auto, Shepherd.«

»Ich achte darauf, dass er mich nicht sieht.« Helen wusste noch nicht, wie sie es anstellen sollte, aber sie verließ sich auf das Überraschungsmoment. Lucien Levraix würde nicht damit rechnen, sie im Hotel zu treffen, was ihr die entscheidende Millisekunde geben konnte, sich hinter einem Kollegen zu verstecken.

»Sie sind dafür verantwortlich, und wenn sie Ihre Eins-zu-eins-Überwachung ruinieren, schicke ich Sie zurück nach Amerika.«

»Verstanden, Sir.«

Im Hotel war Andrew Parker sichtlich in seinem Element. »Dawson, Kensington, Sie beide sichern die Lobby. Swift, Shepherd, Sie kommen mit mir. Ellis, Patel, Steward – Sie kümmern sich um die oberen Stockwerke. Hier ist kein Feuer, darauf verwette ich meinen nächsten Monatslohn.«

Zügig verteilten sich die Beamten. Helen folgte Parker zum Tresen, hinter dem die Rezeptionistin versuchte, sich zwischen den aufgebrachten Fragen der Hotelgäste Gehör zu verschaffen. Ihr junger Kollege war nirgends zu sehen.

»Bitte, meine Damen und Herren, bleiben Sie ruhig. Ich bin sicher, Sie können Ihre Zimmer bald wieder beziehen.«

Die Polizisten schoben sich durch die Leute, und Wortfetzen drangen an Helens Ohr. »Wertsachen … mein Hund! … wenn Sie wüssten, wie … Termin … dringend …«

»Bitte verlassen Sie geordnet das Haus, es wird sich alles klären.« Die Rezeptionistin wirkte zunehmend angespannt.

Als Parker sie erreicht hatte, hielt er seine Polizeimarke in die Höhe. »Scotland Yard. Die Feuerwehr ist auf dem Weg. Jeder, der nicht sofort den Anweisungen dieser Dame Folge leistet, wird festgenommen.«

Helen amüsierte sich über den dominanten Tonfall, aber er funktionierte. Die Leute murrten zwar, doch sie verließen die Lobby und sammelten sich vor dem Haus.

Tom beugte sich zu ihr herüber. »Läuft wie am Schnürchen. Jedes Mal.«

»Überall auf der Welt dasselbe«, antwortete sie.

Parker sprach derweil leise auf die Rezeptionistin ein. Sie telefonierte, und kurz darauf betrat eine weitere Dame den Raum. Sie reichte Parker die Hand. »Ushma Savani. Ich bin die Managerin. Folgen Sie mir bitte.«

Schnellen Schrittes ging sie voran, durch die Lobby, einen Gang entlang, um eine Ecke. Sie öffnete eine verschlossene Metalltür, eilte einen weiteren Gang entlang, bis sie vor einer Glastür Halt machte. Ein gelangweilt aussehender Mann saß auf einem Stuhl davor. »Der Haupttresor.«

Tresor war leicht übertrieben für dieses Zimmer, in dessen Wände einfache Schließfächer eingelassen waren, wie es sie in jedem Einkaufszentrum gab. Wenn ein Dieb es bis hierher schaffte, stellten diese Fächer garantiert kein Problem mehr dar. Wer weiß, was die Engländer noch so für Helen auf Lager hatten. In einem Land, in dem die Polizei keine Waffen trug, war vielleicht auch ein Raum hinter einer Glastür als Haupttresor nicht ungewöhnlich. Tom Swift schien jedoch dasselbe zu denken wie Helen. Er sah sie mit hochgezogenen Augenbrauen an, als wolle er sagen: Ernsthaft?

Sie hob die Schultern.

»Alles ruhig«, sagte die Managerin. »Keine Aufzeichnungen auf den Kameras, keine Einbruchspuren.«

»Ihre Kameras wurden gehackt«, erklärte Parker kurz. »Sie konnten nichts beobachten.«

»Aber Bob schon.« Die Managerin zeigte auf den gelangweilten Mann. »Irgendwelche besonderen Vorkommnisse, Bob?«

»Nichts, Ma'am.«

»Ich möchte mir diesen Raum genauer ansehen«, sagte Parker.

$$$

»Mein Zimmer, meine Regeln.« Jack schaffte es tatsächlich, so bedrohlich zu klingen, dass dem jungen Hotelangestellten, der ihm gefolgt war, offensichtlich die Worte fehlten.

»Raus«, sagte Jack.

»Sir, ich muss darauf bestehen –«

»Raus.«

»Unter Protest, Sir, und –«

Die Tür wurde geschlossen, und Jacks knurrende Flüche waren das Einzige, das im Zimmer noch zu vernehmen war. »Was für ein Idiot«, grummelte er. »So, dann wollen wir mal …«

Julian hörte, wie die Kleiderschranktür mit leisem Quietschen geöffnet und dann wieder geschlossen wurde und wie Jack mit leisen Schritten durch das Zimmer ging, lauschend, lauernd. Er fragte sich, wie lange er unter diesem Bett reglos würde ausharren können. Natürlich war er schon in schlimmeren Situationen gewesen – sogar in entwürdigenderen –, aber gerade jetzt kam ihm Jack vor wie ein Raubtier, das seine Beute einkreist. Und er war die Beute.

Allein kam er hier nicht raus. Er brach sich fast die Finger bei dem Versuch, das Notfalltelefon aus der Hosentasche zu ziehen, aber schließlich gelang es. Schnell tippte er eine kurze Nachricht an Emma: *SOS. Sitze in Jacks Zimmer fest.*

Jack schlich ins Badezimmer, und Julian zischte der Gedanke durch den Kopf, ob jetzt vielleicht der richtige Zeitpunkt wäre, zum Ausgang zu stürzen, als gegen die Tür gebollert wurde. Emma! Gott sei Dank. Doch es war eine weibliche Stimme, die er nicht kannte, die rief: »Scotland Yard, öffnen Sie!«

»Moment!«, brüllte Jack gereizt zurück und bewegte sich, nach allem, was Julian hören konnte, auf das Bett zu. »Du hast keine Chance, Fontaine, das weißt du«, flüsterte Jack. »Ich brauche dich bloß den Bullen zu übergeben und bin dich los.«

»Sofort!« Das Klopfen wurde eindringlicher.

»Sekunde!«, rief Jack und blieb vor dem Bett stehen.

Die Tür wurde von außen geöffnet, mehrere Menschen stürmten ins Zimmer. Julian atmete lautlos aus. Noch würde Jack ihn nicht verraten, denn dann müsste er den Polizisten Rede und Antwort stehen und angeben, welche seiner Besitztümer stehlenswert wären. Und vielleicht hatte sogar Jack Schwartz noch so etwas wie ein Fünkchen Kollegenehre in sich.

Jack protestierte, doch die Polizistin ließ ihn nicht ausreden. »Entweder, ich nehme Sie wegen Widerstandes gegen die Staatsgewalt in Gewahrsam, Mister, oder Sie kommen freiwillig mit. Der Feueralarm ist noch nicht aufgehoben.«

»Hier brennt nichts, das sehen Sie doch!«

»Wenn Sie nicht sofort mitkommen, brennt hier durchaus etwas.«

Julian grinste. Gib's ihm, Lady!

Wütend verließ Jack mit den Polizisten den Raum. Julian entspannte sich und begann, Millimeter für Millimeter unter dem Bett hervorzukriechen, als er merkte, dass er nicht allein war.

Jemand war noch im Zimmer, vielleicht die engagierte

Polizistin. Sie bewegte sich unglaublich leise – Jack hätte etwas von ihr lernen können. Julian linste unter dem Überwurf hervor und beobachtete ihre Schuhe, während die Frau genau das tat, was er vor wenigen Minuten getan hatte: Jacks Schränke durchsuchen. Die Polizei war also auch an Jack dran, wenigstens etwas.

Die Frau näherte sich dem Bett, er regte sich nicht.

Als Nächstes öffnete sie die Nachttischschublade und schloss sie wieder, dann schlug sie den Überwurf vom Kopfende aus zurück. Beim Anheben der schweren Matratze fluchte sie, und er dankte den Erfindern der dicken Hotelbetten dafür, dass ihn noch eine Polsterschicht vor ihren Blicken abschirmte. Aber es war nur eine Frage der Zeit, bis sie ihn fand.

$$$

»Es muss einen Grund gegeben haben, dass Duponte und Levraix hierhergekommen sind«, sagte Andrew Parker in der Lobby zum dritten Mal. »Die legen doch nicht die Kameras lahm, nur um mit Jack Schwartz zu plaudern.«

»Was ist mit Schwartz' Zimmer?«, fragte Helen. »Wenn niemand am Tresor war, haben sie vielleicht dort etwas gesucht.«

»Fragen wir Steward und Patel.« Parker deutete auf die beiden Polizisten, die gerade hinter einem erbosten Jack Schwartz die Lobby betraten. Der Dieb schielte kurz herüber, schüttelte leicht den Kopf und schritt dann, ohne sie eines weiteren Blickes zu würdigen, in Richtung Frühstücksraum. Da war in der Tat jemand gar nicht amüsiert.

$$$

»Jack! Jack, ich weiß, dass du da drin bist! Mach die verdammte Tür auf!«

Trotz seiner brenzligen Lage unter dem Bett musste Julian grinsen. Besonders subtil war Emmas Rettungsaktion nicht, aber sie erfüllte ihren Zweck. Die Polizistin ließ von dem Bett ab. Vor seinem inneren Auge sah er, wie sie ein wenig ratlos im Zimmer stand, aber vielleicht schlich sie auch gerade mit gezückter Waffe zur Tür.

»Jack, wenn du nicht aufmachst, knacke ich … woah! Was tun Sie hier?«

Ganz offensichtlich war die Polizistin zur Tür gegangen und hatte sie, überraschend für Emma, geöffnet. »Dasselbe könnte ich Sie fragen.«

»Dies ist das Zimmer meines Freundes Jack«, sagte Emma mit glaubhafter Empörung. »Er hat nichts davon gesagt, dass er weiteren Besuch erwartet.«

Julian hätte einiges darum gegeben, sehen zu können, was an der Tür geschah, aber so blieb ihm nur, zuzuhören.

»Ich bin ebenso wenig Besuch wie Sie.« Das war die Polizistin. »Chief Inspector Christine Ellis, Scotland Yard.«

»Oh. Polizei.« Improvisieren hatte immer schon zu Emmas Stärken gezählt. Julian war sich fast sicher, dass der Polizistin das leichte Zittern in ihrer Stimme nicht auffallen würde. »Wo ist Ihr Durchsuchungsbefehl?«

»Ich wüsste nicht, was Sie das angeht.«

Vermutlich richtete sich Emma jetzt zu ihrer vollen Größe von nur mäßig beeindruckenden Einmetersiebzig auf. »Ich werde Ihnen sagen, was mich das angeht, Chief Inspector Christine Ellis von Scotland Yard. Dieses Zimmer hat mein Freund Jack gemietet. Wenn Sie es ohne Durchsuchungsbefehl flöhen, wird er Beschwerde einlegen, und Sie sind demnächst höchstens noch Sergeant Ellis.«

»Seien Sie sich da mal nicht so sicher, Mrs Duponte.«

Natürlich war ihm klar gewesen, dass die Cops jeden ihrer Schritte überwachten, aber es so direkt zu hören …

»Dann haben Sie einen Durchsuchungsbefehl?«

»Das geht Sie immer noch nichts an«, antwortete die Polizistin. Allerdings entfernte sich ihre Stimme dabei. Sie schien zu Emma auf den Flur hinauszugehen, und kurz darauf wurde die Tür geschlossen.

$$$

Einer der Polizisten trat zu Andrew Parker. »Er war allein in seinem Zimmer. Nichts Auffälliges.«

»Wo ist Ellis?«

»Guckt noch kurz durch.«

Helen war sich sicher, dass es dafür keinen Durchsuchungsbefehl gab. Ob es bei den Kollegen hier üblich war, die Regeln derart zu dehnen? Falls ja, beneidete sie sie ein wenig darum – ganz zu schweigen von Menschen Lucien

Levraix, die sich einfach über jegliche Regel hinwegsetzten und von derartigen Kleinigkeiten nicht stoppen ließen. Und Levraix war noch im Haus! Wenn er sie sah, war ihre Deckung dahin.

Christine kam aus Richtung des Zimmertraktes, trat zu Parker und sprach leise mit ihm. Helen konnte nicht verstehen, was sie sagten, aber Parker nickte grimmig.

»Tom?«, flüsterte sie. »Wenn Levraix auftaucht, war es das mit meinem Undercover-Einsatz. Ruf mich an, wenn ihr fertig seid, ja?«

Er neigte kurz den Kopf, und sie sah sich nach den Toiletten um. Sie fand sie neben dem verqualmten Treppenhaus, das zu den Zimmern führte, und von oben hörte sie leise Stimmen und Schritte, obwohl alle Beamten in der Lobby. Levraix? Duponte? Beide? Blitzschnell drückte Helen die Klinke zu den Toiletten hinunter und huschte nicht den Bruchteil einer Sekunde zu früh in den Raum.

Mit hämmerndem Herzen lehnte sie sich Helen an die kühle Fliesenwand. Levraix würde ihr kaum aufs Damenklo folgen, aber was, wenn er sie gesehen hatte? Was sollte sie dann sagen? »Ach, was für ein Zufall, dass du auch hier bist. Ich habe mich mit einem Kollegen getroffen und musste aufs Klo, deswegen bin ich nicht rausgegangen, als das Hotel evakuiert wurde«? Und wenn er ihr Emma hinterherschickte? Unsinn, dachte sie. Warum sollte er? Selbst wenn er sie gesehen hatte, würde er sich nicht auf Anhieb zusammenreimen können, dass sie Polizistin war. Dafür liefen hier schon wieder zu viele Gäste herum. Dazu noch hatte er mit seiner eigenen Deckung genug zu tun in einem Hotel, das vor Scotland-Yard-Beamten nur so wimmelte.

$$$

Emma wartete bei den Aufzügen auf ihn. Links daneben verlief die Treppe nach unten.

»Deal«, sagte Julian.

»War leider keine Zeit für eine elegantere Lösung. Du hättest sagen können, dass die Cops das Problem sind und nicht Jack.«

»Sorry.«

Gemeinsam liefen sie die Stufen hinab, stets in alle Richtungen nach verbliebenen Polizisten Ausschau haltend. Doch Scotland Yard schien den Einsatz bereits beendet zu haben. Die Flure im zweiten Stock waren ebenso leergefegt wie im ersten. Mit leichten Schritten betrat Julian die Lobby – und zuckte zurück, so dass er mit Emma zusammenstieß, die hinter ihm ging.

»Was?«, flüsterte sie.

Statt einer Antwort schob er sich, den Rücken an die Wand gepresst, wieder nach vorn und schielte um die Ecke. »Scotland Yard ist noch hier.«

Sie fasste ihn am Arm und zog ihn mit sich. »Hier rein, los.«

Er betrat das Herrenklo, und sie folgte ihm und verschloss die Tür hinter ihnen. So vertraut. Wie viele Male hatten sie das schon erlebt, in ähnlicher Form?

»Und jetzt?«, fragte Emma.

»Jetzt warten wir.«

»Warum war Jacks Gold nicht in seinem Zimmer? Kazmarek ist erst heute Mittag mit ihm verabredet. Es muss da sein.«

Julian betrachtete die Fliesen hinter ihr. Wie kam jemand auf die Idee, ockerfarbene Fliesen mit orangenen Blumenranken herzustellen? Und dazu diese geschmacklosen Rehe … Sie sahen beinahe aus wie der Springbock auf den Krügerrands, die nicht in Jacks Zimmer waren. »Als ich gesagt habe, dass das Gold bestimmt nicht im Haupttresor ist, warum warst du dir so sicher, dass ich recht habe?«

Emma schüttelte genervt den Kopf, als hätte er seinen Verstand bei Jack unterm Bett gelassen. »Weil Jack das nicht tut.«

»Genau das habe ich auch gemeint. Er konnte sich aber denken, dass wir in der Stadt sind. Und er weiß, dass wir seine Schwachpunkte kennen. Vielleicht ist Jack Schwartz uns ausnahmsweise einen Schritt voraus.«

»Für Jack ist das mächtig um die Ecke gedacht. Er konnte ja kaum wissen, dass wir von dem Gold erfahren«, sagte Emma.

»Aber er weiß, dass Kazmarek ein Schwätzer ist und dass jeder, der Jack kennt, das Gold zuallererst in seinem Zimmer suchen würde.«

Emma nickte. »Also liegt es wohl dich im Haupttresor, oder was denkst du?«

»Ist einen Versuch wert.« Er grinste. »Ich würde sagen, wir holen uns dann eben jetzt Jacks Krügerrands.«

»Schere, Stein, Papier?«

»Ich mach's.«

Sie schüttelte den Kopf. »Du hattest eben schon den ganzen Spaß.«

»Ich bin besser mit Tresoren.«

»Ich bin besser mit Menschen.«

»Ach ja?« Er schenkte ihr das wunderschönste, vertrauenerweckendste Lächeln, das er auf Lager hatte.

»Du bist so ein Schleimer, echt.« Emma verdrehte die Augen. »Machen wir einen Deal. Wenn ein Mann am Tresen ist, darf ich, wenn eine Frau da ist, darfst du?«

»Deal.«

Als sie diesmal in die Lobby schielten, war dort kein Polizist mehr zu sehen – zumindest kein uniformierter -, und statt des jungen Mannes saß hinter dem Empfangstresen eine etwa fünfzigjährige Rezeptionistin und telefonierte. Julian grinste Emma an. Drei grauhaarige Herren in schlechtsitzenden Anzügen diskutierten aufgeregt über den Feueralarm, und eine Gruppe japanischer Touristen ging direkt auf Julian und Emma zu. Zwei von ihnen trugen billige Panamahüte.

»Warte kurz«, murmelte Julian und folgte den Japanern. Als er zu Emma zurückkehrte, drehte er einen der Hüte auf dem Zeigefinger.

»Muss das sein?«

»Ich weiß, deiner ist hübscher. Aber ein Regenschirm

wäre ein bisschen zu auffällig, um die Kameras zu vermeiden, oder?«

»Vermutlich.«

»Dann los.« Wenn der Plan funktionieren sollte, mussten sie ihn umsetzen, solange sich alle noch in heller Aufregung befanden.

Er setzte den Hut auf, senkte ein wenig den Kopf, damit die Kameras sein Gesicht nicht erfassen konnten, und näherte sich zielstrebig der Rezeptionistin. Sie war perfekt. Sehr ordentlich, aber ihr Schick wirkte nicht selbstverständlich, sondern bemüht. Nervös und anscheinend unbewusst zupfte sie an ihrer Uniform herum, die glitzernden Ohrringe passten stilistisch genau nicht zur Perlenkette. Unsichere Leute waren ein leichtes Ziel.

»Phyllis Benson?«, sprach Julian die Frau nach einem Blick auf deren Namensschild an.

»Ja?«

»Sonderermittler Lucas Truman.« Er hielt die Europolmarke in die Höhe, die er damals für Saint Tropez gebastelt hatte, und schenkte ihr gleichzeitig das Herzschmelzende. »Wir müssten noch einmal an Ihren Tresorraum, jetzt sofort.«

»Ich … weiß nicht … Ihre Kollegen haben ja vorhin bereits …«

»Mrs Benson. Phyllis.« Er ließ seine Stimme ganz weich werden. »Die Angelegenheit ist sehr delikat. Wir vermuten … das darf ich Ihnen eigentlich nicht sagen … kann ich Ihnen vertrauen?«

Ihr Blick flackerte irritiert zum Telefon. Wenn sie ihren Chef anrief, war sein Plan dahin.

»Phyllis. Sehen Sie mich an.« Lächeln. Er hatte sie wieder. »Kann ich Ihnen trauen?« Aus dem Augenwinkel nahm er wahr, wie Emma auf Distanz blieb und vorgab zu telefonieren. Sehr gut. Er seufzte bedauernd. »Ich darf Ihnen keine Details nennen, aber es gibt Gründe dafür, dass wir gewartet haben, bis die offizielle Ermittlung vorbei ist.«

»Ich muss meine Vorgesetzte benachrichtigen.«

»Phyllis?« Noch eine Nuance mehr Vertraulichkeit und Verführung in die Stimme. Phyllis wurde ein wenig rot. »Es ist wichtig, dass Sie genau das tun. Sind Sie vertraut mit Anweisung siebzehn b, Absatz vier, zur Unterstützung der Ermittlungsarbeit?«

»Mister …«

»Truman«, sagte Julian hilfsbereit. »Sonderermittler.« Er sah auf die Uhr. »Wenn Sie uns jetzt bitte den Weg zum Tresor zeigen würden. Danach geben Sie sofort Ihrer Chefin Bescheid, ganz, wie es in Anweisung siebzehn b, Absatz vier, festgehalten ist.«

»Ich weiß nicht …«

»Phyllis. Bitte, das hier ist ein Fall von äußerster Priorität.« Er hielt ihren Blick fest. Lächelte noch einmal.

Endlich nickte sie und eilte diensteifrig hinter ihrem Tresen hervor. »Folgen Sie mir.«

Julian schnipste überheblich in Emmas Richtung. »Meine Assistentin, sie kommt mit. Haben Sie Neues zu der Genfer Sache?«

Die Rezeptionistin ging mit klackernden Schritten voran, und Emma trat ihm unauffällig in die Hacken. »Anweisung siebzehn b?«

»Absatz vier.«

»Da wären wir.« Vor einer Sicherheitsglastür blieb Phyllis Benson stehen. Ein gelangweilter Mann saß auf einem Klappstuhl davor und schaute sie fragend an. Der Raum hinter der Tür war hell erleuchtet, im Inneren befand sich eine Wand mit herkömmlichen Schließfächern. Nicht gerade Hightech. Aber welches davon war Jacks?

»Vielen Dank, Phyllis. Anweisung siebzehn b sieht vor, dass Sie uns unter keinen Umständen allein lassen, sondern uns persönlich das verdächtige Schließfach öffnen, aber das wissen Sie sicherlich.«

»Ja, ich …« Sie schien hin und hergerissen zwischen dem Bedürfnis, sofort ihre Chefin zu alarmieren und den Tresorraum mit Leib und Leben zu verteidigen.

»Absatz fünf«, sagte Emma freundlich. »Er ist ein wenig kompliziert. Keine Sorge, wir verraten niemandem, dass er Ihnen nicht geläufig war.«

»Phyllis? Die Tür, bitte.«

Nervös und ungeschickt schob die Rezeptionistin den Schlüssel ins Schloss. Ein paar Minuten mehr, und sie würde durchdrehen. Julian warf Emma einen hilfesuchenden Blick zu, doch die hatte der Frau bereits beruhigend die Hand auf den Arm gelegt. »Wissen Sie, was ich Sie schon die ganze Zeit fragen wollte?«

Julian betrat den Raum. Schließfächer. Dämliche, uralte Schließfächer. Dreißig von ihnen. Wäre er allein, würde er für alle zusammen keine fünf Minuten brauchen, aber sie standen unter Beobachtung, und er konnte Phyllis kaum bitten, alle zu öffnen.

Emmas glockenhelle Stimme hinter ihm kaufte ihm Zeit. »Woher Sie wohl dieses entzückende Kleid haben? Es steht Ihnen wirklich ganz ausgezeichnet.«

Dreißig. Dreißig! Jetzt nicht panisch werden, Fontaine.

»Meinen Sie wirklich?«, fragte Phyllis.

Er drehte sich halb zu ihr um. »Es bringt das Blau in Ihren Augen hervorragend zur Geltung.« Welches verfluchte ... Blackjack! Natürlich. »Schließfach einundzwanzig, bitte.«

Emma sah ihn fragend an.

Blackjack, formte er mit den Lippen.

Sie grinste, während Phyllis Benson das Fach öffnete.

Bingo!

»Sehr schön, das ist das, was wir suchen.« Er nahm den schwarzen Samtbeutel aus dem Fach, als wäre es das Selbstverständlichste der Welt. Das war eine seiner allerersten – und bittersten – Lektionen gewesen. Wer zögert, verliert.

»Sir, das –«

»Geben Sie Phyllis eine Quittung«, sagte Julian von oben herab zu Emma, und an die Rezeptionistin gewandt: »Wir werden gut darauf aufpassen, das ist unser Job. Der Besitzer kann sich sein Eigentum in einer Woche bei Scotland Yard abholen.«

»Sir …«

»Das war's dann.« Er schaltete das herzlichste Lächeln an, das er hatte, zog den rechten Handschuh aus und ergriff Phyllis' Hand zum Kuss. »Vielen Dank für Ihre Mitarbeit. Ich werde Sie in meinem Bericht lobend erwähnen.«

$$$

»Nehmen wir ihn hoch«, sagte Tom, als sie vor dem Hotel auf der Straße standen. Es hatte zu nieseln begonnen. »Kein Jack Schwartz, kein Raub.«

Parker schnaubte. »Wie lange arbeiten Sie jetzt für mich, Swift?«

»Das war doch das Ziel, oder? Dass die Ausstellung sicher ist.«

»Mit welcher Begründung wollen Sie ihn einbuchten?«

»Im Zweifelsfall wegen Widerstands gegen –«

Parker brachte ihn mit einer Handbewegung zum Schweigen. »Wir nehmen hier und heute niemanden fest. Nicht Jack Schwartz und nicht Lucien Levraix oder Emma Duponte. Wenn wir sie heute wegen Kleinigkeiten einsperren, sind sie spätestens in ein paar Monaten wieder draußen, allesamt, und das liegt nicht in meinem Interesse.«

»Natürlich nicht«, murmelte Christine, so leise, dass es nur Helen hören konnte. »In seinem Interesse ist es, den ganz dicken Fang zu machen.«

Helen nickte. Wenn jemand das verstehen konnte, dann sie. Bisher jedoch zeichnete sich der Tag nicht durch besondere Erfolgserlebnisse aus. Weder hatte ihr Einsatz im Hotel etwas ergeben, noch war sie mit ihren privaten Ermittlungen auch nur ein winziges Schrittchen weitergekommen. Sie befand sich erst so kurze Zeit in London, und doch war das verheißungsvolle Gefühl, das sie bei der Landung in Heathrow überkommen hatte, in diesen Tagen abhandengekommen. Das hier war Polizeiarbeit wie überall anders auch. Wie hatte sie etwas anderes annehmen können? Sie gab sich selbst einen Ruck. Trotzdem würde sie den Job gut machen. Danach. Und danach war es Zeit für ihre eigene Mission. Jetzt musste sie erst einmal dafür sorgen, dass Lucien Levraix sie nicht entdeckte, falls er im falschen Augenblick aus dem Gebäude trat.

»Was ist los?«, fragte Christine.

»Levraix«, wisperte Helen. »Wenn er rauskommt, bemerkt er mich. Ich gehe da rüber. Gib mir Deckung.« Sie bewegte sich so weit wie möglich vom Eingang weg, und Christine stellte sich so vor sie, dass sie sie vor eventuellen Blicken abschirmte.

Parker klatschte zweimal in die Hände. »Das war's hier, Leute. Ab ins Büro, bevor es anfängt zu regnen.«

$$$

»Déjà-vu«, grummelte Emma, als Julian beim Verlassen des Hotels zurückprallte. »Du hast mich eben schon mal fast umgerannt.«

»Die Cops sind noch da.«

»Die waren beim letzten Mal auch schuld. Aber da hattest du nicht so einen harten Rucksack auf.«

Er drehte sich zu ihr um. »Willst du ihn tragen?«

»Oder du gibst ihn gleich den Bullen mit.« Sie grinste und drängelte sich an ihm vorbei, sobald die letzten Polizisten um die Ecke verschwanden. »War eine süße Idee von dir, übrigens. Alles für die Glaubwürdigkeit.«

»Ich meinte das ernst.« Er trat nach ihr auf die Straße und wäre zur Abwechslung beinahe in sie hineingelaufen, so abrupt blieb sie stehen.

»Wie, du meintest das ernst?«

»So, wie ich es sage.« Er sprach ja nun wirklich nicht Spanisch. »Wir lassen das Gold anonym zu Scotland Yard schicken. Bisher hat keiner von uns Fingerabdrücke drauf, es gibt nichts, das auf uns deutet.«

Sie starrte ihn an, schüttelte den Kopf, starrte weiter.

»Was?«

»Du bist …«

»Was?!«

Sie kniff kurz die Augen zusammen. »Du meinst das echt ernst, oder?«

»Ja.«

Ohne ein weiteres Wort schritt sie davon, und ihm blieb wenig übrig, als ihr zu folgen. Schließlich drehte sie sich wieder um. Er hatte das Gefühl, unter ihrem Blick zu zerkrümeln. »Warum, Julian?«

»Ich arbeite nicht ohne Auftrag, das weißt du. Was glaubst du, warum sie mich nie kriegen?«

»Aber ich tue das. Und mich schnappt auch niemand.«

»Tja, dann bist du vermutlich besser als ich«, zischte er. »Darum geht es dir, oder? Ist das ein Wettbewerb?«

»Werd nicht unfair, ja? Davon hat niemand was gesagt.«

Etwas sanfter antwortete er: »Hör zu, wir brauchen das Gold nicht. Es ging doch bloß darum, Jack lahmzulegen.«

»Wir *brauchen* auch die Bilder nicht, Julian. Wir brauchen *nichts* davon. Was ist los mit dir?«

»Was soll los sein?«

Emma sah ihn wieder mit diesem vernichtenden Blick an. »Gib mir das Gold.«

»Ich soll …«

»Gib mir das Gold. Du willst es nicht, also gib es mir!«

»Geht's noch?«

Sie schaute ihn nur an.

»Okay. Fein.« Er nahm den Rucksack ab und warf ihn ihr zu. Zufrieden registrierte er, wie sie unter dem plötzlichen Gewicht schwankte. »Werd glücklich damit.«

»Vielleicht geb ich dir was ab.« Sie wandte sich zum Gehen und rief über die Schulter: »Vielleicht auch nicht.«

Er sah ihr einen Moment nach, dann ging er zurück zum Hotel – nur, um eine andere Richtung zu nehmen als sie. Sollte sie das Zeug doch zu Kazmarek bringen, wenn sie meinte, dass … Kazmarek!

Warum war ihm das nicht aufgefallen? Der Hehler hatte explizit gesagt, Jack sei nicht wegen der Bilder bei ihm gewesen, sondern wegen der Krügerrands - was bedeutete, dass Jack bereits einen Käufer für die Bilder hatte. Einen

Auftrag. Und obwohl Jack wusste, dass das Gold in dem Schließfach lag, war er als Erstes in sein Zimmer geeilt statt dorthin. Und das wiederum hieß, dass Julian etwas übersehen hatte. Er musste noch einmal in Jacks Hotelzimmer.

$$$

»Und es hat niemand etwas als gestohlen gemeldet?«

Die Rezeptionistin Phyllis Benson, die Andrew Parker und ihr selbst gegenübersaß, tat Helen beinahe leid. »Nein«, sagte sie zum zweiten Mal mit zitternder Stimme. »Niemand. Den Herrn aus Zimmer 323 haben wir informiert, außer ihm hat niemand etwas gemeldet.«

»Der Herr aus Zimmer 323«, sagte Parker kopfschüttelnd. »Ist er noch bei Ihnen?«

»Er war sehr aufgebracht. Er hat ausgecheckt. Wir haben ihn ausdrücklich darauf hingewiesen, dass er sich bei Ihnen melden soll wegen der Wertsachen, die Ihr Sonderermittler konfisziert hat.«

Lloyd Kensington steckte den Kopf in den Besprechungsraum. »Sir? Die Kartei.«

»Danke, warten Sie kurz.« Parker streckte die Hand nach dem Ordner aus und blätterte, bis er eine bestimmte Seite gefunden hatte. Es war die Seite mit dem Fahndungsfoto und den Informationen zu Jack Schwartz. Während Lloyd sich aufrecht auf einen Stuhl in der Ecke setzte, schob Parker den aufgeschlagenen Ordner über den Tisch zu ihrer Zeugin. »Ist das der Herr aus Zimmer 323?«

»Ja. Ist mit ihm etwas nicht in Ordnung?«

Helen lächelte Mrs Benson an. »Es gibt Gründe, warum er sich noch nicht bei uns gemeldet hat. Aber die betreffen nicht Sie. Kaffee?«

»Ja, bitte.« Die Frau war immer noch unsicher und zittrig. »Meine Chefin sieht das anders.«

Klar, dachte Helen. Phyllis Benson hatte immerhin einen Kriminellen in ihren angeblichen Sicherheitsbereich wandern und ein Schließfach ausräumen lassen. Bevor sie jedoch den Faden aufnehmen und sich nach Levraix erkundigen konnte, sagte Parker resolut: »Wissen Sie, was in dem Schließfach war?«

»Der Herr hat uns das nicht kundgetan. Wir nehmen die Privatsphäre unserer Kunden ernst.«

Was allein schon eine Alarmlampe in ihrem Kopf hätte angehen lassen müssen, wie Helen fand. Andrew Parker schien ähnliche Gedanken zu hegen. »Und Sie haben nicht nachgehakt?«

»Mister Parker, Diskretion gehört zu –«

»Ich verstehe.« Parker sah aus, als hätte er in eine Zitrone gebissen. »Welchen Namen hat der Herr aus Zimmer 323 Ihnen gegeben?«

»Morten Harris.«

»Kensington?« Parker sah auf. »Markieren Sie Morten Harris. Sperren Sie seine Kreditkarten, setzen Sie den Zoll in Kenntnis – das Übliche.«

»Sofort, Sir.«

Parker notierte den Decknamen in Jack Schwartz' Akte.

»Das hätten wir. Kommen wir nun zu unserem *Sonderermittler* …« Zielsicher blätterte er in dem Ordner nach vorn zum Buchstaben L. »Wie, sagten Sie, hieß er?«

Helen reichte der nervösen Mrs Benson eine Tasse Kaffee. Dankbar lächelte die Frau zu ihr auf, dann sagte sie: »Truman. Luke, glaube ich, oder Lucas Truman.«

»Wer hätte das gedacht«, murmelte Helen, und ihr Chef hob kaum merklich den Mundwinkel.

»Haben wir noch nicht in der Liste«, murmelte er. »Aber es kann keine Spontankreation gewesen zu sein.«

Helen schüttelte den Kopf. »Nein. Sonst hätte er kaum eine Polizeimarke mit dem Namen.«

»Soll ich Lucas Truman in die Decknamenliste aufnehmen?«, fragte Lloyd Kensington dienstbeflissen.

»Ich bitte darum.« Parker lächelte triumphierend. »Verkörperung eines Polizisten. Seine Liste wird länger.« Dann schob er den Ordner mit dem Foto von Lucien Levraix zu Mrs Benson hinüber. »Ist er das?«

Neugierig warf Helen einen Blick in die Akte. Außer Anthony Goldstein hatte Levraix noch ungefähr ein Dutzend anderer Decknamen, einige davon mit Haken versehen, was offensichtlich bedeutete, dass die Kollegen die dazugehörigen Identitäten bereits gesperrt und die Namen für ihn nicht mehr nutzbar gemacht hatten. Es blieben immer noch genügend übrig. Auch die Liste der Straftaten, derer man ihn bezichtigte, war höchst beeindruckend. Von Liebhaberobjekten und Sammlerstücken bis hin zu Bildern im Wert von mehreren Millionen Dollar war alles dabei.

Mrs Benson betrachtete das Bild und nickte. »Ja, das ist er. Er ist kein Sonderermittler, oder?«

»Nein. Er ist ein Gangster«, erklärte Andrew Parker unumwunden.

»Aber er war … so nett.«

Das ist er, dachte Helen. Nett, charmant und witzig. Und er hat wunderschöne Augen. Beinahe konnte sie sein Lächeln vor sich sehen. Wie viel von Levraix selbst steckte in Anthony Goldstein? Es hatte ihm garantiert keinerlei Probleme bereitet, die naive Mrs Benson um den kleinen Finger zu wickeln.

Nachdem die Zeugin das Büro verlassen hatte, lehnte Parker sich zurück. »Etwas passt nicht.«

»Sir?«

»Lucas Truman. Das ist zu deutlich. Fast, als wollte er, dass wir darauf stoßen.«

Helen nickte langsam. »Er wusste sowieso, dass wir wissen, dass er dort ist. Spätestens seit Duponte in Schwartz' Zimmer auf Christine gestoßen ist.«

»Das ist richtig. Zurück zu der potenziellen Beute: Die Rauchbomben waren zwar strategisch gut auf dem Weg zu Schwartz' Zimmer verteilt, nicht aber vor diesem sogenannten Tresor. Was immer Levraix gesucht hat, es war dort.«

»Vielleicht hat er nur die Münzen gesucht, und nachdem sie nicht im Zimmer waren …«

Er schüttelte den Kopf. »Dahinter steckt mehr. Finden Sie heraus, was es ist.«

Nachtleben

Emma blickte nicht auf, als Julian das Loft betrat. Einzig die Bewegung ihres Messers beim Gemüseschneiden schien ein wenig zu vehement, um natürlich zu sein.

»Du kochst?«

Sie ignorierte ihn.

»Okay, verstanden.«

Das Messer schlug rhythmisch auf das Schneidebrett.

Julian löste die Krawatte und warf sie über die Stuhllehne. »Wo ist das Gold?«

Emma antwortete nicht, sondern wandte ihm weiter stoisch den Rücken zu.

Dann eben nicht. Er musste nicht reden. Wortlos legte er den Briefumschlag, den er hinter Jacks Stereoanlage gefunden hatte, auf den Tisch und ging ins Gästezimmer. Dafür, dass er vor einer Stunde fünf Kilo Gold geklaut hatte, hatte er erstaunlich schlechte Laune.

»Was ist das?«, rief Emma, als er gerade die Tür schließen wollte.

»Ich denke, du kochst.«

»Kochen ist romantisch«, antwortete sie spitz. »Also, was ist das?«

»Guck's dir an.«

»Ich habe Zwiebeln an den Fingern.«

»Ist das ein Friedensangebot? Redest du wieder mit mir?« Er lehnte sich in den Türrahmen.

Mit erhobenem Zwiebelmesser drehte Emma sich zu ihm um. »Waffenstillstand, Fontaine. Kein Frieden.«

Er kehrte zu ihr in das große Wohnzimmer mit dem offenen Kochbereich zurück und lehnte sich an die Tischkante. »Ich habe gesagt, ich arbeite nicht ohne Auftrag.«

»Ja. Und?«

»In dem Umschlag ist eine Einkaufsliste, die Jack von seinem Auftraggeber bekommen hat.«

Sehr langsam legte Emma das Messer ab. Er konnte förmlich beobachten, wie die Wut aus ihr heraussickerte, während sie auf ihn zukam. Direkt vor ihm blieb sie stehen und küsste ihn auf den Mund. »Frieden, Fontaine.«

$$$

»Finden Sie es heraus«, hatte Parker gesagt. Als würde Levraix ihr seine Einbruchserlebnisse berichten … Seufzend schob Helen mit dem kleinen Finger den Transponder im Ohr zurecht und hängte sich die Kette mit dem Minimikrofon um. Es war einen Versuch wert. Zumindest hatte Levraix ihren Vorschlag für ein weiteres Treffen gern angenommen.

»Wir sind in der Nähe«, sagte Christine.

»Ich weiß.«

»Er hat dich nicht gesehen.«

»Ich weiß.«

»Er arbeitet grundsätzlich ohne Waffen, und er will irgendwas von dir, also –«

»Ich –«

»Du weißt.« Christine lächelte aufmunternd.

Helen begriff selbst nicht, warum sie auf einmal so nervös war. Anthony Goldstein hatte sich ihr nie anders als zuvorkommend gezeigt. Aber er war eben nicht Anthony Goldstein, sondern Lucien Levraix, und ihn heute bei der »Arbeit« zu erleben, hatte in ihrem Kopf etwas verändert. Vorher hatte sie ihren Job gemacht, in dem theoretischen Wissen, einen Verbrecher zu observieren. Das wirklich mitzuerleben, war anders. Lucien Levraix nahm Menschen etwas weg, das ihnen wichtig war.

»Kann er aus irgendeinem Grund wissen, dass du die Bilder für die Sonderausstellung authentifizieren sollst?«, fragte Christine. »Das würde uns vielleicht einen Hinweis darauf geben, warum er so interessiert an dir ist.«

Helen zuckte mit den Schultern. »Ich wüsste nicht, woher. Ich meine, natürlich können die sich ins Museumssystem reingehackt und das herausgefunden haben, Duponte und er – aber warum? Was hätten sie davon?«

»Finde es heraus.«

Levraix hatte vorgeschlagen, dass sie sich wieder im *Crown & Crook* trafen und gegebenenfalls weiterziehen würden, falls ihnen danach war, und sie hatte nicht widersprochen.

Der Pub hatte ihr gut gefallen und war als Ausgangspunkt für ihren ausführlichen Rechercheabend bestens geeignet, zumal sich direkt davor ein Parkplatz befand, den Tom Swift und Lloyd Kensington bereits seit dem späten Nachmittag durch einen SUV mit getönten Scheiben besetzt hielten.

Helen nickte den Kollegen knapp zu, schaltete das Mikrofon an der Kette an und betrat das Lokal.

Levraix lehnte an der Theke und flirtete mit der Barkeeperin, ohne Krawatte dieses Mal und mit nicht ganz so ordentlich frisierten Haaren. Es war seltsam, ihn nach den Ereignissen des Nachmittags wiederzusehen.

Helen atmete tief ein. Sie hatte einen Job zu erledigen, und auch wenn sie sich während ihres Aufenthaltes in England noch nicht sehr hervorgetan hatte, war sie gut in diesem Job. Beschwingt, als hätte sie die Szene nicht schon eine halbe Minute lang beobachtet, sondern wäre gerade erst zur Tür hereingekommen, stellte sie sich neben ihn. »Hi.«

»Schön, dass du es einrichten konntest.« Er freute sich so offensichtlich über ihre Anwesenheit, dass sie beinahe ein schlechtes Gewissen bekam.

Sie war sich entsetzlich bewusst, dass jedes ihrer beider Worte aufgezeichnet wurde. Das machte es schwer, an die Vertrautheit des Vorabends anzuknüpfen. »Ist mir ein Vergnügen.«

In Anbetracht des grauen, Regen verheißenden Himmels blieben sie dieses Mal im Inneren des vollen Pubs.

Helen suchte einen Ecktisch am Fenster aus, in der Hoffnung, dass der Lärmpegel dort nicht ganz so hoch sein würde, damit die Kollegen vor dem Haus überhaupt etwas hören konnten.

»Was macht die Kunstbegutachtung?«, fragte er.

»Läuft. Und die Bankgeschäfte?«

»Laufen.«

»Gut.« Sie grinste. »Dann können wir ja wieder gehen.«

»Oder wir könnten den Whisky probieren, den die Barkeeperin mir gerade empfohlen hat.«

»Ich …« *Bin im Dienst* wäre vermutlich keine besonders schlaue Aussage. »Du bist im Dienst«, flüsterte Tom stattdessen in ihrem Ohr. Als wäre es nicht schwierig genug, durch ein Lügengebäude hindurch Smalltalk zu machen, ohne dass das jemand kommentierte.

»Du?«, nahm Levraix den Faden auf.

»Ich steh nicht so auf Whisky.« Helen griff nach der Karte und schlug sie auf, um etwas zu tun zu haben. Sie wünschte sich dringend die alte Leichtigkeit zwischen ihnen zurück.

»Lieber den Wein vom letzten Mal?«

»Ja.« Ewigkeiten konnte sie nicht so tun, als würde sie die Karte lesen. »Und Pommes Frites.«

»Pommes Frites.« Er verzog das Gesicht.

»Burger gibt es ja nicht.«

Er lachte auf. »Das ist so amerikanisch.«

»Ja, was der Bauer nicht kennt … Weißt du doch.«

»Ich probiere gern Neues.« Haarscharf abgebogen,

Monsieur Levraix, dachte Helen. Anthony Goldstein mochte Amerikaner sein, aber Levraix stammte aus Montréal.

»Wo kommst du her?«, fragte sie. »Ich kann keinen Akzent raushören.«

Er lächelte. »Ich schon. Texas, oder?«

»Hey, ich habe echt daran gearbeitet!«

»Ich bin gut mit so was.«

»Okay, Mister Akzentfrei. Wo kommst du her?«

»New York.«

Mit widerwilliger Bewunderung stellte sie fest, dass er sich mit seinen dunklen Vokalen und den verschluckten Gs am Ende mancher Worte tatsächlich nach New York anhörte.

Nach und nach wurde ihre Anspannung trotz des gelegentlichen Knisterns und des Drucks in ihrem Ohr weniger. Vermutlich war das Levraix' Geheimnis. Er brachte Leute dazu, sich in seiner Gegenwart wohl zu fühlen. Und noch etwas stellte sie fest: Levraix spielte nicht Anthony Goldstein, er schlüpfte so tief in die Rolle, dass er es war. Bei keiner ihrer Fragen nach seinem Job stolperte er auch nur einmal, im Gegenteil. Wenn er über sein Tagesgeschäft redete, klang es, als hätte er tatsächlich gerade die Fusion zweier Firmen finanziell geregelt und nicht einen Hotelsafe ausgeräumt.

»Erzähl mir von dir als Kind«, sagte sie schließlich und verzog innerlich das Gesicht, weil es so theatralisch klang. »Wer ist Anthony Goldstein?«

Es schien ihm nicht aufzufallen. Schweigend ließ er den Wein im Glas kreisen, bis sie schon nicht mehr mit einer Antwort rechnete. Erst dann sprach er. »Wir hatten eine Yacht in den Hamptons, als ich klein war. Dort haben wir die Sommer verbracht. Jeden verflixten Sommer.« Er lachte leise, wie über einen Witz, den nur er verstand.

»Wo dort?«

»Was?«

»Wo war die Yacht?«

»Southampton«, sagte er abgelenkt. »Meine Mutter hat mich immer in das mickrige Museum dort geschleift, ich habe es gehasst.«

»Und trotzdem hast du dich mit mir in der National Gallery verabredet.« Helen sah beinahe vor sich, wie ihre Kollegen im Büro Levraix' Geschichte auf wahre Fragmente analysierten, Stichworte und Tonfall auf mögliche Rückschlüsse überprüften.

»Ja.« Er lächelte in sich hinein. »Vermutlich hat ihre Kunstbesessenheit doch irgendwann Spuren hinterlassen. Eine Zeitlang habe ich versucht zu malen.«

»Warum nur eine Zeitlang?«

Sein Lächeln verhärtete sich ein wenig. »Ich war nicht gut genug, um groß zu werden. Also habe ich lieber etwas Richtiges gelernt. Künstler sind nett, wenn man damit angeben kann, dass man sie kennt, aber nicht, wenn man sie selbst in der Familie hat.«

»Das klingt traurig.«

»Ist es nicht. Es war eine gute Kindheit. Sehr behütet,

und ohne dass es mir an etwas mangelte.«

»Geschwister?«

»Ich habe,« er stockte kurz, »ich habe einen Bruder, ein bisschen jünger als ich. Er ist … Kunsthändler.« Wieder dieses leise, ein bisschen bittere Amüsement über einen Witz, den nur er kannte. Bedächtig nippte er am Glas und stellte es dann auf den Tisch, um sich vorzubeugen. »Und du? Wie wird man Kunstexpertin?«

Helen winkte ab. »Ich bin uninteressant. Erzähl mir von deinem Vater. Was hat er beruflich gemacht?«

»Wenn du eins nicht bist, dann ist es uninteressant.« Seine Stimme wurde ganz weich. »Lass dir das von niemandem einreden. Auch nicht von dem Typen, dessen Ring du abgenommen haben.«

Verflixt, sie hatte nicht gemerkt, dass sie an ihrem Ringfinger herumgespielt hatte. Was sandte sie wohl sonst noch für Signale aus, die er schweigend deutete?

»Wir sollten gehen«, sagte sie.

»Wir sind gerade erst gekommen.«

Womit er natürlich recht hatte, aber sie wollte nicht über Ringe an ihrem Finger diskutieren. »Ich glaube …«

»Ich muss morgen auch arbeiten«, sagte er freundlich. »Aber der Abend hat nicht mal richtig angefangen.«

Es war tatsächlich noch früh. Und sie hatte einen Auftrag. *Finden Sie heraus, was er im Hotel getan hat.* »Was hast du heute sonst noch so gemacht?«, fragte sie. »Außer Firmen fusioniert, meine ich?« Großartige Ermittlungsleistung, Shepherd. Wenn sie nur nicht ständig zwischen dem

Wunsch nach leichter Begegnung und Vertrautheit und dem Bewusstsein, dass sie überwacht wurden, hin und hergeschwankt wäre! Sie nahm sich vor, das nächste Treffen wieder ohne Zeugen stattfinden zu lassen.

»Dies und das«, antwortete er auf ihre Frage. »Ich habe mich darauf gefreut, dich zu treffen.« Er strich sich eine dunkle Strähne aus der Stirn und lächelte.

Auf diese Weise kam sie nicht weiter, sie brauchte einen anderen Ansatz für ihre Ermittlungen. Sie musste ihn unerwartet erwischen, ihn aus der Balance bringen. Aber wie?

Vielleicht war diese Charlotte-Hunter-Sache doch nicht dumm.

»Soll ich uns hier noch was zu trinken holen?«

Abgelenkt nickte sie. Nächster Schritt: Ihm gestehen, dass sie nicht Helen Shepherd war, sondern Meisterdiebin Charlotte Hunter, die eine Anstellung suchte. Allerdings würde Parker nicht amüsiert sein, wenn er morgen erfuhr, dass ihr gesamter Background, den sie gerade erst angefangen hatten zu erstellen, nun im Eiltempo entstehen musste.

Levraix kam zurück, in den Händen hielt er zwei Gläser. »Beaujolais dieses Mal. 2015.«

»Beerig im Abgang?« Charlotte Hunter hatte leider auch keine Ahnung von Wein.

»Probier es aus.«

Sie nippte am Glas und spitzte die Lippen, wie man es bei Weintestungen tat. »Hm. Ich denke, ich muss das noch üben.«

»Ich stelle mich gern als Testpartner zur Verfügung.«

Natürlich tat er das. Zumindest, bis er von ihr hatte, was er wollte – was immer das war. Sie sollte doch lieber nach Hause gehen und vielleicht Charlotte Hunters Lebenslauf durchdenken. »Morgen muss ich wirklich früh raus.«

»Bin ich langweilig?«

Sie musste lachen. »Ich bin nur müde.«

»Sicher?«

»Absolut.«

»Wir könnten den Wein mitnehmen und noch ein bisschen durch die Stadt gehen. Bist du mit der Bahn?«

»Ja«, sagte sie. »Aber …«

»Ich könnte dich zur Station begleiten. Danach bringe ich die Gläser hierher zurück.«

Sehr niedlich. Lucien Levraix klaute Bilder, die Millionen wert waren, und sorgte sich um 50-Cent-Gläser. Sie war gespannt, ob er sein Versprechen halten würde.

Als sie vor die Tür traten, regnete es in Strömen. Sehnsüchtig warf Helen einen Blick zu dem warmen, trockenen SUV hinüber, dann nahm sie die Hand, die Levraix ihr reichte, und lief mit ihm in den Regen hinaus.

Die geleerten Gläser ließen sie auf einem Blumenkübel stehen.

Mit jedem kühlen Tropfen, der sie traf, wurde Helen unbeschwerter. Vielleicht kam auch nur der Alkohol in ihrem Blut an. Um ihre Füße spritzte das Wasser, und innerhalb von Sekunden klebten ihr die Haare am Kopf und die Kleidung am Körper. Ein Auto fuhr vorbei und sprühte dabei gefühlt die halbe Themse gegen ihre Seite. Es war kühl und eigentlich gar nicht komisch, aber sie lachte trotzdem. Der Wasserschwall hatte endlich die Verkrampfung gelöst, die sie den Abend über mit sich herumgetragen hatte. Levraix' Hand lag warm um ihre, und ihr Übermut schien sich auf ihn zu übertragen, während sie, kichernd wie Kinder, in eine Einbahnstraße einbogen. Wann hatte sie so etwas das letzte Mal mit David getan? Wann hatte sie überhaupt einmal so etwas mit David getan? Sie zog die Hand aus Levraix'.

Er gab keinerlei Verunsicherung zu erkennen, sondern ging einfach weiter, jetzt beide Hände in den Hosentaschen.

Helens Transponder knisterte leise, dann hörte sie nichts mehr daraus. Vielleicht waren sie außer Reichweite ihrer Kollegen, aber das Mikrofon im Kettenanhänger zeichnete nach wie vor jegliches Geräusch auf dem internen Chip auf.

Es regnete immer noch, und je länger sie durch das abendliche London liefen, desto stärker schien der Regen zu werden. Allmählich wurde ihr kalt.

Als hätte er ihre Gedanken gelesen, zog Levraix sein Sakko aus und legte es ihr um die Schultern. »Hilft vielleicht nicht so viel, aber …«

Sie lächelte. »Trotzdem danke.«

Das nasse Hemd klebte ihm am Oberkörper. So durchweicht sah er wesentlich jünger aus als sonst.

»Wie alt bist du eigentlich?«, fragte sie spontan.

»Gerade noch neunundzwanzig.« Lügner. Levraix war achtundzwanzig, das wusste sie genau. Seltsamerweise störte es sie, dass er selbst bei einer derartigen Kleinigkeit nicht die Wahrheit sagte.

Als sie wirklich keinen einzigen trockenen Flecken mehr am Körper hatte und der Alkohol sich außerdem gefährlich in ihrem Kopf ausbreitete, hatten sie die U-Bahn-Station erreicht. Sie gab Levraix das Sakko zurück, der es über seinen Arm hängte. »Danke. Es hat nicht viel genützt, aber es war eine nette Geste.«

»Sicher, dass ich dich nicht nach Hause bringen soll?«

»Absolut.«

»Ich würde es tun.« Er lächelte sie an, als wäre sie, kalt und durchnässt, wie sie war, das Schönste, was er je gesehen hatte. Kein Wunder, dass er mit seinen Betrügereien überall durchkam.

»Was willst du eigentlich von mir?«, fragte sie.

Er legte den Kopf schief. »Was denkst du?«

»Ich weiß es halt nicht. Sag's mir.«

»Im Regen spazieren gehen.«

»Und?«

»Wein trinken. Reden.«

»Und?«

Er beugte sich nach vorn, so dass seine Nase beinahe die ihre berührte. »Muss ich irgendwas wollen?«, flüsterte er, die Lippen so nah an ihren, dass sie schlucken musste.

»Nein.«

»Gut.« Immer noch so nah. In seinen Wimpern hingen

Regentropfen. Wie konnte man überhaupt so unverschämt dichte Wimpern haben?

Helen trat einen Schritt zurück. »Ich ruf dich an.«

»Klar.« Er nickte, und das erste Mal, seit sie ihn kannte, bröckelte sein Lächeln kaum merklich.

»Morgen«, sagte sie.

»Schlaf gut, Helen.«

»Du auch.«

Sie sah ihm nach, wie er durch den Regen davonging, leichten Schrittes, bis nur noch sein Hemd als heller Fleck unter den Straßenlaternen erkennbar war. Sie musste ganz dringend David anrufen.

Eine Gruppe Jugendlicher blockierte grölend ihren Blick auf Levraix. Als sie vorbeigegangen waren, war auch er verschwunden.

Helen drehte sich zur U-Bahn-Station um, doch ehe sie auch nur einen Fuß auf die Treppe setzen konnte, wurde sie von hinten gepackt. Reflexartig knallte sie ihren Ellenbogen nach hinten und traf etwas Weiches, gleichzeitig trat sie aus. Ein unterdrückter Fluch, aber ihr Gegner ließ sie nicht los. Sie wand sich, versuchte, in die Hand zu beißen, die sie hielt, als jemand ihr ein dunkles Tuch über den Kopf warf und ihr gleich darauf einen Schlag gegen den Kopf verpasste, dass ihr das Bewusstsein schwand. Das letzte, was sie sah, waren schwarze Schuhe auf regennassem Kopfsteinpflaster.

TEIL 2

TRAPPED

Als der Winter kam, wurde es kalt in der Hütte, aber er konnte den Ofen nicht nutzen. Verräterischer Rauch im falschen Augenblick, und er würde die nächsten dreißig Jahre in einer Zelle sitzen und auf die Todesstrafe warten.

Kein Licht in der Nacht, damit konnte er inzwischen umgehen, genau wie mit der Einsamkeit und damit, wochenlang Konserven und Haferkekse zu essen. Keine Möglichkeit zum Heizen zu haben, war etwas anderes.

Im Oktober wünschte er sich das erste Mal eine dicke Jacke. Im November waren Eisblumen an den Fenstern, im Dezember fror das Waschwasser ein.

Er machte es sich zur Gewohnheit, vor dem Schlafengehen eine halbe Stunde durch den Wald zu laufen und gleich danach in den klammen Schlafsack zu kriechen, so dass wenigstens die Kälte ihn nicht wachhielt, die durch alle Ritzen kroch.

Das, was ihn wachhielt, war die Angst vor den Träumen.

Der Auftrag

Der Raum war dunkel.

Helen konnte sich nicht erinnern, wie sie hergekommen war. Die Kleidung klebte ihr am Körper, und die blanke Matratze, auf der sie lag, hatte etwas von der Feuchtigkeit angenommen. Zitternd stand sie auf und versuchte, im Dunkeln etwas zu erkennen.

Zwei Semester lang hatten sie in der Ausbildung Entführungssituationen simuliert. Ruhig bleiben. Besonnen bleiben. Den Entführern keinen Grund zu unbedachten Handlungen geben.

Das war die Theorie gewesen.

Sie hatte Bestnoten bekommen.

Helen Shepherd, die nichts erschütterte, die einen kühlen Kopf behielt. Und die jetzt kurz davor war, panisch zu schreien. Sie biss sich auf die eisigen Fingerknöchel und ließ die Hand wieder sinken, weil davon nichts besser wurde. Auch Armekreisen half nicht dabei, warmzuwerden und ihr schockerstarrtes Hirn aufzuwecken.

Atmen.

Atmen war gut. Tief und ruhig. Yoga war immer Keiras Ding gewesen, und Helen war nur der Höflichkeit halber ab und an mitgetrabt. Jetzt war sie dankbar darüber. Einatmen. Ausatmen.

Allmählich ebbten die Panikwellen ab, die in ihr an die Oberfläche drängten. Einatmen. Ausatmen. Schultern lockern.

Und danach handeln, mit Entschlossenheit und Zuversicht. Handeln hielt die Angst im Zaum. Sie konnte es sich nicht leisten, jetzt zusammenzubrechen.

Die Stimme ihres Ausbilders war in ihrer Erinnerung kristallklar: »Zuerst verschaffen Sie sich ein Bild von der Situation. Nur dann sind Sie überhaupt handlungsfähig.«

Gut, das würde sie tun.

Ihre Kleider waren nicht mehr so nass wie … wann? Gestern Abend, als irgendjemand ihr einen Sack übergezogen und sie hierhergeschleppt hatte – wo auch immer »hier« genau war. Aber sowohl Hose als auch ihre Tunika waren deutlich feucht. Sie konnte also noch nicht sehr lange hier sein. Das bedeutete, dass sie einige weitere Stunden lang niemand vermissen würde.

Sie war auf sich gestellt.

Irgendwo sprachen Menschen, zu weit weg, um sie zu verstehen, und sie meinte, Fernsehgeräusche zu hören.

Auf leisen Sohlen inspizierte sie das Zimmer, dankbar dafür, sich am Vorabend – oder vor wenigen Stunden? – für die bequemen halbhohen Stiefel statt Pumps entschieden zu haben. Sie musste herausfinden, wo sie war. Das Warum würde warten müssen. Zwar gab es einen Lichtschalter, stellte sie als Erstes fest, aber es steckte keine

Glühbirne in der Lampenfassung. Wer immer sie hergebracht hatte, hatte an alles gedacht.

In der Dunkelheit ließen sich nur schwer Einzelheiten ausmachen. Es gab zwei Fenster, deren unterer Teil sich nach oben schieben ließe, wenn sie nicht wie hier durch ein Schloss gesichert gewesen wären. Nach dem zu urteilen, was sie im Dunklen erahnen und ertasten konnte, waren die Rahmen aus Holz. Nicht sehr durabel, aber auch nicht ohne Werkzeug zu öffnen oder zu zerstören. Zudem waren beide Fenster durch Rollläden gesichert. Beim linken schien der Rollladen entweder nicht richtig heruntergelassen oder defekt zu sein, denn hier konnte Helen durch winzige Ritzen nach draußen blinzeln. Viel ließ sich nicht erkennen. Eine Straßenlaterne, etwas glitzerte im Lampenlicht, vermutlich ein Auto. Keine erahnbaren Bewegungen irgendwo, keine Menschen. Die Straßenlaterne befand sich einiges unter dem Fenster, sie musste also in einem zweiten oder eher dritten Stockwerk gefangen sein. Irgendwann nachts in irgendeinem Haus in irgendeiner Straße in London. Vermutlich. Besonders ergiebig waren ihre Nachforschungen bisher nicht verlaufen.

Frierend tastete sie weiter umher. Außer der Matratze befand sich nur ein wackeliger Plastiktisch im Zimmer.

Auf dem Tisch lag ihre Tasche, aufgeklappt. Daneben ihre Polizeimarke, ihr Ausweis, ihr Kettenanhänger – aufgebrochen – mit dem Mikrofon und dem GPS-Tracker. Ihr Diensttelefon fehlte. Natürlich. Bei den Leuten, die sie verschleppt hatten, handelte es sich ganz offensichtlich nicht um Anfänger. Wer auch immer sie hier im Dunkeln eingesperrt hatte, würde ihr kaum eine so einfache Möglichkeit dalassen, Hilfe zu rufen.

Wütend über die Angst, die sie nur mit Mühe unter Kontrolle hielt, zog sie die Nase hoch. Sie durfte nicht zusammenbrechen. Atmen. Nicht heulen. Wenn es ihr schon nicht hundertprozentig gelang, Helen Shepherd, die stets Kühle und Beherrschte, zu sein, würde sie zumindest nicht heulen.

Atmen. Denken. Handeln.

Niemand würde sie suchen, denn niemand wusste zu diesem Zeitpunkt überhaupt, dass sie in diesem Loch hockte und zitterte. Sie hatte keine Möglichkeit zu telefonieren. Die Fenster waren abgeschlossen, und davor befanden sich überdies die Rollläden. Leichter heraus kam sie vermutlich durch die Zimmertür – aber sie wusste nicht, was sie dahinter erwartete. Aber vielleicht konnte sie etwas hören oder durch das Schlüsselloch erkennen.

So geräuschlos es auf den knarzenden Dielen möglich war, schlich sie zur Tür und griff nach der Klinke. In diesem Augenblick gellte ein Alarm los.

Sie zuckte zurück.

Verflucht!

Das schrille Signal löschte ihren letzten Hoffnungsschimmer, ihre Entführer könnten etwas übersehen haben. Diese Leute wussten definitiv, was sie taten. Aber sie brauchte Antworten, und sie würde nicht warten, bis in drei Tagen mal jemand kam, um ihr diese zu geben. Sie würde die Entführer zwingen, mit ihr zu reden. Jetzt. Entschlossen trat sie ein zweites Mal auf die Tür zu und löste bewusst erneut den Alarm aus.

Ihre Ohren schmerzten von dem Schrillen, doch gerade, als sie dachte, es keine Sekunde länger aushalten zu können, wurde die Tür geöffnet. Gleißendes Licht verhinderte jeden Blick in den Rest der Wohnung.

Ein Schatten drängte sich an ihr vorbei, zog sie zurück in das dunkle Zimmer und schloss die Tür wieder. »Genug Lärm für einen Tag, Miss Shepherd. Oder darf ich Helen sagen?« Eine Männerstimme.

»Sie dürfen mich hier rauslassen«, fauchte sie, nicht ganz so kühl und überlegen, wie sie es sich gewünscht hätte. Wut funktionierte zur Not auch.

»Manieren!« Es klickte, und ein Feuerzeug flammte auf. Behandschuhte Hände entzündeten ein Teelicht. »Machen wir es uns erst einmal gemütlich.«

»Nix gemütlich! Ich will wissen, warum ich hier bin, und ich will hier raus.«

»Alles zu seiner Zeit.« Durch die Maske konnte sie das Gesicht ihres Entführers nicht erkennen. Der Mann stellte das Teelicht auf den Tisch. Er griff nach einem Bündel, das er unter den Arm geklemmt hatte, und legte es neben die Kerze. »Trockene Sachen. Meine Geisel soll ja nicht krank werden.«

»Wofür bin ich die Geisel?« Sehr gut, das klang ruhig und sachlich. Vielleicht konnte sie ihn überrumpeln, wenn sie mit ihm redete und ihn in Sicherheit wiegte. Er stand genau zwischen ihr und der Tür, sicherlich nicht zufällig. Sie tat einen Schritt zur Seite.

Er gluckste verächtlich. »Keine Chance, Süße. Versuch es nicht.«

Helen verschränkte die Arme. »Okay. Ich bin die Geisel. Wie lange?«

»Bis dein Freund mir gibt, was ich haben will.«

»Ich habe keine Freunde in London.«

»Das ist so niedlich zu sehen, wie ahnungslos du tust. Weiß Lucien, dass du bei Interpol bist?« Ihr Schweigen deutete er leider als das, was es war. »Er weiß es nicht.« Der Mann lachte auf. »Das ist großartig. Das ist zu gut, um wahr zu sein. Lucien Levraix fällt auf einen Undercover-Cop rein. Gott, das wird ein Spaß.«

Endlich fand sie ihre Schlagfertigkeit wieder. »Schön, wenn wenigstens einer Freude an der Sache hat.«

Der Mann amüsierte sich immer noch, und trotz der Maske hatte sie jetzt eine Ahnung, wer vor ihr stand. Der Einzige, mit dem Levraix – ihres Wissens nach – in London seit Beginn ihrer Überwachung Kontakt gehabt hatte, war Jack Schwartz, und Entführungen gehörten zu seinem Modus Operandi. Die Erinnerung an ihren ersten Fall blitzte auf. Damals hatte Schwartz eine Bedienstete eines Herrenhauses als Geisel genommen. Helen hatte die übel zugerichtete Frau befreit, während ihre Kollegen Schwartz und seine Helfer beschäftigt hielten. Leider war sie dieses Mal diejenige, die in seiner Falle saß, und Schwartz zögerte in der Regel nicht, Gewalt anzuwenden. Besser, sie hielt ihn bei Laune. Innerlich machte sie drei Kreuze, dass Chuck Martin damals darauf bestanden hatte, nur so viele Kollegen wie unbedingt notwendig mit Schwartz und seinen Leuten direkt in Kontakt zu bringen. Wüsste ihr Entführer, dass sie Teil der Einheit gewesen war, der er seinen Gefängnisaufenthalt zu verdanken hatte, sähe es jetzt noch weniger rosig für sie aus.

»Deine Polizeifreunde können dich nicht finden«, sagte er mit falscher Freundlichkeit. »Wobei das ein schönes Spielzeug ist, das sie dir da mitgegeben haben.«

»Ich habe es verstanden. Ich habe keine Fluchtmöglichkeit und keine Chance, ein Notsignal zu senden. Ich warte einfach.«

»Gutes Mädchen. So gefällt mir das. Zieh dir was Trockenes an.« Er nahm das Teelicht und ging in Richtung Tür. Wenn sie ihm eins überziehen wollte, dann jetzt. Doch bevor sie ansetzen konnte, wandte er sich um. »Keine dummen Sachen, ja?«

»Kann ich vielleicht wenigstens die Kerze behalten?«

Wieder dieses unangenehme Lachen. »Ganz entzückend.« Rückwärts ging er zur Tür, öffnete sie einen Spalt – nicht genug, um sie viel erkennen zu lassen – und ging hinaus. Danach stand sie wieder im Dunkeln.

Trotz ihres Widerwillens zog Helen die Sachen an, die Schwartz ihr dagelassen hatte. T-Shirt, Sweatshirt und Jogginghose. Alles war ihr etwas zu groß, aber zumindest rochen sie nicht unangenehm, und sie waren trocken. Helen war nicht in der Position, wählerisch zu sein. Sie musste ihre Kräfte zusammenhalten. Dazu gehörte auch, nicht auszukühlen.

Entschlossen machte sie sich daran, ihren Ausbruch zu planen, nur für den Fall, dass Levraix doch nicht wahnsinnig viel an ihrem Überleben lag.

Ihre Optionen waren begrenzt. Durch die Tür kam sie nicht hinaus, also musste sie durch das Fenster türmen, aus dem dritten Stock. Sie würde sich bei einem Sprung alle Knochen brechen. Aber falls sie das linke Fenster und den nicht ganz geschlossenen Rollladen davor aufbekam, konnte sie vielleicht zumindest um Hilfe rufen, wenn die ersten Leute zur Arbeit gingen. Leider würde das frühestens in vier oder fünf Stunden der Fall sein. Bis jetzt mitten in der Nacht jemand reagierte, würde Schwartz sie längst geknebelt haben, und darauf konnte sie gut verzichten.

Mit einem Draht oder etwas Ähnlichem könnte sie dieses Fensterschloss öffnen. Nur hatte sie leider keinen Draht. In den Tiefen ihrer Tasche tastet sie nach irgendetwas Brauchbarem, fand aber nicht einmal eine Haarklemme. Warum hatte sie vor der Reise das Chaos beseitigt, das sie normalerweise herumtrug?

Sonst befand sich immer irgendein Kleinkram in der Tasche, aus dem sie ein Ausbruchswerkzeug hätte machen können, und wenn es nur eine Büroklammer oder Sicherheitsnadel war – alles wäre besser gewesen als das ordentliche Nichts in der Tasche. Vielleicht konnte sie das Fenster mit dem leichten Kunststofftisch einschlagen? Sie sah förmlich vor sich, wie er davon abprallte wie ein Gummiball. Ruhelos ging sie auf und ab. Es musste einen Ausweg geben.

Sie hatte ihre nassen Sachen.

Sie hatte die Matratze und den Tisch.

Sie hatte ihre Polizeimarke und den zerstörten Kettenanhänger – die einzigen metallenen Gegenstände im Raum. Keine sonderlich guten Voraussetzungen.

Helen rüttelte am Fenster. Dann schob sie ihre Polizeimarke in den Spalt zwischen dem festen und dem verschiebbaren Teil des Rahmens und versuchte, letzteren nach oben zu drücken. Etwa zwei Millimeter bewegte er sich, wenn überhaupt so viel. Sie hebelte weiter. Wenn sie das oft und lange genug tat, riss das Schloss vielleicht aus dem altersschwachen Holzrahmen.

Erst, als sie das Gefühl hatte, ihr würden die Finger abbrechen, gab sie auf. Atmen, ruhig bleiben, weitermachen. Nicht drüber nachdenken, stur einfach immer weitermachen. Es gab ja keine andere Möglichkeit.

$$$

Als Julian aufwachte, stand die Sonne bereits hoch am Himmel. Emma war nirgends zu sehen.

»Em? Emma?«

Er setzte Kaffeewasser auf und holte Frühstücksteller aus dem Schrank. Erst da bemerkte er den Zettel auf dem Tisch.

Morgen, Nachteule. Bevor du es dir anders überlegst, werde ich gerade glücklich mit dem Gold. Bin bald zurück, überleg dir, ob du deinen Anteil haben willst oder nicht. Ich bringe Croissants mit.

»Verflucht, Emma«, murmelte er. »Kann man nicht einmal in Ruhe über sowas reden?«

Emma hätte die Aktion mit ihm absprechen sollen. *Ich will mit dir arbeiten*, ist klar. Zusammenarbeit sah anders aus. Wenn er vor sich selbst ehrlich war, ärgerte ihn jedoch am meisten, dass er nicht genau wusste, was ihn störte. Die ganze Sache war derart unausgegoren, es spielte eigentlich keine Rolle, wer die Krügerrands hatte und was damit geschah. Er hatte sie geklaut, wie er als Kind mit Emma zusammen Bonbons gestohlen hatte, ohne weiter darüber nachzudenken. Das Gold war da, es gehörte Jack, und jetzt gab es die Möglichkeit, es ihm wegzunehmen. Super Plan, Fontaine, echt. Er konnte sich nicht mal vor sich selbst mit irgendeinem emotionalen Ausnahmezustand rausreden. Die Krügerrands zu Scotland Yard zu bringen, hätte wenigstens noch eine Art lässigen Charme gehabt. Schaut her, ich kann das Zeug zwar direkt vor eurer Nase klauen, aber ich brauche es nicht. Auf einmal war er sicher, wie wenig Emmas wahre Motivation von seiner entfernt war. Ganz gleich, was er ihr erzählt hatte, in Wirklichkeit war es bei der ganzen Sache mit den Goldmünzen nur darum gegangen zu zeigen, dass er es konnte. Und vielleicht auch darum, Scotland Yard noch ein bisschen mehr auf ihn anzuspitzen, das Risiko noch ein wenig hochzudrehen. Andere

Leute sprangen aus Flugzeugen oder fuhren Autorennen, er spielte eben Katz und Maus mit den Cops.

Seufzend knüllte er Emmas Nachricht zusammen und zielte auf den Papierkorb. Daneben. Er hob das Papierknäuel auf, ging zurück zum Tisch und versuchte es noch einmal. Treffer, na bitte.

Nach dem Duschen hatte er sich eben abgetrocknet, als im Wohnzimmer ein Stuhl verrückt wurde. »Emma?«

Keine Antwort.

Julian schlüpfte in seine Boxershorts und ging ins Wohnzimmer. Dort blieb er wie angewachsen stehen.

»Sexy, Levraix.«

»Jack.«

Jack Schwartz, in Jeans, Lederjacke und festen Stiefeln, saß mit ausgestreckten Beinen auf Julians Lieblingsstuhl und sah ihn herausfordernd an. »Ist das Outfit für mich? Wäre nicht nötig gewesen.«

»Was willst du?« Aus Julians notdürftig frottierten Haaren tropfte Wasser auf seine Schultern, nicht gerade würdevoll, aber es gelang ihm, nicht allzu fassungslos zu klingen.

Jack grinste. »Oder hast du dich für Emma hübsch gemacht? Weiß sie von deiner Freundin?«

Demonstrativ verschränkte Julian die Arme.

Jack schaute sich um. »Schicke Wohnung.«

»Jack, sag, was du willst und verschwinde.«

»Manieren, Levraix! Du hast mir noch keinen Kaffee angeboten.«

Julian trat einen Schritt vor und brachte sein Gesicht sehr nah an das von Jack. »Raus«, sagte er leise.

»So ungeduldig. Was ist mit dem Kaffee?«

Wenn er keine Gewalt anwenden wollte, blieb ihm nichts anderes übrig, als mit Jack zu verhandeln. »Wenn du nicht damit herausrücken willst …«

»Du warst immer der Geduldigere von uns beiden.«

»Es gibt kein *uns*, Jack. Es gab nie eins.«

Wie ein Lehrer, der seinen Schüler tadelt, schüttelte Jack den Kopf. »Mir ist etwas abhandengekommen, Julian … Verzeihung, *Lucien*, und ich hoffe, du kannst mir helfen, es wiederzubeschaffen.«

Vielleicht doch nicht so dumm, dass Emma mit dem Gold schon bei Kazmarek war. Julian lächelte Jack freundlich an. »Seit wann bin ich dein Sachensucher?«

»Ich erzähle dir gern mehr darüber«, sagte Jack schmierig. »Es ist nicht irgendeine Sache, es sind Krügerrands im Wert von zweihunderttausend Pfund.«

»Viel Geld. Was hast du damit vor? Bier kaufen? Oder Kippen?«

»Ich weiß, du hältst dich für was Besseres, Levraix. Aber Grobheit hat ihre Vorteile.«

»Mir würde so spontan keiner einfallen.«

»Mir durchaus. Man hat zum Beispiel weniger Hemmungen, anderen wehzutun.«

Allmählich ging Julian dieses Pingpong auf die Nerven, aber er lächelte weiter. »Ich habe keine Angst vor dir, Jack. Lange schon nicht mehr.«

»An dich würde ich mich nie rantrauen, groß und stark wie du bist.« Jack genoss das Ganze sichtlich. »Ich spreche von deiner Freundin.«

»Lass Emma aus dem Spiel.«

»Emma, ja? Ich meine deine *andere* Freundin. Sie ist so unschuldig, sie –«

»Was ist mit Helen?« Auf einmal war es ihm egal, ob Jack seine Freude daran hatte, wie er die Fassung verlor. »Wenn du ihr auch nur ein bisschen zu nahekommst, Jack, dann …«

»Zu spät.«

Bevor er wusste, was er tat, schoss er nach vorn und packte Jack an den Schultern. »Was hast du mit ihr gemacht?«

»Keine Sorge, ich habe ihr nicht wehgetan. Noch nicht. Das kann so bleiben. Wenn du mir zurückgibst, was mir gehört.« Wie eine lästige Fliege schüttelte Jack ihn ab. »Und ein Kaffee wäre wirklich nett. Ich hatte heute Morgen noch keinen.«

Nicht Helen. Emma hätte sich zur Wehr setzen können, sie konnte mit Typen wie Jack umgehen. Aber Helen? Mechanisch stellte Julian eine Tasse vor Jack auf den Tisch. Solange Jack hier war, konnte er Helen nichts tun. »Bedien dich.«

Jack füllte die Tasse. »Du hast drei Stunden.«

»Ich brauche einen Tag.«

»Deine Kleine hat ein Dach über dem Kopf. Aber ich habe nicht so viel Geduld, du kennst mich ja.«

»Jack …« Er war sich bewusst, wie wenig verhandlungsfähig er aussah, halbnackt und mit tropfenden Haaren. Aber vielleicht war diese scheinbare Schwäche eine Chance, weil Jack sich dadurch sicher fühlte. »Ich verspreche dir, dein Gold zurückzuholen. Emma ist gerade unterwegs, um …« Verflucht, Jacks Erscheinen hatte ihn wirklich aus dem Gleichgewicht gebracht. Er benahm sich, als hätte er noch nie mit Verbrechern zu tun gehabt. Wenn das so weiterging, würde er Jack als nächstes seine Pläne für die National Gallery erläutern.

»Um es zu verkaufen?«

»Nein, um es gegen Schokomünzen zu tauschen, was denkst du denn?«

»Woher wusstest du überhaupt von dem Gold?«

Während Julian nach einer logisch klingenden Ausrede suchte, begannen Jacks Augen gefährlich zu flackern.

»Kazmarek hat geplaudert?«

»Wieso Kazmarek? Was hat der damit zu tun?«

»Sehr süß, Levraix.«

»Das ist doch alles egal, Jack. Ich sorge dafür, dass … lass Helen gehen, okay? Du kriegst dein Geld. Du weißt, ich halte mein Wort.«

»Arbeitest du mit ihr zusammen?«

»Mit Helen? Sie ist Kunstexpertin. Ich … lass sie einfach in Ruhe.«

»Ich dachte nur, du hättest vielleicht neue Prioritäten, aber vergiss es. Natürlich arbeitest du nicht mit ihr zusammen.« Jack stand auf, klopfte ihm jovial auf die Schulter.

»Jedenfalls fehlt es ihr bei mir an nichts, nicht mal an menschlicher Zuwendung.« Er lachte hässlich, und Julian ballte die Fäuste. »Denk dran: drei Stunden. Wenn das Gold weg ist, nehme ich auch Bares. Ohne versehentliche Abzüge natürlich.«

»Wo erreiche ich dich?«

Jack griff in die Tasche, warf ein einfaches Handy auf den Tisch und ging mit großen Schritten zur Wohnungstür. Dort angelangt, sagte er, ohne sich noch einmal umzudrehen: »Ach, und ich hätte meinen Umschlag gern wieder.«

»Wenn Helen unversehrt frei ist.«

»Jetzt.«

Julian schüttelte den Kopf. »Nein.«

»Heute Mittag. Zwölf Uhr. Keine Minute später, oder dein Mädchen ist tot. Oh, und danke für den Kaffee.« Er hob die Tasse, als wolle er Julian zuprosten, dann schloss er die Tür hinter sich.

$$$

Am Ende hatte Helen sich, ohne weitere Pläne gefasst zu haben, auf der ungemütlichen Matratze zusammengerollt und zu schlafen versucht. Sie brauchte ihre Kraft, und Schlafentzug machte sie nicht schneller oder stärker.

Als sie aufwachte, drang Tageslicht zwischen den Spalten des Rollladens hindurch, allerdings nicht genug, um das Zimmer zu erhellen. Zurück an die Arbeit, es nützte nichts. Der Fensterrahmen brauchte noch viel Überredungskunst, bis sich das Fenster nach oben schieben ließ. Natürlich würde sie sich etwas Besseres einfallen lassen müssen, als sich aus dem Fenster zu lehnen und »Hilfe, Hilfe!« zu rufen. Aber den Rahmen erst einmal zu lockern war der erste Schritt. Über den zweiten würde sie sich danach Gedanken machen. Vielleicht konnte sie ihre Kleider zerreißen und sich daran abseilen oder etwas in der Art.

Sie schob, wackelte und rüttelte eine gefühlte Ewigkeit, bis vor der Tür Stimmen und Schritte zu hören waren. Schnell legte sie die Polizeimarke zurück auf den Tisch und setzte sich auf den Matratzenrand, die Arme um die Knie geschlungen.

Es war nicht Jack Schwartz, der hereinkam, sondern ein anderer Mann, vermutlich einer von denen, die Christine als Schwartz' Schläger bezeichnet hatte. Auch er trug Maske und Handschuhe - und ein Tablett mit einer Tüte und einem dampfenden Pappbecher. »Frühstück«, sagte er im selben Moment, in dem sie auf ihn zu hechtete, den Becher schnappte und ihm ins Gesicht schüttete. Er fluchte und wollte sie aufhalten, doch sie stürzte schon zur Tür.

Sie kam keine drei Schritte weit, bevor sie hart am Arm gepackt wurde. Jack Schwartz grummelte: »Nicht ganz so schnell, Miss Shepherd.« Glaubte er immer noch, sie wüsste nicht, wer er war? Immerhin ließen die Masken darauf schließen, dass ihre Entführer bisher zumindest vorhatten, sie am Leben zu lassen.

Sie versuchte sich loszureißen, doch er hielt fest, auch

noch, als sie herumwirbelte und ihn hart gegen den Oberschenkel trat.

»Du machst es nicht leichter.« Er stieß sie zurück in das dunkle Zimmer, wo der Schläger sich gerade genug berappelt hatte, um sie finster anzustarren, bevor er an ihr vorbeistapfte. »Ach, Miss Shepherd«, sagte Jack Schwartz gelassen und verpasste Helen einen weiteren Stoß. »So können wir nicht zusammenarbeiten.«

Mit äußerster Selbstbeherrschung verschränkte sie die Arme. »Sorry, du hast recht. Gibt es einen Zeitplan?«

Ein undefinierbares Geräusch entfuhr ihm. Abfälliges Lachen? Er ließ einen Blick durch das Zimmer schweifen, dann klappte die Tür hinter ihm zu, und sie war wieder allein.

Dunkelheit und Licht

Russel, Simon, irgendeiner seiner Kontakte in dieser verfluchten Stadt musste doch etwas mitbekommen haben. Jack hatte hier seine Schläger angeheuert, jemand musste wissen, wo er zu finden war.

Julian lief mit dem Telefon in der Wohnung auf und ab. Warum zum gegrillten Huhn war er nicht einfach hinter Jack hergegangen? Okay, in Boxershorts machte sich das schlecht, aber Jeans und Turnschuhe anzuziehen dauerte ja nicht … Es war müßig, darüber weiter nachzudenken.

Als sein Telefon klingelte, hatte er es innerhalb einer halben Sekunde am Ohr. »Hey, Russ.«

»Lucien? Also stimmt es, dass du hier bist?«

»Offensichtlich.«

»Hat die Bilderausstellung in der National Gallery damit zu tun? Also, wenn du einen Hehler brauchst –«

»Bilder sind nicht mein Ding, das weißt du«, unterbrach Julian.

Russel schnaubte.

»Hör zu, ich muss Jack finden. Er –«

»Oh, Jack ist auch in London?« Bingo! Russels Überraschung war zu deutlich, um ehrlich zu sein.

»Ja«, sagte Julian langsam. »Nur mal hypothetisch. Angenommen, ich würde ihm ein Angebot unterbreiten wollen, weißt du, wo –«

»Bin wieder da!« Emma kam hereingetanzt, sichtlich guter Dinge. »Hast du Kaffee gemacht?«

»Ich melde mich«, sagte Julian und beendete das Gespräch. Sein unbeschwertestes Lächeln im Gesicht, wandte er sich Emma zu.

»Wer war das?«

»Nur ein alter Freund. Erfolgreicher Morgen?«

»Julian?« Emma blieb vor ihm stehen und sah forschend zu ihm auf. »Ich bin es. Emma.« Was so viel bedeutete wie: *Mach mir nichts vor.* Das Unbeschwerte hatte sie ganz offensichtlich nicht überzeugt.

Ein bisschen beschämt über seinen Versuch, ihr die hässliche Wahrheit vorzuenthalten, hob er die Schultern. »Sorry.«

»Also, was versuchst du, mir nicht zu sagen?«

»Wie war es bei Kazmarek?«

»Erde an Julian. Hast du gehört, was ich gefragt habe?«

Er grinste entschuldigend.

Emma seufzte. »War erfolgreich. Willst du deinen Anteil bar oder soll ich ihn dir in die Schweiz überweisen?«

»Ich brauche deinen auch. Das ist das Problem. Also, ein Teil des Problems.«

Emma lachte irritiert.

»Ich meine das ernst.«

»Du bist süß.« Als er nicht antwortete, wies sie zum

Tisch. »Setz dich und erzähl. Ganz von vorn, bitte. Wo ist der Kaffee? Ich hab den verdient.«

»In der Kanne. Frisch.« Er stellte zwei Tassen auf den Tisch und kam dann ihrer Aufforderung nach, Platz zu nehmen.

Emma schenkte ein, sichtlich um Geduld bemüht. »Also, was ist das für ein plötzlicher Sinneswandel bei dir? Mit wem hast du gesprochen, und was ist hier eigentlich los?«

»Ich brauche das ganze Geld. Es … ist für einen guten Zweck.«

»Waisenhaus in Ruanda?«

»Nicht direkt.«

»Dann bekommst du es nicht, sorry.«

Er pustete in seine Tasse. Was war an der ganzen Sache so schwierig zu erzählen? Warum druckste er damit herum? Es war ja nun nicht so, dass Helens Entführung durch Jack weniger real wurde, wenn er sie verschwieg. Und bei Emma handelte es sich um die eine Person auf diesem Planeten, die alles über ihn wusste, und die immer zu ihm gestanden hatte – außer natürlich in den Phasen, in denen sie gegenseitig versucht hatten, sich übers Ohr zu hauen. Wenn er irgendjemandem vertrauen konnte, war es Emma.

Sie sagte nichts weiter, sondern wartete einfach und sah zu, wie er mit den Worten kämpfte, die in seiner Kehle steckten. Endlich stieß er hervor: »Jack hat Helen.«

Emma stützte das Kinn in die Hände. Es war an ihm, zu warten. »Wie viel Zeit hast du?«, fragte sie schließlich.

»Drei Stunden.«

»Wer war das am Telefon?«

Julian hob hilflos die Schultern. »Russel. Ich habe über zwanzig Minuten gebraucht, um rauszufinden, wo er –«

»Du hast Russel angerufen?«

»Ja.«

Emma stand auf und lief gereizt im Zimmer auf und ab. »Jules …«

»Was?«

»Hör zu.« Sie baute sich vor ihm auf. »Das nächste Mal, wenn irgendwas ist, fragst du mich, bevor du jemanden anrufst, ja? Du bist hier schon eine Weile nicht mehr auf dem Laufenden.«

»Das heißt?«

»Dass Russel seit drei Jahren keinen Penny mehr an dir verdient hat, an Jack aber sehr wohl. Wo liegt dann wohl seine Loyalität?«

Julian schüttelte den Kopf. »Niemand, der gesunden Geistes ist –«

»Russel war nie wirklich –«

»Gesunden Geistes. Hab's kapiert.« Trotz der ernsten Situation musste Julian lächeln. »Also, was tun? Jack macht keine Witze, das wissen wir beide.«

»Ich will Jack aus Prinzip schon kein noch so winziges Goldstäubchen wiedergeben«, sagte Emma.

»Glaub mir, ich auch nicht. Aber Helen ist wichtiger. Wenn ihr was passiert, dann … Ich könnte damit nicht so gut umgehen.«

Emmas Blick ruhte auf ihm. »Also sollten wir herausfinden, wo Jack deine Kunstfreundin festhält.«

»Was denkst du, wieso ich Russel angerufen habe? Ich hätte Jack folgen sollen. Ich hätte … ach, scheiße.«

»Wen hast du sonst noch auf deiner Liste?«

»Simon wusste nichts, Russel –«

»Okay, Simon war ein guter Ansatz, das hätte ich auch probiert. Aus Russel kriegst du nichts raus. Wer noch?«

»Von Zozo hab ich keine Telefonnummer, und Alvie ist an der Algarve, soviel ich weiß.« Es tat gut, dass Emma ihm half, seine wirren Gedanken zu sortieren.

Emma nickte geschäftsmäßig. »Du versuchst weiter, Zozo zu finden. Sie soll sich umhören. Vielleicht habe ich aber noch eine andere Idee.« Sie holte ihren Laptop. »Ich wollte immer schon dieses neue Trackingprogramm ausprobieren.«

»Du hast ein Trackingprogramm? Na dann – ich habe eine Telefonnummer von Jack.«

»Keine Ahnung, ob das Ding funktioniert«, wiegelte Emma ab. »Ich hab es mal von … das muss ich dir nicht erzählen, glaube ich.«

Julian griff nach dem Kontakt-Telefon, das Jack hiergelassen hatte.

»Jules, ich weiß echt nicht, ob es funktionieren wird.«

»Es muss.« Es war schließlich ihre Idee gewesen! Doch bevor er das Gerät nach Jacks Nummer durchsuchen konnte, um sie Emma zu zeigen, klingelte es. Julian straffte die Schultern und richtete sich zu seiner vollen Größe auf, dann er das Gespräch an. »Jack. Du bist früh dran. Es ist noch nicht zwölf.«

Emma klappte den Rechner auf und begann zu tippen.

»Du hast mit Russel gesprochen«, sagte Jack schleppend.

Es nützte nichts, es zu leugnen. »Ja.«

Emmas Finger flogen über die Tastatur.

»Die Abmachung war eindeutig, Levraix. Du gibst mir um zwölf die Sachen, die mir gehören. Ich lasse die Frau laufen. Du veranstaltest irgendwas gegen mich, und sie stirbt.«

Fordernd streckte Emma die Hand aus.

Irritiert sah Julian sie an.

»Telefon«, sagten ihre Lippen lautlos. »Zeig mir das Telefon.«

Endlich begriff er. »Ich habe nichts gegen dich unternommen, Jack.« Er hielt die Mikrofonöffnung des Telefons zu und zeigte Emma das Display.

Im Zeitraffer tippte sie Jacks Nummer ab. Dann wedelte sie mit den Händen wie um Luft nach oben zu fächern. »Halt ihn hin«, flüsterte sie. »Rede mit ihm.«

» … Russel gesprochen«, sagte Jack, als Julian das Telefon wieder hatte.

»Ja.« Es gelang ihm, das genervt und von oben herab zu sagen. »Weil die Nummer in diesem Telefon hier ins Nichts geht. Du musst da einen Zahlendreher –«

»Mach keinen Scheiß, Levraix, wenn du deine Freundin lebend wiedersehen willst.«

»Du hörst dich an wie aus einem schlechten Film.« Sehr gut, sein Lachen klang ehrlich abfällig, dabei hatte er entsetzliche Angst um Helen.

Prompt biss Jack an. »Sei vorsichtig! Du weißt, wie ernst ich machen kann. Das mit Russel war keine gute Idee. Gar keine.«

Fragend sah Julian Emma an. Sie schüttelte den Kopf. »Ich weiß, Jack«, sagte er beschwichtigend. »Aber wo hätte ich dich finden sollen mit der falschen Nummer? Denkst du wirklich, ich würde was Krummes versuchen? Ich kenne dich, ich weiß –«

»Dass ich nicht bluffe? Das solltest du besser.«

Einer plötzlichen Eingebung folgend, sagte Julian: »Ich will ein Lebenszeichen von Helen.«

»Es geht ihr gut.«

»Kein Lebenszeichen, kein Geld. Ich will sie sprechen.«

Emma nickte ihm aufmunternd zu. Sie trommelte mit den Fingern auf den Tisch, und Julian glaubte, ein geflüstertes »Na, los doch« zu hören.

»Du weißt schon, dass ich sie habe, oder? Meine Regeln.«

»Und du weißt schon, dass ich dein Gold habe, oder? Kein Lebenszeichen, kein Gold.«

Julian konnte förmlich sehen, wie Jack die Augen verdrehte. »Frag mich was, das nur sie wissen kann.«

»Ich will sie sprechen.«

»Mach mich nicht ärgerlich. Du wolltest ein Lebenszeichen, du bekommst eins.«

Wahrscheinlich machte es keinen großen Unterschied, ob er mit Helen sprach oder nicht. Allein seine Frage würde ihr hoffentlich ein Signal senden: Er war für sie da, er sorgte sich und würde alles tun, sie aus Jacks Fängen zu befreien. »Okay. Frag sie, über welchen Maler wir bei unserem ersten Treffen gesprochen haben.«

»Ernsthaft?«, höhnte Jack. »Du machst Frauen an, indem du über Maler redest?«

»Frag sie einfach.«

Emma kroch jetzt fast in den Bildschirm, und ihre Finger trommelten immer schneller. Am anderen Ende der Leitung hörte Julian nichts mehr, Jack hielt offensichtlich den Lautsprecher zu. Emma begann zu grinsen, doch gleich darauf verfinsterte sich ihr Gesichtsausdruck wieder, und sie hackte wieder auf die Tastatur ein.

»Levraix?«, fragte Jack. »Caspar David Friedrich. Und jetzt sieh zu, dass du die Abmachung einhältst. Keine weiteren Erkundigungen, keine Bullen.« Jack lachte.

Julian verstand nicht, was daran komisch sein sollte. Er warf Emma einen Blick zu, doch sie sah ihn nicht an, sondern arbeitete hochkonzentriert.

»Ich halte mich dran, Jack, aber ich brauche mehr Zeit.«

»Du hast bis Punkt zwölf.«

Jack beendete in dem Augenblick das Gespräch, in dem Emma die Faust in die Luft streckte. »Hab ihn.«

$$$

Das Nagen in Helens Bauch war nicht länger zu ignorieren, und parallel dazu wuchsen Verzweiflung und Angst. Lange konnte sie die Wut nicht mehr aufrechterhalten. Sie hebelte und ritzte an dem Rahmen herum, aber sie würde noch Stunden – wenn nicht Tage – brauchen, bis sie ihn so weit hatte, dass das Schloss sich löste und das Fenster sich aufschieben ließ. Widerwillig holte sie eins der Sandwiches aus der Tüte, die der Schläger gebracht hatte. Sie nahm einen Bissen und warf es dann auf den Tisch. Trotz des Hungers blieb ihr das Brot im Hals stecken, samt Eiern und Remoulade. Es musste einen Weg hier hinaus geben. Es musste. Sie war nicht nach London gekommen, um als Gefangene von Jack Schwartz in einem dunklen Zimmer zu enden.

Ohne Vorwarnung schwang die Tür auf. Schwartz, nach wie vor maskiert, kam mit einem Telefon in der Hand herein. »Vielleicht hast du eine kleine Chance, hier lebendig rauszukommen.« Noch behandelte er sie einigermaßen vernünftig. Aber der Zustand, in dem sie die Bedienstete damals befreit hatte, stand ihr noch klar vor Augen. »Dein Freund will wissen, über welchen Maler ihr euch beim ersten Treffen unterhalten habt.«

Ihr Herz machte einen Sprung. Levraix verhandelte also tatsächlich mit Schwartz! Er ließ sie hier nicht versauern. Die Frage konnte sie leicht beantworten, sie hatte die lädierte Postkarte in Levraix' Portemonnaie nicht vergessen. »Caspar David Friedrich«, sagte sie so gelassen wie möglich.

Er nickte ihr kurz zu und verließ wieder den Raum.

Das Intermezzo stimmte sie seltsam hoffnungsfroh, als sei auf einmal ein Sonnenstrahl in ihr dunkles Zimmer gelangt. Wie eigenartig, auf die Hilfe eines Kriminellen zu hoffen, während von den Kollegen bisher nicht einmal jemand wusste, dass sie entführt worden war.

Mit neuer Kraft machte sie sich wieder daran, das Fenster zu bearbeiten. Wenn sie gar nichts tat, würde sie hier drin wahnsinnig werden. Sie hatte erst einige Minuten gehebelt, als die Tür wieder geöffnet wurde. Blitzschnell ließ sie die Polizeimarke in der Hosentasche verschwinden und entfernte sich vom Fenster.

»Na, was gibt es draußen zu sehen?«

»Nichts.«

Schwartz griff in die Hosentasche und zog ihr Telefon hervor. »Du rufst jetzt bei Scotland Yard an und meldest dich krank. Zwanzig Sekunden, keine Tricks. Wir wollen ja nicht, dass du bei deiner wichtigen Polizeiarbeit Probleme bekommst.«

Tausend Gedanken gleichzeitig jagten ihr durch den Kopf. Zu Hause gab es für solche Fälle Codes, an denen die Kollegen erkannten, dass etwas faul war. Hier kannte sie diese Codes nicht, falls sie existierten. Was würde Christine hellhörig werden lassen? Oder Tom? Oder Parker? Und was, wenn sie in DC anrief und den amerikanischen Kollegen vertraute, ihren Hilferuf weiterzuleiten? Sie warf einen schnellen Blick auf das Telefon. Gleich zehn. In Washington schliefen alle noch. »Und wenn ich es nicht mache?«

Er sah sie nur an.

»Ich habe die Nummer nicht.«

»Netter Versuch.« Mit überheblichem Kopfschütteln wählte er und sagte gleich darauf: »Andrew Parkers Büro, bitte«, dann reichte er ihr das Telefon. »Keine Tricks.«

Helen konnte nichts dagegen tun, dass ihre Gedanken rasten. Sie musste Schwartz' Aufmerksamkeit irgendwie umlenken, dann konnte sie den Kollegen vielleicht eine Nachricht zukommen lassen.

Christine Ellis meldete sich, bevor Helen einen Plan gefasst hatte. In Ermangelung einer besseren Idee blickte sie konzentriert an Jack Schwartz vorbei zur Tür, als entdeckte sie dort etwas Wichtiges.

»Hi, Christine, hier ist Helen.« Sobald Schwartz den Blick abwandte, um zu sehen, was Helens Aufmerksamkeit galt, drehte sie den Kopf leicht von ihm weg, krümmte einen Finger und klopfte mit dem Nagel gegen das Telefon.

»Helen? Was ist los? Wir warten schon.«

Dreimal kurz, dreimal lang, dreimal kurz. »Ich bin krank«, sagte sie. »Ich komme heute nicht.«

Jack Schwartz wandte sich ihr wieder zu und beobachtete sie mit zusammengekniffenen Augen.

»Ich hoffe, es ist nichts Schlimmes«, sagte Christine.

Helen wagte nicht, noch einmal SOS zu klopfen. Sie konnte nur hoffen, dass Christine ihr Signal empfangen hatte. »Zumindest … nichts Tödliches. Hoffe ich.«

Schwartz bewegte eine Hand vor dem Hals hin und her, das Zeichen, das Gespräch zu beenden.

»Bis morgen«, sagte Christine.

Helen verabschiedete sich, und er nahm ihr das Telefon grob aus der Hand. »Gerade noch Glück gehabt«, knurrte er.

»Womit?« Sie würde nicht vor ihm buckeln. »Ich müsste mal zur Toilette.«

Er zögerte, bevor er in den Flur hinausrief: »Die Lady muss ins Bad. Ich brauche eine Augenbinde.«

»Dem Klo werde ich schon kein Geheimnis abgucken.«

»Du weißt, was man über Vorsicht und Porzellankisten sagt.«

Das WC war winzig, aber es hatte ein Fenster, das vielleicht groß genug war, um sich hinauszuwinden. Wenn sie sich auf die Toilette stellte, konnte sie es erreichen. »Und dann, Shepherd?«, murmelte sie. »Dann hängst du mehrere Meter über dem Boden und kannst nicht vor und nicht zurück. Toller Plan.«

Sie sah sich in dem Raum um. Klo, Waschbecken, Seife, Klopapier – nichts weiter. In einer Ecke ein dunkelgrüner Schimmelfleck auf Mörtel. Helen pulte mit den Fingernägeln ein Bröckchen davon ab. Es dauerte ewig, bis sie damit etwas, das entfernt an *SOS* erinnerte, auf ein Blatt Toilettenpapier geschmiert hatte. Kein sehr ausgereifter Plan, aber sie konnte einfach nicht länger untätig sein. Besser mehrere, wenn auch noch so vage Hoffnungsschimmer, als aufgeben. Mit Glück würde Levraix einfach das Lösegeld zahlen, und Jack Schwartz würde sie mit einem Sack über dem Kopf wieder irgendwo in London aussetzen. Allerdings vermutlich nicht, bevor er direkt davor war, die Stadt oder das Land zu verlassen, und das konnte dauern. Wer wusste, ob sie ihm dann nicht doch irgendwann lästig wurde und er beschloss, sich ihrer auf andere Weise zu entledigen.

»Bist du da drin bald fertig?« Es bollerte an die Tür.

»Sekunde!« Lautlos kletterte sie aufs Klo, öffnete behutsam das Fenster und ließ das Blatt hinausflattern.

$$$

Unruhig lief Julian auf und ab. Hin und her, hin und her. Das Loft war zu klein, um seine Unruhe auffangen zu können. Hin und her.

»Gleich ist der Boden durchgetreten«, sagte Emma.

Julian lief weiter. »Jack will auch seine Einkaufsliste zurückhaben.«

»Wer hätte das gedacht?«

Jetzt blieb er stehen und versuchte zu lächeln. Es misslang kläglich. »Ich hatte gehofft, er hätte vielleicht nicht gemerkt, dass sie fehlt.«

»Ist klar.« Emmas unnatürliche Ruhe machte ihn umso zappeliger. »Hast du schon einen Blick darauf geworfen?«

»Fünf Bilder«, sagte er automatisch. »Ziemlich fetter Zahltag. Danach muss man zehn Jahre nicht arbeiten.«

»Außer man will.« Emma zog die Liste aus dem Umschlag, der auf dem Tisch lag, und faltete sie auseinander.

»Wow. Zusammen ein Schwarzmarktwert von satten fünfzehn Millionen.«

»Eher zwanzig.«

Sie nickte bedächtig. »Allein der Matisse hier … Oh, hast du gesehen, dass dein Renoir drauf ist?«

Julian schnitt eine Grimasse, doch Emma sah ihn nicht an.

Nachdenklich betrachtete sie die Liste. »Ich gönne Jack kein einziges von diesen Kunstwerken. Nicht mal einen Druck davon.«

»Ich will vor allem, dass er Helen in Ruhe lässt«, gab Julian scharf zurück.

»Das habe ich verstanden.« Immer noch war Emma betont gelassen, wie eine Therapeutin, die man mit einem durchgeknallten Patienten eingesperrt hat. Vermutlich dachte sie, es würde sich auf ihn übertragen.

Leider daneben. Mit jeder Minute wurde er nervöser.

»Wir fotografieren das Ding ab und geben es ihm zurück. Dann werden wir eben einfach schneller sein als er – was grundsätzlich sowieso nicht schlecht wäre.«

Während er hin- und herlief, sprach er aus, was ihm durch den Kopf ging. »Jack wird Helen nicht freilassen, bevor er aus London verschwindet. Er kann nicht riskieren, dass sie ihn identifizieren könnte. Wenn er sie nicht ohnehin deswegen umbringt.«

»Dramatisier nicht.«

»Du kennst Jack! Helen muss da raus.« Er schritt zur Tür. »Wenn du nicht mitkommst, geh ich allein.«

Im Nu war Emma auf den Beinen, die Therapeutenruhe aus ihrer Stimme verschwunden. »Und dann bist du seine Geisel, oder was? Kannst du mal einen Moment nachdenken, Fontaine?«

»Nenn mich –«

»Ich nenne dich, wie ich will! Du kannst da nicht einfach hin marschieren.«

»Ach, nein?« Julian griff nach der Türklinke.

Emma stieß ihn zur Seite und blockierte den Ausgang. »Nein.«

»Willst du es drauf anlegen?«

Sie rührte sich keinen Millimeter.

Schließlich senkte er den Blick. »Okay. Du hast recht. Ich brauche erst einen Plan.«

Emma seufzte und ging zum Computer. »Wir sind ein Team, Julian. Ich lasse dich garantiert nicht irgendwas Irrsinniges tun, ohne auf dich aufzupassen.«

»Ich tue nichts –«

»Hör zu, Schatz.« Sie sah ihn ernst an. »Ich habe keine Lust, den besten zweiten Mann, den ich je hatte, im Knast oder auf dem Friedhof zu besuchen. Das hier machen wir zusammen.«

»Ich bin bloß der zweite? Ich dachte, ich sei der Frontmann.«

Emma verdrehte die Augen und wandte sich wieder dem Bildschirm zu. Okay, der Witz war definitiv daneben gegangen.

»Helen –«

»Ich weiß.« Sie machte ein paar Mausklicks. »Was ist mit dem Pizzaboten-Trick?«, fragte sie nebenbei.

Er brauchte einen Moment, um zu verstehen. »Du meinst, wir schicken jemanden zur Ablenkung an die Tür und brechen in der Zeit ein? Wir bräuchten einen dritten Mann. Jack kennt uns beide.«

»Feueralarm ist wohl auch raus.«

»Ja.« Julian rieb sich übers Gesicht. »Wir müssen nur unbemerkt in die Wohnung gelangen. Kennst du nicht jemanden, der sich als Dritter eignet? Hast du keine Kandidatenliste für die National Gallery? Da wird doch irgendwer drauf sein, den wir jetzt schon anheuern können.«

»Die Bewerbungsgespräche wollte ich mit dir zusammen machen.«

Sie konnten nicht jemand x-Beliebiges mitnehmen, um Helen zu befreien. Der- oder diejenige musste schlau und vertrauenswürdig sein. Und er durfte keine Angst haben, Jack Schwartz zu verärgern. Der letzte Punkt schränkte die Auswahl wesentlich ein.

»Vielleicht habe ich eine Idee«, sagte Emma, während sie konzentriert auf den Monitor schaute. »Zur Not verhandele ich eben doch direkt mit Jack und gebe ihm erst einmal nur seine Liste, als Zeichen unseres guten Willens sozusagen, und als Dritten nehmen wir Mick.«

»Sagt mir nichts.«

»Ein kleiner Gauner«, antwortete sie. »Nicht besonders hell, aber loyal und fit. Er würde sich zumindest als Fahrer eignen. Und er hat Zugang zu großen, lauten Fahrzeugen.«

»Woher kennst du ihn?«

Emma lächelte unschuldig. »Wir haben vor einiger Zeit zusammengearbeitet.«

»Gearbeitet.«

Sich ein Lachen verbeißend, wandte sie sich wieder dem Computer zu. »Komm mal her«, sagte sie nach einigen Sekunden.

Sie hatte ein Satellitenbild eines Straßenzuges geöffnet.

»Was ist das?«

»Das da«, sie zeigte auf eins der Häuser, »ist das Haus, von dem aus Jack angerufen hat.«

Im Streetview konnte man erkennen, dass es sich um ein dreistöckiges Mietshaus handelte. Im zweiten Stock waren Elefanten und riesige Schmetterlinge an die Fenster gemalt, das würde kaum Jacks Unterschlupf sein. »Dritter Stock oder Erdgeschoss also. Sind überall Rollladenkästen dran.«

Emma schaltete wieder zum Satellitenbild und zoomte heran. »Schornsteinfegerleitern«, murmelte sie. »Und Dachfenster. Wie steht es um deine Kletterkünste?«

Vorsichtig breitete sich Hoffnung in ihm aus. Er grinste. »Nie besser.«

»Dann rufe ich jetzt Mick an. Und du schuldest mir was.«

Auf der Flucht

Ihr Leben lang würde sie ihre Fingerspitzen fühlen von dem ewigen Ritzen und Hebeln am Fenster. Oder sie würden absterben. Wenn sie wenigstens wüsste, wie lange sie hier eingesperrt bleiben musste. Sie ritzte, schabte, hebelte, ritzte, schabte, hebelte, bis sie endlich das Gefühl hatte, dass sich der verschiebbare Teil des Fensters bewegte. Mit aller Kraft arbeitete sie weiter.

Es knackte, als die Verriegelung aus dem Holz riss, und endlich konnte sie das Fenster nach oben schieben. Erschrocken drückte sie es wieder hinunter, um den Straßenlärm auszusperren, und steckte die Polizeimarke zurück in die Hosentasche. Durch die Ritzen im Rollladen versuchte sie zu erkennen, was draußen vor sich ging.

Ein Gullireinigungsfahrzeug stand auf der anderen Straßenseite. Es blockierte beinahe die ganze Straße und verursachte ein höllisches Getöse. Fast hätte sie dadurch überhört, was in der Wohnung vor sich ging.

Jemand klingelte.

Sie war sich sicher, dass Schwartz und mindestens einer seiner Schläger in der Wohnung sein mussten, doch niemand öffnete.

Es wurde noch einmal geklingelt, und dann ein weiteres Mal.

»Ja, doch!«, brüllte Schwartz schließlich.

Offensichtlich hatte er den Türöffner betätigt, denn es klingelte kein weiteres Mal. Stattdessen hörte Helen Fetzen von Rap-Musik. Nach den Stunden relativer Stille war es irritierend, das Dröhnen des Reinigungsautos und Musik gleichzeitig wahrzunehmen. Sie schlich zur Tür und drückte das Ohr dagegen, aber außer Gemurmel konnte sie nichts verstehen. Jack sagte etwas, dann eine Frau, dann wieder Jack. Musik und Auto übertönten das Gesprochene.

Auf einmal drang Licht ins Zimmer.

Sie fuhr herum.

Der Rollladen war verschwunden, und vor dem Fenster, in einem Klettergurt, hing Lucien Levraix, eine Stichsäge in der Hand. Er war tatsächlich gekommen. In ihrem ganzen Leben hatte sie sich noch nie so gefreut, jemanden zu sehen. Tränen der Erleichterung zurückblinzelnd, schoss sie zum Fenster und schob es nach oben.

»L … Anthony!« Vor Überraschung, ihn zu sehen, hätte sie fast verraten, dass sie seine wirkliche Identität kannte. »Was … was tust du hier?«

»Sie hatten ein Taxi bestellt?« Sein Lächeln reichte fast von einem Ohr zum anderen.

»Schon vor Stunden«, sagte sie, um nicht tatsächlich loszuheulen. »Sie sind spät.«

»Sorry, ging nicht schneller. Komm!« Er warf einen schnellen Blick nach unten und ließ die Säge fallen. Dem

Krachen nach zu urteilen, das kurz darauf erklang, zerbarst sie auf dem Pflaster in tausend Einzelteile.

Helen stopfte ihre wenigen Besitztümer in die Tasche und eilte zurück zum Fenster. Währenddessen rasten die Gedanken durch ihren Kopf. Levraix würde kaum zugeben, derjenige zu sein, von dem ihr Entführer das Lösegeld erpressen wollte. Und sie durfte es offiziell nicht wissen. Was sollte sie ihm sagen? Und wie würde er ihr wohl seine Anwesenheit hier erklären? Sie schlang sich den Gurt der Tasche um das Handgelenk, schwang ein Bein auf die Brüstung und zwängte sich durch die Lücke, die der hochgeschobene Rahmen ihr bot. Die Straße war beängstigend weit unter ihr und die Säge tatsächlich beeindruckend zerschmettert.

Levraix hielt sich mit einer Hand am Fenster fest und streckte ihr die andere entgegen.

Entschlossen ergriff sie seine Hand und atmete tief durch. Jetzt. Sie drückte sich ab, und er zog sie gleichzeitig zu sich hinüber.

»Halt dich fest.«

Während er sie beide zur Straße abseilte, umklammerte sie ihn, als ginge es um ihr Leben. Was bei genauer Betrachtung vermutlich der Wahrheit entsprach.

»Investmentbanker-Alltag?«, fragte sie.

»Kommt vor.«

Auf dem Gehsteig angekommen, löste sie sich von ihm, und er stieg zügig aus dem Klettergurt. Aus der Haustür eilte Emma Duponte. Sie lief auf das Reinigungsauto zu.

»Unser Fluchtfahrzeug.« Levraix bedeutete Helen, ihm zu folgen. Kletterausrüstung und Säge achtlos zurücklassend, hatte er gerade drei Schritte in Richtung des dröhnenden Fahrzeugs getan, als ein Mann das Haus verließ, der offensichtlich Duponte folgte. Ein zweiter kam direkt nach ihm, und mit Sicherheit war Jack Schwartz nicht weit dahinter: Ihre Entführer hatten bereits bemerkt, dass ihre Geisel entkommen war – und der Weg dieser Geisel zum Fluchtauto war abgeschnitten. »Scheiße«, zischte Levraix, griff nach ihrer Hand und zog sie in die andere Richtung.

Hinter ihnen erklang wütendes Geschrei. Ihre eigenen Laufgeräusche und ihr keuchender Atem dröhnten Helen in den Ohren. Noch holten Schwartz und seine Schläger nicht auf, aber wenn die Typen vor dem Haus ein Auto hatten … Ein Motor heulte auf. Sie hatten ein Auto.

»Schneller«, presste Levraix hervor. Sie liefen bereits wie um die Weltmeisterschaft zu gewinnen. Vor ihnen zog die Straße sich scheinbar endlos bis zur nächsten Ecke.

Schreie, dann ein Schuss. Sie hetzten weiter, erneut zerfetzte ein Schuss die Luft, und an ihrem linken Ohr zischte etwas vorbei. Helen griff Levraix' Hand fester.

Endlich, endlich erreichten sie das Ende der Straße und Helen warf einen Blick zurück. Das Auto war ihnen nicht gefolgt, weil die Fahrbahn von dem riesigen Reinigungsfahrzeug blockiert wurde, doch zwei Männer hatten ihre Verfolgung aufgenommen.

Die Straße, in die sie einbogen, war belebter, es gab Geschäfte und Menschen. Immerhin etwas Deckung. Blieb zu hoffen, dass Schwartz nicht skrupellos genug war, die Gesundheit von Unbeteiligten zu riskieren.

»Da rein.« Levraix zog sie in die Lobby eines vornehmen Hotels und fort vom gläsernen Eingang. Keuchend beobachteten sie, hinter einem großen Blumenkübel höchst notdürftig versteckt, wie Schwartz und sein Komplize draußen vorbeiliefen.

Levraix strich seinen schwarzen Rollkragenpullover glatt und fuhr sich mit der Hand durchs Haar, dann ging er schnellen Schrittes zum Tresen. Helen folgte ihm und hörte gerade noch, wie er sagte: »Wir hätten gern ein Zimmer.« Aus der hinteren Hosentasche zog er eine Kreditkarte und einen Pass, die er dem jungen Mann an der Rezeption reichte. In Anbetracht der Tatsache, dass er sie gerade gerettet hatte, verkniff sich Helen einen genaueren Blick auf die Dokumente. Sie wollte im Moment nicht wissen, unter welchem seiner Decknamen er hier eincheckte.

»Sofort, Sir.«

»Nichtraucher«, kam Levraix der Frage freundlich zuvor. »Ich komme gleich nochmal runter, machen Sie die Unterlagen bitte schon fertig.«

»Wie Sie wünschen, Sir. Ich halte alles für Sie bereit.«

»Schön.«

»Zimmer 127, den Flur hinunter, Aufzug und Treppe befindet sich auf der rechten Seite. Frühstück gibt es –«

»Ich bin gleich bei Ihnen«, sagte Levraix lächelnd.

Widerstandslos ließ sich Helen von ihm in den Flur ziehen.

»So.« Er blieb stehen und grinste sie an. »Die wären wir erstmal los. Vermutlich nicht für immer, aber ich werde dem Concierge sagen, er soll uns sofort Bescheid geben und … die Polizei rufen, falls jemand nach uns fragt.«

Lucien Levraix wollte die Polizei rufen lassen? Freiwillig? Immerhin konnte er kaum damit rechnen, dass seine Rolle bei der ganzen Sache nicht zur Sprache kommen würde. Hatte er allen Ernstes vor, als Anthony Goldstein auszusagen? Wie er seine harmlose Fassade nach dieser Aktion aufrechterhalten wollte, war ihr sowieso ein Rätsel.

»Ich werde selbst die Polizei rufen«, sagte sie. »Jetzt gleich. Und Anzeige erstatten gegen diese Typen.«

»Auf jeden Fall.« Er schaute konzentriert zum Eingang. »Oder … ich weiß, dass das anrüchig klingt, aber … willst du vielleicht erstmal duschen? Ich meine, bevor dich dann jemand stundenlang verhört oder so. Das hilft auch gegen dieses Gefühl des Ausgeliefertseins und gegen die Angst.«

Ganz kurz gestattete sie sich, die Angst zu fühlen, von der er sprach, und die er offensichtlich kannte – ein Fehler. Auf einmal war sie nahe daran, zusammenzubrechen. Sie wollte jetzt noch nicht mit den Kollegen sprechen, sondern Levraix' seltsam tröstliche und verständnisvolle Gegenwart spüren. »Das ist vielleicht eine gute Idee«, sagte sie und ging mit weichen Knien zur Treppe. »Kommst du mit nach oben?« Sie musste über ihre eigene Frage lachen. »Entschuldige, das hörte sich auch etwas … unpassend an.«

»Schon okay. Ich habe es keinesfalls als anrüchig verstanden.«

»Gut.« Sie wussten beide, wie er es verstanden hatte.

Während sie die erste Stufe betrat, wandte er sich wieder in Richtung Lobby. »Ich komme gleich nach.« Er reichte ihr eine der Schlüsselkarten.

Obwohl es sich nur um ein Stockwerk handelte, fand Helen es erschreckend anstrengend, die Treppe hinaufzusteigen – die letzten Stunden hatten sie mehr mitgenommen, als sie vor sich selbst bisher zugegeben hatte.

Im Zimmer blieb sie stehen. Sie nahm kaum etwas von der luxuriösen Umgebung wahr, sondern versuchte nur die Oberhand über das Chaos in ihrem Inneren zu behalten. Zitternd legte sie die Arme um den Oberkörper. Jetzt, da der Adrenalinschub der Flucht langsam abklang und die unmittelbare Gefahr vorüber war, stürzte alles über ihr zusammen. Vorher hatte sie einfach funktioniert, aber … Die hatten auf sie geschossen! Sie war verflucht noch mal eingesperrt und skrupellosen Gangstern ausgeliefert gewesen. Der glimpfliche Ausgang war fast so etwas wie ein Wunder. Ihr Körper verkrampfte sich bei der Erkenntnis, wie knapp sie entkommen war. Wieder und wieder hörte sie das Zischen der Kugel, die sie auf der Flucht verfehlt hatte, wieder und wieder hörte sie Schwartz sagen: *Vielleicht hast du eine kleine Chance, hier lebendig rauszukommen.* Die darin versteckte Drohung war kein Bluff gewesen. Sie blinzelte die Tränen zurück. Jetzt nicht heulen. Jetzt nicht …

Hinter ihr wurde die Zimmertür geöffnet und wieder geschlossen. Helen wandte sich nicht um. Sie konnte nicht. Sie brauchte alle Kraft, um nicht zusammenzubrechen.

»Bist du okay?« Levraix. Vorsichtig trat er neben sie.

»Ja«, sagte sie automatisch. »Nein. Nein, bin ich nicht.« Nicht heulen. Sie sah zu ihm auf, und er legte die Arme um sie wie einen schützenden, wärmenden Kokon. Allmählich löste sich ihre eisige Erstarrung. Sie lehnte das Gesicht an seine Brust.

Gleichmäßig strich er ihr über den Rücken.

»Die haben auf mich geschossen.«

»Ja.« Ruhig streichelte er weiter.

»Ich meine … die haben … ich könnte tot sein.« Das Zittern kam wieder.

Er hielt sie und streichelte sie und gab ab und zu leise, brummende Geräusche von sich, wie man sie macht, wenn man ein ängstliches Tier beruhigen will.

Helen wusste nicht, wie lange sie so standen, wie lange sie seinem Herzen zuhörte und seinen Geruch einatmete und dabei die Angst versickern spürte. Langsam, sehr langsam, entwirrten sich ihre Gedanken – und machten Platz für ein neues, ein anderes Gefühl. Was tat sie hier? Sie ließ sich von einem Kriminellen trösten, den sie observieren sollte. Und es fühlte sich entsetzlich richtig an, als wäre er der Einzige, der ihr in dieser Situation Trost geben könnte. Er hatte sie rausgeholt, er hatte sie gerettet, er verstand sie. Eine winzige Stimme in ihrem Inneren wisperte, dass sie nur dem Kontakt zu ihm ihre Gefangenschaft überhaupt verdankte, verstummte jedoch wieder angesichts der Sicherheit und Wärme, die seine Arme gaben.

»Danke«, flüsterte Helen.

»Schon gut.«

Behutsam begann sie, auch seinen Rücken zu streicheln, spürte, wie er sich unter ihrer Berührung verspannte, bevor seine Hände ihre gleichmäßige Bewegung wieder aufnahmen.

Auf einmal reichte seine Wärme durch den Pullover hindurch nicht mehr. Sie schob das Kleidungsstück hoch, bis sie seine Haut unter den Fingern fühlte. Wieder hielt er in der Bewegung inne. Irgendwo im Hinterkopf wusste Helen, dass das hier nicht sein durfte. Sie hatte David. Sie war Polizistin. Doch all das war im Moment nicht wichtig. Wichtig war nur der Mann vor ihr, dessen Arme sie hielten.

Ohne bewusst etwas dafür zu tun, hob sie das Gesicht. Und dann waren seine Lippen auf ihren, weich und gleichzeitig fest, und seine Hände streichelten ihren Nacken und ihr Gesicht, während sie nicht genug davon bekam, ihn zu küssen, wie sie noch nie jemanden geküsst hatte. Sie küssten und küssten und küssten.

Er hatte die Augen geschlossen, als müsse er sich absolut konzentrieren. Vielleicht war es deswegen so perfekt, wie ein Tanz. Niemand von ihnen forderte, niemand drängte.

Mit den Fingerspitzen ertastete sie die Ansätze seiner Wirbelsäule, strich zart, ganz zart über jede einzelne sanfte Erhebung, allmählich weiter nach unten und dann nach vorn in Richtung seiner Beckenknochen. Sie lächelte, als er schneller atmete.

»Du lachst«, flüsterte er und sah sie unter halb geschlossenen Lidern an.

»Ich genieße.«

»Gut.« Er schloss die Augen wieder und ließ die Hände seinerseits unter ihr Oberteil auf ihre Schultern wandern. Warm und ein bisschen rau und genau richtig, auch noch, während sie ihren Körper weiter erkundeten. Ihr Atem ging jetzt ebenfalls tiefer. Sie machte sich daran, scinc Gürtelschnalle zu öffnen.

»Bist du sicher, dass du das willst?«

»Ja«, sagte sie.

Sie wollte Lucien Levraix.

Jetzt.

Das Bett, vor kurzem noch so ordentlich, war zerwühlt. Helen hatte den Kopf auf Luciens Brustkorb gelegt und hörte seinem Herz beim Schlagen zu. Ab und zu küsste er ihre Haare, und sie streichelte seine Brust.

»Danke«, sagte er leise. »Das war schön.«

»Ja.«

Sein Herz schlug so stark und stetig. Und er fühlte sich warm und unglaublich richtig neben ihr an. Sie wollte immer so liegenbleiben, nie zurückkehren in die echte Welt, in der sie Polizistin war und er ein Verbrecher. In der sie mit David verlobt und er vermutlich mit Emma zusammen war. In der sie ihm ins Gesicht sehen und ihm Handschellen anlegen würde. Sie wollte es, aber jetzt, da all diese Gedanken durch ihren Kopf wanderten, ging es nicht mehr.

Sie drehte sich auf den Rücken, und er stützte den Kopf auf eine Hand.

Er sah sehr unschuldig aus, so verstrubbelt. Sanft strich er mit dem Zeigefinger über ihre Nase. In seinem Gesicht arbeitete es, dann lächelte er, nicht das Sonnenscheinlächeln, sondern fast scheu. »Ich muss dir was sagen.«

Statt einer Antwort streichelte sie seinen Arm, der auf ihrem Bauch lag.

»Ich … ich bin kein Investmentbanker.«

Sie streichelte weiter, in der vergeblichen Hoffnung, die Magie aufrecht erhalten zu können. Wie sollte dieses Versteckspiel zwischen ihnen weitergehen? Und wenn er ihr jetzt gestand, ein gesuchter Kunsträuber zu sein? Weißt du, Lucien, das passt prima. Ich bin Polizistin und auf dich angesetzt. »Nicht reden«, sagte sie leise. »Noch nicht.«

Sie drehte sich auf die Seite und küsste ihn auf den Mund.

»Helen, ich –«

Sanft ließ sie ihre Fingerspitzen von seiner Armbeuge nach unten wandern, rückte wieder näher an ihn heran und küsste ihn noch einmal, strich mit den Lippen an seiner Halsseite nach unten.

»Du bist unglaublich.« Er drehte sich auf den Rücken und zog sie an sich.

»Ich bin gern unglaublich.« Wo er da schon einladend lag, schob sie sich über ihn und begann, sich auf ihm zu bewegen, bis sie beglückt spürte, wie er reagierte.

Die echte Welt musste warten.

So sehr Helen sich gewünscht hätte, der Elefant im Raum ließe sich einfach wegküssen, weglieben – er blieb, und auch Levraix schien das zu spüren.

»Zu dem, was ich vorhin sagen wollte, bevor du mich abgelenkt hast …«

»So lange ist das noch nicht her.«

»Mach's mir nicht schwerer, als es ist. Ich –«

»Du bist kein Investmentbanker.« Sie strich ihm eine verschwitzte dunkle Strähne aus der Stirn. »Ich dachte mir das in dem Moment, als du vor dem Fenster aufgetaucht bist. Woher wusstest du, wo ich gefangen war? Dass ich überhaupt gefangen war?« Sie würde ihm kaum verraten können, dass sie den Zusammenhang zwischen Jack Schwartz und ihm kannte. Dies war der Moment, wo sie sehr genau darauf achten musste, was sie sagte. Sie war Helen Shepherd, ahnungslose Kunstexpertin, die nur zufällig in die Schusslinie eines Irren gelangt war.

»Ich bin«, er zögerte, »Privatdetektiv.«

Hatte sie ernsthaft angenommen, er würde ihr die Wahrheit sagen, nur weil sie miteinander geschlafen hatten? Sie drängte den Funken Enttäuschung beiseite, der sich in ihr ausbreiten wollte.

Nachdem er einmal angefangen hatte, sprach er weiter, als würde er diese Geschichte nicht erst in dem Augenblick erfinden: »Seit einiger Zeit habe ich ein Auge auf den Mann, der dich entführt hat. Es war reiner Zufall, dass meine Kontakte mitbekommen haben, wie du verschleppt wurdest. Ich habe leider eine Weile gebraucht, um herauszufinden, wo er dich festhält. Und dann musste ich mir etwas ausdenken, wie ich dich herausbekomme.«

Schweigend betrachtete sie ihn, während ihre Hand seinen Arm streichelte.

»Die Leute, die dich entführt haben … hat keiner von denen gesagt, was sie wollten?«

Jetzt versuchte er herauszufinden, wieviel sie wusste. Unschuldige Kunstexpertin, erinnerte sie sich. »Ich weiß nur, dass man mir einen Sack über den Kopf gezogen und mich in diese Wohnung gebracht hat.«

»Dann sag das gleich der Polizei. Das Haus findest du vermutlich wieder.«

»Sicher.« Zumindest ein bisschen wollte sie ihn doch herausfordern. »Aber es würde helfen, wenn du mitkämest.«

Er lächelte unverbindlich. »Ich habe später noch einen Termin, den ich nicht verschieben kann. Danach mache ich meine Aussage, falls es nötig ist.«

»Kannst du nicht sofort mitkommen?« *Spiel Mädchen*, sagte Keira immer. *Das funktioniert.* Helen verabscheute die Tatsache, aber Keira hatte damit meist recht, wobei Levraix kaum in eine Polizeiwache hineinspazieren würde.

Er küsste sie auf die Stirn. »Geht nicht.«

»Du kannst dich doch da nicht einfach rausziehen! Soll ich denen erklären, ich sei aus dem Fenster geflogen?« Mit einem Hauch von Schadenfreude beobachtete sie, wie er offensichtlich nach einer Entschuldigung suchte.

»Vielleicht kann ich meine Termine verlegen.« Als ob. Aber das Nachdenken darüber war gut gespielt. »Nein, ich fürchte, es funktioniert wirklich nicht. Aber ich gehe später hin.«

»Versprichst du es?«

»Klar.«

Mit dem Zeigefinger fuhr sie die Konturen seiner Nase nach, wie er es zuvor bei ihr getan hatte. Warum konnten die Dinge zwischen ihnen nicht klar und einfach sein?

Sein Blick ruhte nachdenklich auf ihr, dann schien er zu einer Entscheidung zu kommen. »Ich muss dir noch was sagen.«

»Du bist doch kein Privatdetektiv?«

Er lachte. »Mein Name ist auch nicht Anthony Goldstein.«

»Ach.« Es gelang ihr, das angemessen überrascht hervorzubringen. »Warum hattest du dann seine Karte?«

»Anthony … ist ein Freund von mir.«

Er betrachtete seine Decknamen als seine Freunde? So war man nie allein, sehr praktisch.

»Es war dumm, dir nicht die Wahrheit zu sagen.«

Weißt du überhaupt, was die Wahrheit ist?

»Ich war im Undercover-Modus. Nie im Leben hätte ich ernsthaft damit gerechnet, dich wiederzusehen. Und ich hatte nicht«, er hob hilflos die Schulter, »hiermit gerechnet.«

Ich auch nicht, Levraix. Das glaube mal. »Wie heißt du wirklich?«

»Lucien Levraix.«

Wenigstens etwas. »Französisch.«

»Ich bin aus Montréal.«

»Lucien«, sagte sie langsam. »Der Strahlende. Das ist ein guter Name.«

»Man gewöhnt sich dran.« Bittend sah er sie an. »Es tut mir wirklich leid, dass ich dir was vorgemacht habe.«

Du macht mir immer noch was vor, Auftragsdieb. Wenn er nicht so verdammt, verboten sexy gewesen wäre, wenn er sie nicht so sanft gestreichelt hätte, wäre es einfacher gewesen, wütend auf ihn zu sein. »Ist schon okay. Ich habe auch nicht damit gerechnet.«

»Sagst du es ihm?«

»Wem?«

»Dem Mann, dessen Ring du nicht trägst.«

David. Sie hatte sehenden Auges eine Schwelle überschritten, die absolut verboten war. Sie durfte nicht fühlen, was sie fühlte. Aber warum war es dann so *richtig*? Und wie sollte es weitergehen?

$$$

Entweder sie waren vor ein paar Stunden noch unauffälliger gewesen, oder sie hatten ihre Präsenz verstärkt: Vor Emmas Haus stand ein Auto mit Zivilfahndern, und auf der anderen Straßenseite lehnte jemand allen Ernstes an der Hauswand, rauchte und tippte auf seinem Smartphone herum. Julian lachte in sich hinein. Was für Filme hatten die gesehen? Kein Ermittler außerhalb der Fünfzigerjahre lehnte an Hauswänden und tat unverdächtig. Aber was auch immer Scotland Yard dazu gebracht hatte, hier mit voller Macht aufzulaufen, hatte Jack garantiert ferngehalten. Beschwingt sprang er die Stufen zum Loft hoch.

Noch bevor er die Tür geöffnet hatte, hörte er es.

Emma hämmerte auf den Boxsack ein, der sonst immer verhüllt in der Ecke stand und sah kaum auf, als er eintrat.

Er durchschritt den Raum, umarmte sie und wirbelte sie herum. »Das vorhin war großes Kino. Danke.«

»Da hat jemand aber gute Laune.«

»Yup.« Er küsste sie auf die Stirn.

»Lass das.«

»Was ist?« Irritiert ließ er sie los. »War ein guter Tag bisher, oder? Wir haben das Geld noch und –«

»Jack hat mich beinahe umgebracht, weil ich ihn wegen des Geldes vertröstet und ihm nur die blöde Liste gegeben habe, und du bist abgehauen. Sonst ist alles super.« Sie zielte mit dem Handschuh auf seine Magenkuhle, und er konnte gerade noch ausweichen.

»Hey, langsam, Tiger. Es war von vornherein Plan B, dass ich abhaue, falls was schiefgeht.«

»Ja.« Sie boxte weiter.

»Okay.« Er setzte sich auf den Esstisch und sah ihr eine Weile zu.

Sie würdigte ihn keines Blickes.

»Verrätst du mir, was ich falsch gemacht habe?«

Rechter Haken, linker Haken.

»Emma?«

Endlich ließ sie von dem Boxsack ab, zog die Handschuhe aus und warf sie auf den Boden. »War's nett?«

»Ich weiß nicht, wovon du sprichst.«

Sie verdrehte die Augen.

Julian lächelte so entwaffnend er konnte. Besonders gut gelang es nicht. »Alles in Ordnung mit dir? Es hat doch prima geklappt. Wir haben eine Kopie von Jacks Liste, und wir haben das Geld. Perfekt.«

»Und du glaubst, Jack lässt es dabei bewenden?«

Er hob unschlüssig die Schultern.

»Weißt du, Fontaine«, sie funkelte ihn an, »es wäre im Großen und Ganzen eine gute Idee, wenn du anfangen würdest, über die Konsequenzen deiner Handlungen nachzudenken. So generell.«

Julian seufzte. »Ich finde, es ist gut gelaufen heute. Wir haben erreicht, was wir wollten.«

»Du weißt genau, dass ich nicht davon spreche.«

Natürlich wusste er das. Aber er würde darauf nicht eingehen. »Ich finde die Idee immer noch gut, Jacks Gold für bessere Zwecke einzusetzen, als es ihm wiederzugeben.«

»Gestern wolltest du es noch zur Polizei tragen.«

»Jack würde sich jedenfalls richtig ärgern.«

»Und dich erschießen, vermutlich. Ich weiß nicht, in welchem Traumland du lebst, aber Jack hat eine Waffe. Und er benutzt sie durchaus, wenn ihm danach ist.«

Als wenn er das jemals vergessen könnte. »Was ist los mit dir?« So laut hatte er nicht beabsichtigt zu sprechen. Er wusste genau, was Emma beschäftigte. »Diese ganze Sache war deine Idee! Jack auszunehmen war deine Idee! Jetzt tu nicht so, als ob ich –«

»Jack hat mir eine Knarre ins Gesicht gehalten, Julian!«

»Entsichert?«

»Ja, verdammt! Weil du unbedingt zu ihm hin spazieren und ankündigen musstest, dass wir ihn beklauen. Und er hatte nur deswegen überhaupt eine Handhabe gegen dich, weil du mit dieser Tussi rummachen –«

»Darum geht es, oder?«

Emma trat gegen den Boxsack. Die Vorstellung, diesen Tritt gegen das Schienbein zu bekommen, ließ ihn zusammenzucken. »Du kannst tun und lassen, was du willst, Fontaine, solange es nicht unsere Arbeit betrifft. Und das hier«, der Boxsack bekam noch einen Tritt, »das hier betrifft sie massiv.«

Er merkte, wie Wut in ihm aufstieg. Was er in seiner Freizeit tat, ging sie nichts an. Um nicht loszubrüllen, sprang er vom Tisch und öffnete die Tür zur Dachterrasse.

Den Geräuschen nach zu urteilen, verschwand Emma im Bad. Julian mochte diese ungemütliche Stimmung zwischen ihnen nicht. Eine Weile stand er nur da, ans Geländer gelehnt, die Nachmittagssonne im Gesicht, und schaute den Ruderern zu, die weit unten ihr Boot aus der Themse an Land zogen.

Und jetzt? Emma würde sich wieder einkriegen, sie kriegte sich immer wieder ein. Aber wie sollte das mit Helen weitergehen? Die einfachste Lösung wäre vermutlich, aus der Sache mit den Bildern einfach auszusteigen, Emma den National-Gallery-Job eben doch allein machen zu lassen. Bisher wurde er – seines Wissens nach – zwar mit allen möglichen Ungesetzlichkeiten in Verbindung gebracht, aber man hatte ihm nie irgendwas nachweisen können. Der Gedanke war nicht sehr attraktiv, aber letztlich könnte er sich tatsächlich zur Ruhe setzen oder zumindest ein paar Jahre Pause machen. Er benötigte das Geld nicht, aus früheren Raubzügen hatte er genug, um dreihundert Jahre lang komfortabel zu leben. Wenn er auf dreilagiges Klopapier verzichtete, sogar dreihundertzwanzig. Was er brauchte, war der Nervenkitzel, der Rausch – vielleicht konnte man den auch anderswo bekommen. Vielleicht.

Emma trat neben ihn, dicht genug, um das Schweigen zwischen ihnen friedlich wirken zu lassen.

»Ich mag sie wirklich, Emma.«

»Ich weiß.«

»Ich habe behauptet, ich sei Privatdetektiv. Das fand ich einigermaßen plausibel.«

Emma schaute stur ans andere Ufer.

»Und ich … hab ihr die Wahrheit gesagt über meinen Namen.«

Jetzt flog ihr Kopf herum, und sie starrte ihn an. »Du hast *was* getan?«

»Ich habe ihr gesagt, ich bin nicht Anthony Goldstein.«

»Sondern?«, fragte Emma gedehnt.

Er lachte erleichtert auf. »Lucien Levraix, was dachtest du denn?«

Emma grinste. »Vielleicht dachte ich, deine Kunstexpertin hätte dir vollends den Verstand vernebelt. Sie sieht übrigens nett aus, nach dem wenigen zu urteilen, was ich sehen konnte.«

»Sie ist viel mehr als nur nett. Und sie hat das mit dem falschen Namen echt gut weggesteckt.« Die Ruderer hatten ihr Boot jetzt ganz ans Ufer gezogen und trugen es zum Bootshaus des Ruderclubs.

»Das nächste Mal wird nicht so einfach«, sagte Emma leise.

»Ich weiß.«

»Sagst du es ihr trotzdem?«

»Vielleicht. Irgendwann. In fünf Jahren oder so.«

»Wenn sie es so lange mit dir aushält und du es schaffst, dich nicht einknasten zu lassen.« Emma lehnte sich an ihn, und er legte ihr den Arm um die Schultern. »Irgendwie ist das wieder die Sache mit dem anderen Leben«, sagte sie. »Das, was hätte sein können. Vielleicht gibt es für Leute wie uns so etwas wie ganz normales Glück gar nicht.«

»Vielleicht aber doch.« Er zog sie an sich und ließ sie dann los.

»Willst du nochmal weg?«

Keinen Widerspruch herausfordern jetzt, sachlich bleiben und sehr bestimmt. »Ich gehe zu Kazmarek. Entweder hole ich das Gold zurück oder das Geld, das er dafür bekommen hat. Was wir damit tun, überlegen wir dann in Ruhe.«

Emma seufzte. »Ob wir es zu Scotland Yard bringen,

um deine Weste wenigstens etwas sauberer zu bekommen, meinst du?«

Julian lächelte schief. »Besprechen wir, wenn ich wieder da bin.«

Der Juwelier

Sie sollte nicht glücklich sein.

Sie konnte nicht glücklich sein.

Sie hatte die Nacht in der Gewalt eines maskierten Irren verbracht. Sie müsste traumatisiert sein.

Vermutlich war sie das. Traumatisiert. Deswegen hatte sie keine Angst. So wie ihr Bewusstsein in der Nacht die Angst mit Wut überlagert hatte, schob es jetzt Glücksgefühle davor. Selbstschutz. Das war alles.

Helen fürchtete den Augenblick, wo das Glück verpuffte und nur noch die nackte Angst blieb. Aber jetzt gerade nahm sie den Chemiecocktail dankend an, den ihr Hirn ihr zusammenmixte.

Doch das war ja nicht alles. Es war *unmoralisch*, jetzt glücklich zu sein. Es widersprach allem, was sie über sich selbst glaubte. Helen Shepherd war ein anständiger Mensch – gewesen.

Sie hatte David betrogen.

Sie hatte mit einem Verbrecher geschlafen, den sie vermutlich in ein paar Tagen einbuchten würde.

Ganz grundlegend schlecht sollte sie sich fühlen.

Aber sie tat es nicht. Stattdessen fühlte sie sich lebendig

– umso lebendiger, da sie ihrer Gefangenschaft entronnen war. Es musste das Trauma sein.

Die Frau in ihrem Badezimmerspiegel hatte leuchtende Augen, auch noch, als Helen sie fragte: »War das eine gute Idee, Shepherd?« *Ja*, flüsterte ihr Innerstes, *ja, das war es*. Auch, wenn sie keine Ahnung hatte, wie das mit Lucien weitergehen oder wie sie die Sache David erklären sollte. Es war es wert gewesen, trotz allem.

Sie ließ sich Zeit damit, neue Kleider herauszusuchen und die Haare in Form zu bringen. Erst dann rief sie mit ihrem amerikanischen Telefon im Büro an. Das englische hatte ja Schwartz.

Christine nahm das Gespräch an.

»Christine, ich bin es, Helen.«

»Helen! Ich hatte mich über deine Nummer gewundert. Bist du okay? Kannst du frei sprechen?«

Helen lächelte. »Ja, alles in Ordnung.«

»Sicher?«

»Absolut. Aber aus deiner Frage schließe ich, dass du meinen Notruf empfangen hast.«

»Für wen hältst du mich? Selbstverständlich habe ich das. Was ist los? Dein kryptisches SOS-Signal hat hier alle echt in den Alarmzustand versetzt. Derzeit nimmt die Spurensicherung die Wohnung auseinander, wo wir dein Telefon geortet haben.«

Sie hörte das charakteristische leise Klicken in der Leitung, während sie sprach. Auf die Kollegen war Verlass. Sie trackten ihren Anruf für den Fall, dass sie immer noch in

Schwierigkeiten steckte. »Ich bin gestern Abend entführt worden, und –«

»Du bist –«

»Ja, von Jack Schwartz.«

»Das sagst du so nebenbei?«

»Jedenfalls konnte ich entkommen, ist etwas kompliziert. In dem Haus bin ich nicht mehr. Ich bin jetzt in Sicherheit, in meiner Wohnung.«

»Und du hast keinen Typ mit Knarre neben dir, der dich zwingt, das zu sagen?«

»Ihr trackt meinen Anruf, in ein paar Sekunden kannst du dich selbst überzeugen, ob es stimmt.«

»Wie bist du entkommen?«

»Ich komme jetzt ins Büro, dort gebe ich alles genau zu Protokoll. Du darfst gern dabei sein.«

»Da kannst du drauf wetten«, sagte Christine. »Ich sterbe fast vor Neugierde.«

»Ist eine längere Geschichte – bereite dich schon mal auf Überstunden vor.«

Christine lachte. »Wir sind die Polizei. Wir machen keine Überstunden.«

»Sag auf jeden Fall den Leuten von der Spurensicherung, sie sollen gründlich arbeiten, wenn sie die Wohnung untersuchen, in der ich gefangen war. Ich kann mir nicht vorstellen, dass in der Wohnung auch nur ein Barthaar zu finden sein wird, aber wenn …«

»Wenn, dann kriegen wir Schwartz dran, verlass dich drauf.«

»Tu ich.« Sie beendete das Gespräch.

Wenn es nach ihr ging, würde Jack Schwartz sehr viele Jahre lang keine Museen mehr ausrauben. Sie würde haarklein alles erzählen, was sie wusste, und sie war sich sicher, dass sie ihn bei einer Gegenüberstellung identifizieren konnte. Einzig über die Rolle von Lucien Levraix bei der ganzen Sache musste sie sich Gedanken machen. *Überschreiten Sie keine Schwelle, hinter der es kein Zurück gibt.* Ihr Chef in Washington, Chuck Martin, hatte damit nicht gemeint *Gehen Sie nicht mit Typen ins Bett, hinter denen Sie her sind*, doch das Ergebnis war dasselbe. Dachte sie jetzt wirklich darüber nach, wie sie Levraix schützen könnte?

Nachdenklich verließ sie die Wohnung.

Vor dem Eingang zur U-Bahn klingelte ihr Telefon. Sie nahm das Gespräch an, während sie im Laufschritt einer Touristengruppe auswich. »Hier ist Helen.«

»Hallo, mein süßes Mädchen.«

»David.« Das schlechte Gewissen, das sich die ganze Zeit so rargemacht hatte, holte sie mit aller Macht ein. Sie verlangsamte ihre Schritte. Warum war David schon wach? In DC war es … okay, in DC war es Zeit, aufzustehen.

»Wie geht es dir? Du hast gestern nicht angerufen.«

»Ich …« Verflucht, was sollte sie ihm sagen? Reiß dich zusammen, Shepherd. »Ich war ein bisschen unpässlich.«

»Unpässlich? Das hört sich nicht nach meinem Lieblingsmädchen an.«

»Ist auch beschönigt«, gab sie zu. »Ich bin gestern entführt worden, und –«

»Du bist was?!«

Dieses Gespräch entwickelte sich zu einer seltsamen Wiederholung ihres Telefonats mit Christine. »Entführt«, sagte sie. »Ein Typ hat mir einen Sack über den Kopf gezogen und –«

»Da bleibst du so ruhig? Soll ich kommen?«

Bloß das nicht. »Nein, es ist wirklich in Ordnung. Mir geht es gut. Ich bin wieder frei, alles ist prima.«

»Honey, du bist entführt worden! Du stehst unter Schock!«

»Dave! Hör auf, dir Sorgen zu machen, bitte. Ich bin Polizistin. Meine Arbeit ist manchmal gefährlich.«

»Bist du sicher, dass du in Ordnung bist? Du solltest vielleicht mit jemandem sprechen. Es gibt doch Psychologen bei der Polizei …«

Es war schwierig, seine Sorge zu ertragen. Konnte er sich nicht bitte gleichgültig verhalten, damit sie sich weniger schlecht fühlte? »Ich hab das im Griff«, sagte sie schroff. »Hör zu, ich muss weiter. Lass uns später reden, ja?«

»Ich komme, Süße. Ich nehme den nächsten Flieger.«

»Das ist wirklich nicht –«

»Doch, ist es.«

»Dave, ich … Wir reden später.«

Sie stopfte das Telefon in ihre Tasche, sehr weit nach unten, und lief die Treppen zur U-Bahn hinunter.

»Hey«, sagte Christine erfreut, als Helen ihr gemeinsames Büro betrat. »Schön, dich gesund und munter zu sehen.«

Helen legte ihre Tasche ab. »Ich brauch erstmal einen Kaffee.«

»Und dann erzählst du.«

Wenn du wüsstest, dachte Helen. »Ist der Chef da?«

»Wartet schon. Du hattest übrigens recht. Die Spurensicherung hat bisher kaum was gefunden. Ein einziges blondes Haar war in der Wohnung, aber die DNS-Analyse wird noch ein wenig dauern.«

»Suchen sie noch weiter?«

»Ja, aber das waren Profis.«

»Wem sagst du das?«

»Wir kriegen die Kerle ran, Helen.«

»Davon gehe ich mal aus. Ich weiß, wer das war, und ich will, dass die weggesperrt werden.«

»Da bist du nicht die Einzige.«

»Ja. Lass uns zu Parker gehen, ich will meine Aussage machen. Je schneller, desto besser.«

Christine stand auf. »Wenn du reden willst – ich bin hier.«

»Danke, das weiß ich zu schätzen.« Helen wandte sich der Tür zu.

Parker schaute auf, als sie mit Christine hinter sich hereinkam. »Shepherd. Wir haben uns Sorgen gemacht.«

»Es war nicht geplant, Sir.«

Er lächelte. »Davon war ich ausgegangen. Dann berichten Sie mal.«

Helen setzte sich, und Christine nahm neben ihr Platz.

»Wie Sie wissen, war ich heute Morgen nicht im Büro, was daran lag, dass ich gestern Abend auf dem Heimweg angegriffen und entführt wurde.«

Parkers ruhige, sachliche Aufmerksamkeit machte es ihr leicht, sich an das zu erinnern, was geschehen war, ohne wieder zu zittern anzufangen. Von dem Moment an, an dem man ihr einen Sack über den Kopf gezogen hatte, erzählte sie alles, was sie wusste. Dass Jack Schwartz maskiert gewesen war, sie ihn jedoch erkannt habe, dass vermutlich die beiden Typen dabei gewesen waren, die Christine als »seine Schläger« bezeichnet hatte, dass man sie zwar grob behandelt, aber nicht verletzt habe. Je länger sie sprach, desto mehr hatte sie den Eindruck, der Schreck der letzten Nacht flösse aus ihr hinaus.

»Gut«, sagte Parker schließlich. »Wenn Sie sicher sind, ihn identifiziert zu haben, leiten wir sofort die Fahndung nach Schwartz ein.«

»Ich bin sicher.«

Er telefonierte kurz und wandte sich dann wieder ihr zu. »Die Antworten auf zwei Fragen haben Sie in Ihrem Bericht ausgelassen.«

Immer noch war sich Helen nicht sicher, wieviel sie über Levraix' Rolle preisgeben wollte, und diese Tatsache beunruhigte sie inzwischen beinahe mehr als die Entführung selbst. »Sir?«

»Das erste ist der Grund für Ihre Entführung.«

Gut, den konnte sie nennen. Ihre Verabredung gestern Abend war noch offizieller Teil der Arbeit gewesen.

»Während des Feueralarms gestern hat Levraix etwas gestohlen, das Schwartz wiederhaben wollte – das wussten wir. Schwartz hat Levraix offensichtlich beobachtet und ist fälschlicherweise zu dem Schluss gekommen, ich sei seine Freundin. Daher hat er mich als Geisel genommen, um zurückzubekommen, was auch immer ihm gestohlen wurde.«

»Und Sie wissen nicht, um was es sich dabei handelt.«

»Nein.«

»Hat er mit Ihnen gesprochen? Schwartz?«

»Wenig. Ich habe keine Informationen über seine Pläne. Ich war in einem dunklen Zimmer, abgeschnitten von allem.«

Parker nickte. »Und trotzdem konnten Sie fliehen.«

»Ja. Ich wusste nicht genau, ob Christine mein Signal empfangen hatte, und ich wollte nichts riskieren, also musste ich mich selbst um meinen Ausbruch kümmern. Das Fenster war ziemlich marode. Ich habe stundenlang mit meiner Polizeimarke daran herumgehebelt, bis ich es öffnen konnte.« Sie zog die Marke aus der Tasche. »Jetzt ist sie leider nicht mehr ganz so hübsch.« Wenn sie noch länger um den heißen Brei herumredete, wurde es auffällig. Daran, dass Levraix sie befreit hatte, war nichts auszusetzen – im Gegenteil. Das waren Bonuspunkte für ihn, die er vermutlich dringend nötig hatte. Also, los. »Allerdings hatte ich keinen Plan dafür, wie ich den Rollladen öffnen oder vom dritten Stock auf die Straße hätte gelangen können.«

»Die Leute von der Spurensicherung haben einen Klettergurt sowie die zertrümmerten Reste einer Stichsäge und eines aufgeschnittenen Rollladens gefunden. Daraus schließe ich, dass Ihnen etwas eingefallen ist.«

»Nicht wirklich. Ich war in diesem dunklen Zimmer, als draußen auf einmal Geräusche erklangen, und dann … dann hing Levraix vor dem Fenster. Duponte hat an der Tür meine Entführer abgelenkt, und er hat mich rausgeholt.« Entschlossen setzte sie hinzu: »Was immer ihn dazu bewegt hat, ich fand das schr anständig von ihm. Von beiden. Sie haben einiges für mich riskiert.«

Parker schnaubte leise. »Wenn ich eins über die Jahre gelernt habe, dann ist es, dass es so etwas wie anständige Kriminelle nicht gibt. Da steckt irgendetwas anderes dahinter, und wir finden heraus, was das ist.«

»Trotzdem nett von ihm, dich zu retten«, sagte Christine später, während sie in ihrem Büro zwei Becher Kaffee einschenkte. »Immerhin aus dem dritten Stock, das kann nicht einfach gewesen sein.«

Helen musste lächeln, als sie daran dachte, wie erleichtert sie gewesen war, Lucien in seiner schwarzen Einbrecherkleidung wie einen rettenden Engel vor dem Fenster zu sehen.

»Ein echter Gentleman«, sagte Tom trocken, »vielleicht bekommt er dafür eine Strafminderung, wenn wir ihn einbuchten. Von fünfzehn auf zehn Jahre, falls er es tatsächlich auf die National Gallery abgesehen hat.«

Bevor sie etwas erwidern konnte, wurde die Besprechung von Parker unterbrochen, der zur Tür hereinschaute.

»Ellis, Swift, Kensington, Sie kommen mit mir. Tötungsdelikt. Shepherd? Ihnen würde ich in Anbetracht der Situation freistellen, ob Sie an diesem Einsatz teilnehmen.«

Einen Toten musste sie heute wahrlich nicht mehr haben. »Wenn es Ihnen nichts ausmacht, Sir, würde ich lieber hierbleiben und mich um die Personenfahndung nach Jack Schwartz kümmern.«

»Lassen Sie es nicht persönlich werden, Shepherd.«

»Natürlich nicht, Sir.« Schwartz war derjenige, der die Sache persönlich gemacht hatte, nicht sie. Und wenn sie dadurch besonders motiviert war, ihn hinter Schloss und Riegel zu bringen, war das umso besser.

$$$

Julian betrat Kazmareks Laden durch die Hintertür. »Jurij?«

Keine Antwort.

Er schloss die Tür hinter sich und ging in den Verkaufsraum – wollte in den Verkaufsraum gehen. Mitten in der Bewegung blieb er wie angewurzelt stehen.

Hinter dem Tresen lag ein toter Mann.

Jurij Kazmarek.

Der Tote starrte blicklos nach oben, auf seiner Brust hatte sich ein Blutfleck ausgebreitet.

Unwillkürlich wich Julian zurück. *Blut, überall Blut. An seinen Händen, an seiner Hose. Und die offenen Augen.* Er ballte die Hände zu Fäusten, um das Zittern zu stoppen. »Scheiße, Jurij«, flüsterte er. »Scheiße.« Kazmareks leere

Augen schienen ihn vorwurfsvoll anzusehen. Er schluckte. »Verdammte, verdammte Scheiße.«

Wie durch Watte bewegte er sich auf den toten Hehler zu und ging neben ihm in die Knie. Er konnte das hier, er würde das schaffen. Nur die Hand ausstrecken, und Kazmarek würde ihn nicht mehr anstarren. Nur … *Blut überall.* Er biss sich auf die Unterlippe. Öffnete mit äußerster Anstrengung eine Faust, streckte die Hand aus und schloss Kazmareks Augen. Wenigstens das war er ihm schuldig.

Er konnte nicht aufstehen, er konnte nichts tun, außer mit eisigen Fingern dazuhocken und den Toten anzugucken, das Blut auf dessen Brust und die Blutlache unter ihm. Die Welt bestand nur noch aus Jurij Kazmarek, der vor seinen Augen langsam verschwamm. Verflucht. Get a grip, Fontaine.

Er sollte rennen, weg von hier, weg von dem Toten, wie er es schon einmal getan hatte, aber seine Beine ignorierten die schwachen Befehle seines armseligen Hirns.

Irgendwo in einer anderen Dimension sprachen Leute. Durch eine Wolkenwand kamen sie auf ihn zu.

»Lucien Levraix.«

Mühsam löste er den Blick von Kazmareks Körper und wischte sich über die Augen. Es waren vier, drei Männer und eine Frau. Der kleine Drahtige war dabei, der ihn anfangs beschattet hatte. Und die Frau, die in Jacks Hotelzimmer gewesen war. Einer der Männer hielt eine Polizeimarke hoch.

»Sie sind verhaftet.«

Blut. Überall Blut.

Es kostet ihn viel Anstrengung, nicht hysterisch loszulachen. Was für eine Scheiße. Er erhob sich und drückte den Rücken durch. Wenigstens sollten sie ihn aufrecht stehend festnehmen. »Ich vermute, es nützt nichts, wenn ich Ihnen sage, dass ich das nicht war, oder?« Sehr gut, er klang normal.

»Das sehen wir dann.« Der Mann schnaubte abfällig. »Swift. Handschellen.«

Der Drahtige, Swift, kam zu ihm und zog ihm die Arme auf den Rücken. »Sie sind festgenommen wegen Mordverdachts an Jurij Kazmarek. Sie haben das Recht zu schweigen –«

»Ich kenn den Drill«, sagte Julian müde.

»Beine breit.«

Swift tastete ihn auf Waffen ab.

»Die Bazooka hab ich zu Hause gelassen.«

»Ich schlage vor, Sie machen Gebrauch von Ihrem Recht zu schweigen.«

Es war entwürdigend. Wahrscheinlich machten sie das deswegen so, Hände auf dem Rücken und alles.

Einer der anderen, ein junger, rothaariger Mann, hob die Pistole auf, die neben Kazmarek auf dem Boden lag. Julian hatte sie bis dahin nicht einmal gesehen.

»Ihre?«, fragte Swift.

»Nein.«

»Sehen wir dann.« Es schien ein Standardspruch der Abteilung zu sein. Swift nahm ihn am Arm – als wenn er nicht allein gehen könnte – und führte ihn nach draußen. Um den abgesperrten Eingang zu Kazmareks Laden herum hatte sich eine Menschenmenge versammelt.

Julian senkte den Kopf, um die Gaffer nicht sehen zu müssen. Der Polizist führte ihn zu einem bereitstehenden Auto. »Darf ich bitten?« Immerhin schubste er ihn nicht hinein, sondern ließ ihn selbst einsteigen.

Kurz bevor Swift die Tür zuknallte, blitzte Jacks Gesicht in der Menge auf.

Jack grinste.

Der Raum, in den sie ihn sperrten, war von oben bis unten gefliest. Eine Pritsche stand darin, an der Wand ein Waschbecken und ein Klo ohne Deckel. Wenigstens nahmen sie ihm die Handschellen ab. Das Schloss in der Tür wäre mit einem Drahtstück nicht besonders schwierig zu knacken gewesen, vielleicht reichte sogar die Büroklammer in seiner Hosentasche dafür. Einen winzigen Moment lang gab Julian sich der Vorstellung hin, einfach aus der Zelle hinauszuspazieren, aber er würde kaum bis zum Treppenhaus kommen, geschweige denn nach draußen. Dank der Kamera in der Ecke würde er nicht einmal die Tür öffnen können, ohne dabei beobachtet zu werden. In der Tür war auf Augenhöhe ein Spiegel eingelassen – beziehungsweise sah es von seiner Seite aus wie ein Spiegel. Von außen konnte man garantiert hindurchschauen. Julian ignorierte sein lädiertes Spiegelbild und legte sich auf die Pritsche, die Hände im Nacken verschränkt. In desem Augenblick konnte er ohnehin nichts tun, außer abzuwarten, bis sie ihn hier wieder rausholten.

Nichts tun und warten war nicht gut, wenn man gerade einen toten Hehler gefunden hatte. *Blut … Überall Blut. Kazmareks anklagende, tote Augen, der leblose Körper, die noch weiche Haut der Augenlider unter seinen Fingern …*

Ihm war übel.

Er ging zum Waschbecken und klatschte sich kaltes Wasser ins Gesicht. Es half nicht gegen die Schuld, die sein Inneres gerade mit voller Wucht zerlegte, nicht gegen die Bilder im Kopf und den Blutgeruch in der Nase.

Er musste sich irgendwie beschäftigen.

Jacks siegesgewisses Grinsen.

Kazmareks Blut. Überall das Scheißblut. Jurij würde nie wieder Angst vor der Mafia haben müssen.

Komm mal klar, Fontaine. Nicht dran denken.

Er sollte planen. Planen war gut. Planen hielt die Bilder im Zaum. Ob er das alles dann umsetzen oder Emma allein überlassen würde, spielte keine Rolle.

Stufe Eins des Plans: Sich das Ziel klarmachen.

Emma wollte sämtliche Kunstwerke von Jacks Einkaufsliste klauen. Ihm waren die anderen Gemälde egal, er wollte, wenn, dann nur den Renoir. Aber auf eins mehr oder weniger kam es nicht an. Das Ziel war also eindeutig.

Er lief in der mickrigen Zelle auf und ab. Und was, wenn sie ihn hier drin einfach die nächsten zwei Wochen verrotten ließen? Er hasste es, eingesperrt zu sein. Menschen sollten nicht eingesperrt werden. Niemand sollte das.

Emma würde sich nicht darüber freuen, was er mit dem Renoir vorhatte. Aber es gab Dinge, die waren notwendig. Sie konnte die anderen Bilder haben. Zwanzig Millionen wert. Das sollte genügen, um sie friedlich zu stimmen.

Hoffentlich hatte Jurij nicht lange gelitten, nicht geröchelt und gekämpft und nach Luft gerungen, die nicht mehr in seinen Lungen ankam. Hoffentlich hatte er einfach das Bewusstsein verloren und war zusammengebrochen.

Julian rieb sich über die Augen.

Stufe Zwei. Den richtigen Zeitpunkt für den Raub bestimmen. Die Bilder mussten authentifiziert sein, aber Jack durfte sie sich noch nicht geholt haben. Er sollte herausfinden, wer die Dinger wann authentifizierte, aber er saß in einer bescheuerten Zelle und konnte nichts tun. Emma hatte die örtlichen Kontakte. Emma könnte das in Erfahrung bringen.

Er trat gegen die Wand. Emma wusste nicht mal, dass er in diesem Loch hockte. Er trat noch einmal zu, was natürlich nicht die Wand nachgeben ließ, sondern ihm nur einen stechenden Schmerz durch den Fuß jagte.

Planen.

Jetzt.

Das Ziel stand fest. Der Zeitplan würde sich klären.

Stufe Drei. Das Wie. Dafür müsste er mehr über das Lager der National Gallery wissen. Er müsste sich die Gegebenheiten anschauen. Natürlich konnte Emma das auch, sie war mit solchen Sachen sehr zuverlässig. Aber um jetzt planen zu können … Wie viel Zeit wohl vergangen war, seit sie ihn hier reingesteckt hatten?

Vermutlich nicht mehr als eine halbe Stunde, und er drehte schon durch.

Irgendwo in diesem Gebäude sezierten gerade ein paar Polizisten sein Portemonnaie und sein Handy. Zeus sei Dank hatte er nur Anthonys Telefon dabeigehabt, da war nicht viel Verräterisches drauf. Und in seinem Portemonnaie steckten lediglich ein paar Pfund- und Dollarnoten, zum Glück keine Kreditkarten. Wenigstens das war gut gelaufen. Nicht auszudenken, wenn sie ihn mit einer Brieftasche voller unterschiedlicher Pässe und Kreditkarten aufgegriffen hätten.

Julian machte sich im Kopf eine Notiz, insgesamt vorsichtiger zu sein. Sie wussten zu viel über ihn. Wahrscheinlich war es keine besonders brillante Idee gewesen, überhaupt nach England zu kommen.

Aber wenn er nicht nach England gekommen wäre, hätte er Helen nicht getroffen. Der Gedanke an Helen ließ seinen Aufenthalt in der Zelle gleichzeitig erträglicher und schlimmer werden. Die Zeit mit ihr im Hotel konnte ihm niemand nehmen. Aber wenn sie wüsste, wer er wirklich war, und dass er gerade in Untersuchungshaft saß, würde sich so etwas garantiert nie wiederholen.

Wie Hohn hallte die Erinnerung an Emmas Worte in ihm nach. *Irgendwann verbringt ihr auch die eine oder andere Nacht zusammen. Und sie verliebt sich in dich. Und wenn ihr euch gerade in deinen seidenen Hotelbettlaken vergnügt, steht Scotland Yard vor der Tür mit einem Haftbefehl, weil du die National Gallery ausgeräumt hast. Willst du ihr das wirklich antun?*

Natürlich hatte Emma recht gehabt. Natürlich. Nur, dass man ihn nicht wegen Raubes eingelocht hatte, sondern wegen eines Mordes, den er nicht begangen hatte.

Er musste aus dieser Zelle raus. Sie konnten ihn hier nicht ewig festhalten. Dafür würde er ihnen Jack Schwartz auf dem Silbertablett servieren, wenn die Zeit kam.

$$$

Christine, Tom und Lloyd wirkten erschöpft, als sie zurückkehrten. Parker schaute kurz herein, sagte aber nichts.

»Wie war es?«, fragte sie, als Parker den Raum verlassen hatte.

Christine sagte langsam: »Der Tote war ein Juwelier.«

»Und?«

»Und er hatte ein hübsches Nebeneinkommen als Hehler.«

»Und?«, wiederholte Helen.

»Er ist jetzt sehr tot.«

»Das habe ich verstanden.« Warum zögerte Christine so? Es war ja nicht so, dass Helen als Polizistin noch nie – indirekt zumindest – mit Toten zu tun gehabt hätte. Sie kam immerhin aus Washington, was allein durch seine Nähe zu New York ein bisschen raueres Pflaster war als London.

»Es scheint, als hätte dein Retter von heute Morgen einen sehr bewegten Tag gehabt«, sagte Christine endlich. »Wir haben ihn wegen Mordverdachts in Gewahrsam.«

Nein, war ihr erster Impuls zu antworten. Nein. Das glaube ich nicht. Niemals, nicht Lucien. Aber konnte sie es wirklich so genau wissen? Sie musste sehr aufpassen, sonst besiegelte sie hier und jetzt das Ende ihrer Karriere. »Kann ich mir irgendwie nicht vorstellen«, sagte sie so gleichgültig wie möglich. »Der machte bisher nicht den Eindruck, als wäre er gewalttätig.«

»Manchmal täuscht man sich.« Die Heldenverehrung, die Tom bei ihrer ersten Teambesprechung für Levraix gezeigt hatte, war entschlossener Härte gewichen.

»Das stimmt wohl«, gelang es ihr, zu antworten, sachlich und neutral. Die Wände des Zimmers schienen um sie zusammenzuschnurren und sie zu ersticken. Helen stand auf. Doch bevor sie sich eine Ausrede einfallen lassen konnte, um nach draußen zu gehen, klingelte ihr Telefon. David. Der Raum wurde noch enger. »Das muss ich annehmen«, sagte sie. »Mein Verlobter. Er macht sich Sorgen, es kann also eine Weile dauern. Wollt ihr dann wissen, was wir im Fall Schwartz unternommen haben?«

Christine nickte, Tom reckte den Daumen hoch, und Helen verließ das Büro.

Auf dem Flur drückte sie das Gespräch weg und ging zur Treppe. Verfluchte, verfahrene Kiste! Bevor sie mit David redete, musste sie ihre Gefühle in den Griff bekommen. Luciens Gesicht erschien vor ihrem inneren Auge, umrahmt von verstrubbelten Haaren, als er neben ihr gelegen hatte. *Ich muss dir was sagen*. Er mochte ein Verbrecher sein, aber …

Er war ein Verbrecher.

Und manche Verbrecher töteten Leute, auch die, von denen man es vielleicht nicht denken würde. Sie wusste das besser als irgendjemand anderes. Und letztlich kannte sie Levraix nicht. Er mochte sie in bester James-Bond-Manier aus ihrem Gefängnis geholt haben, und sie konnte sich kaum vorstellen, wie er mit diesem Hehler hitzig genug in Streit geraten sein könnte, um ihn zu erschießen, aber was wusste sie schon wirklich über ihn? Er stahl, er log – wer sagte, dass er nicht auch mordete?

Immer zwei Stufen auf einmal nehmend, lief sie die Treppe zum Ausgang hinunter. Vielleicht würde frische Luft ihr helfen, den Kopf klar zu bekommen.

Sie überquerte gerade die Straße in Richtung Themse, als David noch einmal anrief. Länger ließ es sich nicht aufschieben. »War gerade in einer Besprechung, sorry«, sagte sie.

»Das heißt, dir geht es gut?«

»Ja. Ja, mir geht es gut. Den Umständen entsprechend.«

»Du hörst dich nicht so an.«

»Dave … ich muss gleich wieder rein.«

»Dauert auch nicht lange«, sagte zur Abwechslung mal er und nicht sie. »Ich wollte dir nur Bescheid sagen. Ich habe einen Flug von Dulles International bekommen und bin morgen früh zwanzig nach sieben in Heathrow.«

»Du … warum?« Was für eine unterirdische Frage! Sie wusste genau, warum.

»Das fragst du?«

»Entschuldige, Dave, ich bin wohl doch ein bisschen durch den Wind.«

»Dann ist es ja umso besser, wenn ich komme.«

»Ja.«

»Wir machen es uns richtig gemütlich. Ich freu mich auf dich.«

»Ich auch.«

Nicht das auch noch. Helens Magen war wie zugeschnürt, als sie das Gespräch beendete. Sie konnte noch nicht zurück ins Büro. In ihrem derzeitigen Zustand würde sie bei der kleinsten Kleinigkeit die Fassung verlieren.

Schnellen Schrittes lief sie am Themseufer entlang, doch weder ihre Gedanken noch ihre Gefühle entwirrten sich dadurch. Sie musste mit Keira reden, der einzigen Person auf der Welt, der sie die Wahrheit sagen konnte über das, was geschehen war und das, was deswegen in ihr vorging.

»Guten Morgen nach Washington.«

»Guten Nachmittag nach London.« Allein der Klang von Keiras Stimme ließ die Welt ein wenig heller werden.

»Hast du drei Minuten?«

»Für dich immer, Süße. Auch dreißig. Was ist los?«

»Ich habe dir doch von dem Typen erzählt, den ich überwachen sollte«, sagte sie. »Ich habe mit ihm geschlafen.«

»Scheiße.« Als sie nicht sofort antwortete, fragte Keira: »War's gut?«

»Sehr.«

»Und jetzt?«

Helen biss sich auf die Lippen. »Jetzt sitzt er wegen Mordverdachts in der Zelle, und morgen früh kommt David in London an.«

Keira schienen die Worte zu fehlen, denn sie sagte nur »Oh, Gott« und verstummte dann.

»Ich weiß nicht, was ich machen soll, Keira. Ich weiß gar nichts mehr.«

Helen hörte Keira herumlaufen, dann sagte sie: »So, jetzt bin ich allein. Erzähl mir alles von Anfang an.«

Es war ihr gleichgültig, dass ein alter Herr, an dem sie vorüberkam, sich bei dem Wort *Entführung* umdrehte und vier Jugendliche anzügliche Geräusche machten, weil Helen sie passierte, während sie sagte: »Ich habe ja nicht geplant, mit ihm zu schlafen.« Sie berichtete Keira alles, schonungslos.

Als sie geendet hatte, sagte Keira: »Es war eine emotionale Ausnahmesituation. David wird das verstehen.«

»Ich kann ihm das doch nicht sagen!«

»Liebst du David?«

»Keira, ich will ihn heiraten, mein Leben mit ihm verbringen. Natürlich …« Liebte sie David? Und wenn sie das tat, wie hatte das mit Lucien passieren können? »Ich habe nicht damit gerechnet, Lucien zu mögen«, sagte sie leise. »Es war ein Job. Aber nachdem er mich befreit hatte …«

»Emotionaler Ausnahmezustand, sag ich ja.«

»Das war mehr.«

»Helen, echt! Den Kerl, von dem du da sprichst, habt ihr gerade eingebuchtet. Sag David, was passiert ist oder auch nicht, aber bitte dreh jetzt nicht durch.«

»Er ist nicht eingebuchtet, bloß in Gewahrsam. Ich glaube nicht, dass er das getan –«

»Weil du es nicht glauben willst! Weil du gerade nicht klar denken kannst. Du weißt, was ich meine. Wenn das jemand herausfindet, ist deine Karriere zu Ende, und nicht nur deine Karriere.«

»Ich weiß.« Direkt vor ihrem Gesicht fiel ein Möwenschiss herunter und klatschte auf den Gehsteig.

»Die Jagd nach dem Typen, der deinen Vater auf dem Gewissen hat, kannst du dann auch vergessen. Reicht das, um dich zur Vernunft zu bringen?«

»Ich hatte ja nicht vor, es jemandem zu erzählen – also, außer David. Vielleicht.«

»Gut.«

»Danke fürs Zuhören. Ich sollte vermutlich mal langsam zurück ins Büro gehen.«

»Und deinen Mordverdächtigen vernehmen?«

»Bloß nicht!« Über die Absurdität der Vorstellung musste sie fast lachen. »Danke, Keira. Wirklich. Du hast mir enorm geholfen.« Sie straffte die Schultern. Genug gelitten jetzt. »Noch habe ich ja Hoffnung, dass er es nicht war und ich meine Deckung noch brauche, um seinen Arsch an die Wand zu nageln, wenn er die Impressionistensammlung klaut.« Leider klang es selbst in ihren eigenen Ohren nicht ansatzweise überzeugend.

Gnädig überging Keira ihren kläglichen Versuch, sich selbst etwas vorzumachen. »Das wollte ich hören.«

»Weiß ich doch.«

Verloren

Julian versuchte die Sekunden zu zählen und dann die Minuten. Noch nie in seinem Leben war Zeit so unendlich langsam vergangen.

Er legte sich auf die Pritsche, doch sobald er die Augen schloss, war all das Blut wieder in seinem Kopf. Er würde hier irre werden. Emma musste den Raub allein durchführen. Irgendwann würde er nur noch wahnsinnig kichernd vor- und zurückschaukeln, wenn sie ihn nicht bald rausließen, und dabei war er wirklich noch nicht lange hier drin. Kazmareks Anblick hatte ihn kalt erwischt und alte Bilder in ihm hochgeholt, die er lieber nicht angerührt hätte.

Zum gefühlt fünfundsiebzigsten Mal spülte er Arme und Gesicht mit kaltem Wasser ab, einfach, um etwas zu tun und um sich nicht zu übergeben bei der Erinnerung an Kazmarek.

Waschzwang, Fontaine. Fängt ja gut an, der Wahnsinn.

Endlich – endlich! – wurde die Tür geöffnet. Zwei kurzgeschorene, bewaffnete Uniformierte standen davor.

Julian strich die feuchten Haare aus dem Gesicht, so sahen sie hoffentlich aus wie nach hinten gegelt. Lucien Levraix war ein Profi. Er war charmant und jederzeit Herr der Lage. Lucien Levraix heulte nicht wegen eines toten Hehlers. Er trat auf die Polizisten zu, schob die Hände in die Hosentaschen und grinste. »Beeindruckender Aufzug.«

Die Männer waren nicht amüsiert. »Mitkommen«, war alles, was der größere der beiden sagte, während der andere grimmig guckte.

»Wenn Sie wüssten, wie gern.«

Sie schwiegen. Einer stapfte vor ihm her, einer hinter ihm. Als sie ihn hergebracht hatten, war er zu sehr mit dem beschäftigt gewesen, was Kazmareks gewaltsamer Tod in ihm auslöste, um den quietschenden PVC-Boden und die flackernden Neonröhren wahrzunehmen.

»Sie sollten mal *positive Arbeitsumgebung* googeln. Das hier ist ja deprimierend.«

»Da rein.« Der Vordere öffnete eine der Türen. Es war offensichtlich ein Verhörzimmer. Ein Tisch mit einem Mikrofon darauf, vier Stühle, ein Wasserspender. Gitter vor dem Fenster.

»Hinsetzen.« Sie stellten sich zu beiden Seiten der Tür auf.

»Auf einen bestimmten Platz?«, fragte Julian höflich.

Keiner der Polizisten antwortete, also wählte er den Stuhl, der am weitesten weg von der Tür war und gleichzeitig den besten Überblick über den Raum bot.

Seine Bewacher würdigten ihn keines Blickes, sondern schauten stur geradeaus wie die Wachen vor dem Buckingham Palace.

»Gehört das eigentlich zur Grundausbildung bei Ihnen? Dieses starre Nachvorngucken?«

Keine Reaktion.

»Sie haben nicht sehr viel Spaß im Leben, oder?«

Keine Reaktion.

Genaugenommen hatte er gerade auch nicht besonders viel Spaß. Zum Glück konnte es sich jetzt nur noch um wenige Minuten handeln, bis sich herausstellte, dass das Ganze nur eine Verkettung unglücklicher Zufälle und er wieder auf freiem Fuß war.

Der Polizist, der aussah wie Morgan Freeman in jüngeren Jahren, kam herein, gefolgt von der rothaarigen Polizistin. Sie legte einen Pappordner auf den Tisch.

Schweigend nahmen beide ihm gegenüber Platz.

Gut. Schweigen konnte Julian auch.

Es war eigenartig. Fünf Menschen in einem Raum, die sich anschwiegen. Er lächelte Morgan Freeman an.

Der Polizist schwieg weiter. Die dunklen Augen vermaßen ihn, schienen in jeden Winkel seiner vermurksten Seele blicken zu wollen. Wenn ihn das verunsichern sollte, gelang es leider.

Aus einem dummen Reflex heraus lächelte Julian breiter.

Die Mundwinkel des Polizisten zuckten leicht. Klar, er wusste, dass er das stumme Kräftemessen gewonnen hatte. »Ich bin Andrew Parker. Dies ist meine Kollegin Christine Ellis. Wir möchten Ihnen ein paar Fragen stellen.«

»Ich werde diese, so gut ich kann, beantworten.«

»Gut. Ihr Name ist Lucien Levraix?«

»Das steht in meinem Pass, also wird es wohl stimmen.«

»Nicht notwendigerweise«, erwiderte Parker knapp. »Das wissen Sie vermutlich besser als ich.«

Julian hob lediglich die Schultern. Was gab es darauf zu sagen?

»Ihnen ist klar, warum Sie hier sind, nehme ich an.«

Es brachte nichts, so zu tun, als hätte er keine Ahnung, wovon sie sprachen. Sie hatten ihn wie ein erstarrtes Karnickel neben Kazmareks totem Körper gefunden. »Sie glauben, ich hätte Jurij Kazmarek erschossen.«

Parker schaute ihn nur mit diesem sondierenden Blick an. »Wie wir beide wissen, verdächtigen wir Sie wegen einer ganzen Reihe von Verbrechen.«

»Verdächtigen.«

»Ja. Dass wir Sie ausgerechnet wegen Mordes hier haben, ist erstaunlich, aber in dem Augenblick, in dem wir Ihnen die Tötung Jurij Kazmareks nachweisen, kommen Sie für lange Zeit hinter Gitter, Lucien. Für sehr lange Zeit.«

»Zwanzig Jahre, denke ich«, ergänzte die Polizistin, Christine Ellis. »Vielleicht auch fünfundzwanzig.«

Lächeln, Fontaine, lächeln. Herr der Lage. Er war verflucht nochmal schon lange nicht mehr Herr der Lage. »Es gibt dabei nur ein Problem«, sagte er trotzdem. »Ich war es nicht.«

»Sie meinen, wir wären eher auf der sicheren Seite, wenn wir Sie wegen des Diebstahls im Hotel gestern hierbehielten?«, fragte Ellis.

»Um ehrlich zu sein, finde ich keine dieser Optionen besonders attraktiv.« Jack würde wohl kaum Anklage erhoben haben.

Parker sprang auf sein Lächeln nicht an. »Dann sollten Sie sich an unsere Gesetze halten, Mister Levraix.«

»Etwas anderes habe ich nie beabsichtigt«, sagte Julian freundlich.

»Es ist nicht sehr gesetzestreu, einen Mann in seinem Laden zu töten.«

»Ich habe ihn nicht getötet. Ich kann Waffen nicht ausstehen.«

»Aber Sie können sie benutzen, nicht wahr?«

Julian zuckte die Schultern. »Vermutlich. Wenn ich müsste. Heute musste ich nicht.«

Die Frau sah ihn prüfend an. »Und das würden Sie unter Eid aussagen?«

»Absolut.«

»Warum also waren Sie in dem Juwelierladen?«, fragte Parker.

Jetzt wäre der richtige Zeitpunkt, ihnen Jack zu liefern, alles zu erzählen, angefangen von den Krügerrands, die er sowieso nicht haben wollte, bis hin zu Jacks triumphierendem Grinsen. Er würde sich selbst belasten, doch damit war er in der Lage umzugehen. Wie viele Jahre konnte man schon bekommen für ein bisschen Gold, welches man der Polizei übergab, nachdem es niemand als gestohlen gemeldet hatte? Aber wenn er sich belastete, waren sie danach auch hinter Emma her sein, und das würde diese nicht amüsieren. »Jurij Kazmarek war ein alter Freund«, sagte er schließlich. »Ich wollte ihn besuchen.«

»Durch den Hintereingang.«

»Dagegen gibt es kein Gesetz, soviel ich weiß.«

$$$

Helen war allein im Büro. Sie sollte etwas tun, Jack Schwartz nahm sich nicht von selbst fest. Aber sie starrte ratlos auf den braunen A4-Umschlag in ihren Händen, unfähig, einen einzelnen Gedanken aus dem Gewirr in ihrem Kopf zu isolieren.

David. Den sie doch liebte. Aber wenn sie das tat, wie hatte sie mit einem anderen schlafen können, was David unglaublich wehtun würde? Und warum kniff ihr Gewissen sie nicht so sehr, wie es sollte?

Lucien. Der sie geküsst hatte und noch viel mehr. Der in diesem Moment von Parker verhört wurde.

In dem Umschlag waren Fotos vom Tatort. Sie hatte Angst davor, sie anzusehen, aber sie musste es wissen.

Mit kalten Fingern zog sie die Bilder heraus.

Ein toter Mann auf einem Marmorboden, Einschuss in der Brust. Eine Blutlache. Nur ein Fall, den es zu lösen galt. Nur ein Fall. Ein fremder Toter. Ein Fremder. Sie kannte ihn nicht. Es war nicht ihr Vater … Das Foto vermischte sich in ihrem Kopf mit einem anderen Foto.

Ihre Mutter hatte darauf bestanden, die Bilder zu sehen, und Helen hatte sie heimlich angeschaut.

Dad.

Gebrochen und tot auf dem Steinfußboden eines Hinterhofes, mit einem roten Fleck auf der Brust. Er würde nicht mehr die Augen öffnen und sagen: »Hey, Kleine, lass uns heute ins Museum gehen.« Nie wieder würde er sie ermahnen, nachts auf sich aufzupassen, wenn sie in die Welt hinauszog. Nicht mehr abends im Dunkeln mit Mom auf der Terrasse sitzen. Nicht mehr versuchen, Bennys Computerspiele zu verstehen. Nichts davon mehr.

Sie warf das Bild des fremden Toten auf den Tisch neben der Tür zurück.

$$$

Sie drehten sich im Kreis. Nein, er hatte Kazmarek nicht erschossen. Ob er wüsste, wer ein Motiv gehabt hätte? Nein, er hatte keine Ahnung. Was er in London täte? Eine Freundin besuchen. Und so weiter. Es war ermüdend, aber langsam baute sich fast so etwas wie Vertrautheit zwischen ihm und den beiden auf, die ihn verhörten. Natürlich hatte er, was Kazmarek anbelangte, nichts zu verbergen, dennoch war das jetzt eine gefährliche Phase. In dem Augenblick, in dem er sich entspannte, würden sie vermutlich anfangen, ihm Fangfragen zu stellen.

»Ich glaube, wir brauchen alle einen Kaffee«, sagte Parker schließlich.

»Ist er gut?«

»Es ist Bürokaffee«, erwiderte Christine Ellis.

»Nicht sehr verlockend.«

»Aber warm.«

»Sie sollten sich nicht mit Mittelmaß zufriedengeben.«

Auf dem Tablett, das eine junge Frau kurz darauf brachte, standen drei Tassen, zwei Londoner Souvenirtassen, eine mit Micky Maus darauf, und eine Thermoskanne mit Blumenrand. Julian nahm die Micky-Maus-Tasse. Wenn, dann richtig. Der Kaffee war grauenhaft. »Warm.«

»Sag ich doch.«

»Lauwarm, meine ich.« Schade, dass Ellis auf der falschen Seite des Spiels stand. Er fing an, sie fast ein bisschen zu mögen. »Kann ich vielleicht auch was zu essen haben? Ich meine, es ist bald Abend, und ich habe heute noch nicht viel gegessen.«

»So etwas kann passieren, wenn man sich auf der falschen Seite des Gesetzes herumtreibt«, sagte Parker und fügte mit triefender Ironie in der Stimme hinzu: »Was darf es denn sein, der Herr? Müsliriegel, Sandwich, Obst?«

»Ein Sandwich wäre gut. Kein Thunfisch, bitte.«

Parker zog die Augenbrauen hoch.

»Ist eine politische Entscheidung«, sagte Julian. »Überfischung der Meere und so.«

»Sonst noch Sonderwünsche?«

»Kein Hühnchen, bitte. Am besten überhaupt kein Fleisch.«

Jetzt schien Parker sich tatsächlich ein Lächeln zu verbeißen. »Eine politische Entscheidung?«

»Eher eine ethische.«

»Für jemanden, der unter Mordverdacht steht, haben Sie interessante Vorlieben, Mister Levraix. Wir lassen Ihnen später ein Käsesandwich in die Zelle bringen.«

»Und vielleicht einen Espresso?«

Parkers Telefon piepte. Er warf einen Blick darauf. »Wir müssen das hier unterbrechen. Wilson, Meyers – bringen Sie ihn zurück.«

Julian seufzte. »Nicht wieder die Ausnüchterungszelle. Es riecht nicht sehr gut darin.«

Parker klopfte ihm beim Aufstehen auf die Schulter. »Keine Sorge. Wir finden bald ein gemütliches Plätzchen für Sie in Belmarsh.«

$$$

Pfeifend kam Tom ins Zimmer. Er warf einen flüchtigen Blick auf den Ablagetisch, auf dem immer noch das Bild des toten Juweliers lag. »Oh, du hast dir die Fotos angesehen.«

»Ja. Nicht schön.«

»Gar nicht.« Es schien seine gute Laune nicht zu beeinträchtigen. Er nahm die Fotos und legte sie in einen Pappordner, den er bei sich trug.

»Gibt es irgendwas Neues?«, fragte Helen, obwohl sie nicht wusste, ob sie die Antwort hören wollte.

»Von Kazmarek?« Tom schüttelte den Kopf. »Keine Ahnung. Die Spurensicherung untersucht noch die Waffe und ein bisschen Kleinkram vom Tatort, und der Chef und

Christine nehmen Levraix auseinander. Kann sich nur um Stunden handeln.«

Das Warten machte sie mürbe.

»Alles klar bei dir?«, fragte Tom.

»Ja. Ja, alles klar. Ich bin nur mit eurem Prozedere bei Personenfahndungen nicht so vertraut. Da brauche ich gleich deine Hilfe.«

»Kein Problem. Wo hakt es?«

Bevor Helen antworten konnte, betrat Christine das Büro.

»Und?«, fragte Tom.

»Levraix ist glatt und charmant, als wäre absolut nichts vorgefallen. Ein paar Minuten vorher ist er in seiner Zelle die Wände hochgegangen, das war schon fast beängstigend. Leugnet, irgendetwas mit dem Tod des Juweliers zu tun zu haben. Inzwischen glaube ich tatsächlich, dass er es nicht war.«

»Weil du auf ihn stehst.«

Christine lachte. »Ich steh nicht auf ihn.«

Helen betrachtete das Geplänkel wie aus weiter Ferne. Für Christine und Tom war das hier einfach ein Fall, ein Teil ihres Jobs – genau das, was es für sie auch sein sollte. War ihr Gespräch mit David tatsächlich erst wenige Tage her, in dem sie ihm erzählt hatte, wie großartig es wäre, wenn sie Lucien Levraix schnappen würden? Aber da war es um Kunstdiebstahl gegangen, nicht um einen Toten. Und Lucien hatte sie noch nicht angesehen wie den wertvollsten Schatz der Welt – nachdem er sie in den siebten

Himmel gevögelt hatte. »Tom, können wir das hier eben besprechen? Ich bekomme bei diesem Antrag immer eine Fehlermeldung.« Sie deutete auf den Bildschirm. Sachlich bleiben. Fokussiert.

Tom nickte. »Das passiert oft. Warte, da gibt es einen Trick.« Hilfsbereit rollte er mit dem Bürostuhl zu ihr herüber.

Christines Telefon klingelte, und Helens Herz setzte aus. Neues von Lucien, die Spurensicherung musste sich irgendwann melden.

»Hier ist Christine Ellis.« Helen wünschte, sie würde den Lautsprecher anschalten und nicht nur murmeln: »Ja. Verstehe. Gut. Nicht gut, aber … ja.«

Helen schloss die Augen. Als sie sie wieder öffnete, war das Büro noch da, und Christine schaute zwischen Tom und ihr hin und her. »Sie haben Levraix' Fingerabdrücke an der Waffe gefunden.«

Keine Regung zeigen. Nichts Auffälliges tun. Nicht aufspringen und *NEIN!* schreien, wie sie das am liebsten getan hätte. »Die waren schnell«, sagte sie mit trockenem Mund.

Christine nickte grimmig. »Dann wollen wir mal wieder. Schade, ich hatte mir gewünscht, er wäre es nicht gewesen.«

Spuren

Man würde Lucien heute noch nach Belmarsh bringen, Londons Hochsicherheitsgefängnis.

Sie hatte mit einem Mörder geschlafen.

Sie hätte sich fast in einen Mörder verliebt.

»Helen?«

Zusammenreißen. Er war das nicht, wollte sie schreien. Bitte, er darf das nicht getan haben. Es ist ein Irrtum! Unter dem Tisch ballte sie die Hände zu Fäusten und bohrte die Nägel in die Handflächen. Ihr Ziel für diese Reise nach London war gewesen, den Mörder ihres Vaters zu finden und die Karriereleiter drei Stufen nach oben zu fallen. Wenn jetzt herauskam, dass sie etwas mit einem gesuchten Verbrecher angefangen hatte, bedeutete das vermutlich das Ende ihrer Laufbahn. Doch selbst das verblasste gegen den krampfhaften Schmerz in ihrer Brust.

Mechanisch nickte sie, während Tom ihr den Kniff zur Bearbeitung des Fahndungsformulars erklärte.

»Siehst du, keine große Sache.«

Es gelang ihr sogar, zu lächeln. »Damit kann ich weitermachen. Haben wir Levraix' Akte auch hier? Ich möchte die Querverbindungen zwischen den beiden prüfen.«

Tom schob seinen Stuhl an den richtigen Platz zurück, dann griff er nach einer Akte, die auf Christines Schreibtisch lag. »Voilà.«

»Danke.«

»Kommst du klar? Ich muss noch was erledigen.«

»Kein Problem.« Helen atmete auf, als er das Büro verließ. Beim erneuten Anblick der Fotos vom Tatort blieb sie von den Erinnerungen an ihren Vater verschont. Dafür lief in ihrem Kopf jetzt ein anderer Film. Entsetzlich real sah sie Lucien Levraix den Laden betreten, bewaffnet. Er redete mit dem Juwelier, sie gerieten in Streit. Levraix zog die Pistole. Der Juwelier wich verängstigt zurück. Levraix' Augen waren kalt, als er abdrückte, zielsicher, mit ruhigen Händen.

Ins Herz.

Kazmarek brach zusammen.

Sie legte die Fotos zur Seite. Bevor sie anfing, sich in inneren Filmen zu verlieren, musste sie lesen, was zum Tathergang wirklich bekannt war. Es gab Zeugenaussagen von Schüssen im Laden. Jemand hatte vorher einen dunkel gekleideten Mann zwischen 25 und 30 Jahren in das Geschäft gehen sehen. Eine ältere Dame hatte ausgesagt, er sei in den hinteren Teil des Ladens verschwunden, sie hätte dann den Toten gefunden und die Polizei gerufen.

Es durfte nicht sein.

Es durfte nicht. Es durfte nicht. Es durfte nicht.

Helen blätterte weiter, las mit brennenden Augen immer weiter, bis ihr Blick an einer Uhrzeit hängen blieb.

»Der Todeszeitpunkt lag zwischen 12:00h und 12:30h.«

Auch als sie es noch einmal las, blieb die Aussage bestehen: »Der Todeszeitpunkt lag zwischen 12:00h und 12:30h.«

Schwarz auf weiß. Eindeutig.

Sie musste mit Parker sprechen.

$$$

»Aufstehen.«

Julian löste die hinter dem Kopf verschränkten Arme und erhob sich von der Pritsche. »War's das jetzt? Ich hab noch was vor heute.«

»Hände auf den Rücken.« Der Wachmann klipste Handschellen von seinem Gürtel. Handschellen waren nicht gut. »Wie spät ist es? Ich wollte heute Abend ins Kino.«

»Hände hinter den Rücken.«

Julian folgte dem Befehl nur widerstrebend. Handschellen waren gar nicht gut.

Grob schob ihn der Wachmann zur Tür. Im Flur wartete sein Kollege, Gewehr im Anschlag. Wie schon vorher führten sie ihn durch den Flur, einer vor ihm, einer hinter ihm. Es gab keine Möglichkeit, die Handschellen unauffällig loszuwerden und zu verschwinden.

Sie brachten ihn in denselben Verhörraum wie zuvor und stellten sich wieder neben der Tür auf. Niemand machte sich die Mühe, ihm die Fesseln abzunehmen.

»Das ist echt unbequem so, ist Ihnen das klar?«

Sie schwiegen.

Er setzte sich auf einen der Stühle und tat es ihnen nach. Die Kanten der Lehne drückten unangenehm in seine Oberarme. Die Wanduhr über der Tür machte das einzige Geräusch. Ihr kontinuierliches Ticken zeigte wunderbar symbolisch, wie seine Lebenszeit verrann, während er untätig herumhockte.

Die Verlockung war groß, zumindest zu versuchen, die Handschellen zu öffnen. Aber was sollte das bringen außer Entspannung für seine gepeinigten Schultern?

Nach stundenlangen fünf Minuten betrat Parker den Raum. Er sah ernst aus, als er Julian gegenüber Platz nahm. »Ich hatte tatsächlich gehofft, dass Sie es nicht waren.«

Julian lächelte. »Es liegt mir fern, Ihre Hoffnung zu enttäuschen. Ich war es nicht. Wir hatten den Teil schon.«

»Es sieht nicht besonders gut für Sie aus, Mister Levraix.«

»Ich habe vergeblich auf das Sandwich gewartet.«

»Das ist Ihr geringstes Problem, glauben Sie mir. Die Spurensicherung hat Ihre Fingerabdrücke auf der Tatwaffe gefunden.«

Julians Lächeln fror ein. Bis zu diesem Moment war es ein Spiel gewesen, bedingt unterhaltsam zwar nur, aber ein Spiel. Eins, bei dem er sicher war, im Laufe des Abends nach Hause zu gehen. Auf einmal pappte seine Zunge am Gaumen und machte das Sprechen schwer. »Dann … irrt sich die Spurensicherung.«

Parker schüttelte den Kopf. »Falls Sie Ihren Anwalt anrufen möchten, wäre dies ein guter Zeitpunkt. In einer halben Stunde fährt Ihr Transport ins Gefängnis.«

»Hören Sie, da muss ein Fehler passiert sein, ich –«

»Mister Levraix? Sparen Sie sich Ihren Atem für die Gerichtsverhandlung.«

»Aber wenn das doch ein Fehler ist!« In diesem Augenblick war es ihm vollkommen egal, ob er sich jämmerlich anhörte. Die konnten ihn nicht einfach einlochen für etwas, womit er nichts zu tun hatte!

Es klopfte an der Tür, und Christine Ellis steckte den Kopf herein.

»Zehn Minuten, Ellis«, sagte Parker ungeduldig.

»Es ist wichtig, Boss.«

»Passt auf ihn auf.« Parker wandte sich an die Wachen, als wenn er nicht da wäre. Klar, er war ein verachtenswertes Geschöpf. Ein Mörder.

»Ich werde kaum weglaufen.«

Parker warf ihm einen eisigen Blick zu und verließ das Zimmer.

Julian schloss die Augen.

Die Ironie das Ganzen entging ihm keine Sekunde, aber er konnte nicht darüber lachen. Jack musste die Fingerabdrücke auf der Waffe manipuliert haben, wenn er auch noch nicht wusste, wie. Wahrscheinlich hatte Jack sich vor Emmas Haus auf die Lauer gelegt und darauf gewartet, dass Scotland Yard ihn, Julian, abführte. Und er hatte Jack auch noch in die Karten gespielt, indem er zufällig genau zur richtigen Zeit bei Kazmarek aufgetaucht war. Es musste ein Fest für Jack gewesen sein.

Er sollte sich um einen Anwalt kümmern.

$$$

Wenn dies das Ende ihrer Karriere war, würde sie damit leben. Es gab andere Jobs.

Parker war sichtlich nicht amüsiert, dass Christine seine Arbeit unterbrochen hatte. Seine stille Gefährlichkeit war schon dann nicht angenehm, wenn sie sich auf mehrere Personen verteilte. Jetzt wand sich Helen unter seinem Blick. »Shepherd, ich weiß nicht, wie Sie das in Amerika handhaben, aber bei uns –«

»Es tut mir leid, Sir.«

Hinter Parker deutete Christine auf sich selbst und gleich darauf auf den Fußboden. *Soll ich bleiben?*, formten ihre Lippen. Helen schüttelte knapp den Kopf. Das hier musste sie allein durchstehen. Und wenn Christine wüsste, warum sie so dringend mit Parker reden musste, würde sie ihr sehr schnell jegliche kollegiale Freundschaft kündigen.

»Schießen Sie los«, sagte Parker, während Christine leise die Tür schloss. »Und Sie haben besser einen sehr guten Grund dafür, mich herzitiert zu haben.«

»Den habe ich, Sir.«

»Ich höre.«

Helen atmete durch. »In der Akte zum Kazmarek-Fall steht, er sei zwischen zwölf und halb eins getötet worden.«

»Das ist korrekt.«

»Ich habe … bisher einen Teil meiner Fluchtgeschichte ausgespart.«

Parker setzte sich an den Tisch und bedeutete ihr, dasselbe zu tun.

Helen knetete ihre Hände. »Sir, was ich getan habe, war nicht in Ordnung, und ich werde mit den Konsequenzen leben, wie immer diese ausfallen. Ich möchte, dass Sie das wissen.«

»Verraten Sie mir auch, was Sie getan haben?«

»Nachdem Levraix mich befreit hat, sind wir gerannt«, begann sie. »Schwartz und seine Männer waren hinter uns her, und die einzige Möglichkeit, sie abzuschütteln, war, in ein Hotel zu flüchten.«

»Das erscheint mir unter den Umständen eine sinnvolle Idee gewesen zu sein.«

»Es war vermutlich die Rettung. Aber was Sie wissen müssen …« Wenn sie doch nur aufhören könnte, so herumzudrucksen! »Wir mussten in dem Hotel noch eine Weile warten, bis wir sicher sein konnten, dass die Gefahr vorbei war. Ich glaube, Levraix hat auch den Rezeptionisten bestochen, damit er die Polizei ruft, falls jemand nach uns fragt.«

»Die Polizei?«

»Ob Sie es glauben oder nicht. Und … na ja. Wir haben uns noch eine Weile unterhalten. Er kann den Mord nicht begangen haben, weil er zu dem Zeitpunkt mit mir zusammen war. Unter etwas verdächtigen Umständen.«

»Ich nehme an, Sie haben über Gemälde gesprochen.«

Sie betrachtete den Tisch. »Ja.«

Er dachte nach.

Sie knetete weiter ihre Hände.

»Miss Shepherd, ich schätze Sie, und vor allem schätze ich Chuck Martin. Ich würde ungern das Ende Ihrer Karriere auslösen, daher werde ich nicht weiter fragen, worüber oder in welcher Form Sie sich unterhalten haben. Wenn Sie beschwören, die Wahrheit zu sagen und sicher sind, dass das Zeitfenster stimmt, müssen wir neu denken.«

»Das bin ich.«

Es dauerte noch weitere zwanzig Minuten, bis sie Parker davon überzeugt hatte, allein aufgrund ihrer Aussage – immerhin war es die Aussage einer ihm nahezu fremden Polizistin – die scheinbar eindeutigen Indizien gegen Levraix in Frage zu stellen. Sie atmete auf, als er endlich sagte: »Also gilt es, herauszufinden, wie Levraix' Fingerabdrücke an die Waffe gekommen sind, und wer das getan hat.«

Helen hatte eine Vermutung, aber ohne Beweise nützte das wenig. »Und wer der Mörder war«, sagte sie.

»Das sowieso.« Er erhob sich. »Passen Sie bitte auf sich auf. So etwas kann wirklich Ärger geben, und ich werde nicht immer auf Details verzichten. Es gibt einfach Schwellen, die wir nicht überschreiten dürfen. Emotionale Verwicklungen mit Kriminellen können wir nicht gebrauchen.«

»Ich habe verstanden, Sir.«

»Hoffentlich.« An der Tür drehte er sich noch einmal

um. »Shepherd? Auch wenn wir jetzt wieder von vorn anfangen müssen, bin ich erleichtert, dass Levraix es nicht war.«

$$$

Julian versuchte nicht, den Schmerz in seinen Schultern zu ignorieren – im Gegenteil. Der Schmerz lenkte ihn von seiner zugeschnürten Kehle und von der Übelkeit ab, die immer stärker in seinem Magen drückte. Belmarsh, hatte Parker gesagt. Der Hochsicherheitsknast, in den man gemeingefährliche Gewaltverbrecher einsperrte. Terroristen. Vergewaltiger. Mörder.

Ihn.

Er würde dort keine drei Wochen überleben.

Entweder die anderen Häftlinge brachten ihn um, oder er wurde wahnsinnig – keins davon war besonders erstrebenswert.

Er brauchte einen Anwalt, und er musste dringend die Kontrolle über seine Gefühle wiedererlangen. »Wie ist das Essen in den Londoner Gefängnissen?«, fragte er die Wachen. »Kochen die Gefangenen, oder wird das Essen gebracht? Und gibt es Sportprogramme?« Herr der Lage, von wegen.

Sie schauten an ihm vorbei.

»Oder Büchereien? Sie müssen nicht mir reden, wissen Sie. Es wäre halt nett. Aber nett gehört wahrscheinlich nicht zu Ihrer Ausbildung.«

Parker kam zurück, Julians Akte in der Hand. Er hatte einen sehr eigenartigen Gesichtsausdruck. »Alles ruhig, wie ich sehe.«

»Ich habe gesagt, ich laufe nicht weg.«

»Stehen Sie auf, bitte.«

Julian gehorchte.

»Die Schlüssel«, sagte Parker zu einem der Wachleute und streckte die Hand aus.

»Danke«, sagte Julian, nachdem Parker die Handschellen aufgeschlossen hatte. Er rieb sich die schmerzenden Handgelenke. »Mir schlafen schon die Schultern ein. Und die beiden da wollen mir nicht verraten, wie das Essen in Belmarsh ist. Ich hoffe, es gibt nicht zu oft Thunfisch.«

»Wegen des Beifangs.«

»Und weil er nicht schmeckt.«

Parker lächelte, nicht grimmig, sondern ein aufrechtes, echtes Lächeln. »Sie werden es heute nicht herausfinden. Sie können gehen.« Er griff nach der Akte, schlug sie auf und reichte Julian eine Ziploc-Tüte mit seinem Portemonnaie und dem Telefon, die zwischen den Pappdeckeln gelegen hatte.

Irritiert starrte er den Polizisten an. »Moment. Eben wollten Sie mich noch … Ich meine, ich habe nichts dagegen, aber … «

»Es gibt neue Erkenntnisse aus der Spurensicherung. Sie sind ein freier Mann, Levraix.«

In Zeitlupe verstauten Julians Hände sein Eigentum in den Hosentaschen, während sein Gehirn noch versuchte zu begreifen, was gerade geschehen war. Das hier kam definitiv unerwartet. »Dann gehe ich einfach? Da raus?«

»Ja. Wilson, begleiten Sie den Herrn hinaus.«

Es schien kein Traum zu sein, sondern irgendein Wunder, das sich ihm gegenüber gnädig gezeigt hatte. Lächelnd reichte er Parker die Hand. »Danke, Sir.«

»Wir behalten Sie im Auge, Lucien.«

»Alles andere würde mich enttäuschen.«

»Bis bald.«

Julian schüttelte den Kopf. »Wetten Sie nicht drauf.«

Vermutlich war es unangebracht, im Dienstgebäude von Scotland Yard laut *Strike!* zu brüllen, zumal mit einem streng ausschauenden Bediensteten an der Seite. Es fiel ihm dennoch schwer, es nicht zu tun. Frei! Frei, frei, frei!

Auf einmal schien der hässliche Amtsflur gar nicht mehr so erdrückend. Immerhin führte er zum Treppenhaus, und unten am Ende der Treppe wartete der Londoner Abend. Die Themse. Die Kinos. Die Pubs. Alles! Das ganze Leben da draußen stand ihm zur Verfügung, und wenn er sich nicht zu dumm anstellte, würde das auch so bleiben.

Wilson nickte einer jungen Polizistin zu, die ihnen entgegenkam und eine Bürotür öffnete. Sie passierten die Tür, kurz bevor sie wieder geschlossen wurde, und in diesem winzigen Moment reagierte sein Körper, bevor sein Verstand begriffen hatte, was er hörte. Ohne Vorwarnung fing er an zu zittern.

»Warum nicht?«, fragte eine Stimme, die ihm vage bekannt vorkam, und Helen antwortete: »Es geht gerade nicht. Ich sehe immerzu den Toten vor mir und –«

»Aber Levraix war es doch nicht.«

»Ich weiß«, sagte Helen. »Trotzdem. Morgen mach ich den Job wieder, aber gerade …«

Die Tür wurde geschlossen.

Julians Hochgefühl versickerte im Nichts, während sein Gehirn mühsam verarbeitete, was er gehört hatte. Helen sprach in einem Büro bei Scotland Yard über Kazmarek. Und über ihn.

Helen gehörte zu Scotland Yard.

Er presste die Lippen aufeinander, bis sie wehtaten.

Sie hatte ihm etwas vorgemacht, von Anfang an. Wahrscheinlich hatten die hier eine Party gefeiert, als er so blöd gewesen war, ihr seine Visitenkarte – Anthonys Visitenkarte – zu geben. Hey, super, Lucien Levraix ist in der Stadt, und wir haben sogar seine aktuelle Telefonnummer, wie praktisch.

Mechanisch lief er neben Wilson her, die Treppe hinunter zum Ausgang. Die Freiheit schmeckte auf einmal schal. *Ich sehe immerzu den Toten vor mir.* Durch die Glastür, aus dem Haus, über die Straße zum Themseufer. Autos bremsten und hupten, es war ihm gleich. Er musste weg von Scotland Yard. Auf der anderen Flussseite drehte das London Eye seine letzten Runden für diesen Tag. Leise wurde fröhliches Kreischen und Lachen herübergeweht.

Julian zog Anthonys Telefon aus der Hosentasche, warf

es auf den Boden und trat mit der Ferse darauf. Das, was davon übrigblieb, versenkte er in einem öffentlichen Müll-eimer, dann machte er sich auf den Weg nach Hause.

TEIL 3

HIDE & SEEK

Es war seltsam, welche Details einem im Gedächtnis blieben. Sie erinnerte sich an die Narbe des Polizisten, der zusammen mit dem Chef ihres Vaters die Nachricht gebracht hatte. Eine winzige Narbe an der Augenbraue, kaum sichtbar, aber sie hatte darauf gestarrt, sich daran festgehalten, um die Worte auszublenden, die sich dennoch gnadenlos und unvergesslich in ihr Hirn gebohrt hatten.

Später hatte sie die Koffer wieder aus dem Kofferraum des kleinen Toyota geladen und ins Haus getragen. Ihr Onkel war es, der beim College anrief und erklärte, ihr Studienbeginn würde sich verschieben. Dann kamen Menschen, ein endloser Strom von Menschen, die sie kannte oder nicht kannte, die Hände schüttelten und Umarmungen verteilten und sagten, wie leid ihnen das alles täte, um danach wieder in ihre Leben zurückzukehren, die noch ganz waren, die niemand zerrissen hatte.

Die Zeit des Niemalsmehr begann, und die Tage flossen ineinander. Irgendwann saß ein Priester im Wohnzimmer und fragte nach liebenswerten Angewohnheiten ihres Vaters, und das Einzige, das ihr einfiel, war, dass er ihr immer Bilder auf Bierdeckel gemalt hatte, als sie ein kleines Mädchen war, damit sie sich im Restaurant nicht langweilte.

Nie wieder würde er das tun.

Morgendämmerung

Lucien Levraix war ein Profi. Er hatte seine Welt unter Kontrolle und sich selbst auch. Lucien Levraix lag nicht im Bett und tat sich leid. Und er war verflucht nochmal Lucien Levraix. Also, hoch jetzt.

Julian schlug die Decke zurück. Sein Smartphone zeigte neun Uhr. Zeit, dem Tag ins Gesicht zu sehen. Es gab noch genug zu tun, bevor die Ausstellung eröffnet wurde.

Emma war bereits wach, natürlich. Vermutlich hatte sie schon ihren allmorgendlichen Marathon am Themseufer hinter sich, jedenfalls wirkte sie sehr munter, frisch geduscht und gut gelaunt. »Hey, Hübscher.«

»Morgen.« Er fühlte sich wie achtzig und kein bisschen hübsch. Dehydriert vermutlich, von der schlechten Luft in der Zelle gestern.

Halb mitleidig, halb schadenfroh sah Emma ihn an. »Wir hatten geklärt, dass ich nicht dafür zuständig sein würde, deine Herzscherben wieder zusammenzuflicken, oder? Wobei ich nicht gedacht hätte, dass es so schnell vorbei sein könnte, das mit Helen und dir.«

Julian rieb sich übers Gesicht. »Stichle, wenn ich wach bin, ja?«

»Polizistin … das ist schon harter Tobak«, gab Emma zu, »aber irgendwie entbehrt es nicht einer gewissen Gerechtigkeit, finde ich.«

»Meinst'n das?«

»Wie vielen Frauen hast du vorgemacht, jemand anderes zu sein? Steve van Beuren, Philip Tennyson? Und wie war doch gleich der Name, den du Helen genannt hast?«

»Ich geh duschen.«

Als er aus dem Bad kam, war der Tag schon ein wenig freundlicher. Er mochte es, wenn die Wohnung morgens nach Kaffee und Croissants roch, wo auch immer Emma die auftrieb, obwohl sein Appetit sich heute in Grenzen hielt. Emma schälte an der Anrichte in der Küchenecke Orangen und warf ihm eine davon zu. »Hilf mir mal.«

Er fing sie mit links und erstarrte. Etwas an der Art, wie Emma die Frucht geworfen hatte, etwas an seiner eigenen Bewegung beim Auffangen, hatte eine Erinnerung hervorgeholt, von der er geglaubt hatte, sie vor sehr langer Zeit gründlich begraben zu haben. Mit einem dumpfen Geräusch fiel die Orange aus seiner Hand auf den Dielenboden und rollte von ihm weg.

»Was ist los? Du siehst aus, als wäre dir gerade ein Geist an die Kehle gesprungen.«

»Könnte sein.« Er hob die Orange auf und versuchte vergeblich, die Panikwellen zurückzudrängen, die in seinem Inneren aufbrandeten. Helen Shepherd! Warum war ihm das nicht aufgefallen? »Helen«, sagte er mit trockenem Mund. »Sie weiß, wer ich bin.«

»Das ist blöd, ja, aber kein Grund, die guten Bio-Orangen auf den Boden fallen zu lassen.«

»Nein, ich meine: Sie weiß, wer *ich* bin. Verstehst du? Sie hat mich gefunden, Emma. Die scheiß Cops haben mich gefunden. *Mich.*«

Emma schaute ihn fragend an.

»Helen Shepherd aus Texas.« Es gelang ihm nur mit äußerster Anstrengung, seine Stimme unter Kontrolle zu halten. »Das hätte mir verflucht noch mal auffallen müssen. Warum hab ich dabei nicht sofort geschaltet? Shepherd, Emma!«

»Das ist kein so ungewöhnlicher Nachname«, sagte Emma vorsichtig.

»Genug, um kein Zufall zu sein.«

Ruhig legte Emma Orange und Messer beiseite, wischte sich die Finger an einem Küchentuch sauber, trat zu ihm und legte ihre warmen Hände fest auf seine Schultern. »Julian Fontaine ist tot. Gestorben bei einer Messerstecherei in Le Marais vor sechseinhalb Jahren. Er wurde beerdigt, und er hat einen Grabstein. Niemand sucht dich.«

»Was, wenn doch?«

»Guck mich an, Jules. Hör mir zu. All die Jahre ist nichts passiert. Keiner hebt ein Grab aus, und keiner zweifelt einen Totenschein an.«

Er konnte das Gedankenkarussell nicht anhalten. »Was, wenn der Gerichtsmediziner festgestellt hat, dass ein Tausender nicht reicht, um jahrelang die Klappe zu halten? Was, wenn …«

Emmas Griff um seine Schultern wurde fester. »Dann wirst du damit umgehen.«

Natürlich würde er das. Irgendwie. Trotzdem ebbte die Panik nur langsam ab. »Ich hab Schiss, Emma. Ich hab verdammt nochmal richtig Schiss.«

Emma boxte ihm sanft gegen den Brustkorb. »Wenn sie dich wirklich dran hätten, stündest du jetzt nicht hier und könntest jammern. Dann säßest du tatsächlich in Belmarsh. Oder in einer ungemütlichen Militärmaschine auf dem Weg nach Texas in die Todeszelle.«

»Danke. Überaus aufbauend.« Julian lachte grimmig.

»Immer gern.«

Er holte ein Messer aus der Schublade und machte sich daran, die Orange zu schälen, die er die ganze Zeit zwischen seinen verkrampften Fingern gehalten hatte. Zen in der Kunst des Orangenschälens. Wenn man den Schnitt in der richtigen Tiefe ansetzte, konzentriert und ruhig, gelang es, die Schale in einer einzigen Spirale von der Frucht zu ziehen. Mit jeder Rundung drängte er die Angst ein Stück weiter zurück. Emma hatte recht.

Noch hatten sie ihn nicht.

Noch nicht.

$$$

Wenn David um zwanzig nach sieben gelandet war, konnte er kaum vor neun hier sein. Jetzt war es viertel vor acht.

Helen hatte im Büro beantragt, erst um elf kommen zu

dürfen, und aufgrund ihrer »Sondersituation« hatte Parker ohne zu zögern zugestimmt. Sie hatte also eineinhalb Stunden mit David. Eineinhalb Stunden, die sie herumbringen musste, ohne dem Mann, den sie heiraten würde, zu sagen, dass sie mit einem anderen geschlafen hatte – und zwar nicht mit irgendjemandem, sondern mit dem Typen, den sie überwachte. Sie hätte einiges dafür gegeben, stattdessen langweilige Akten zu sortieren. Sogar die Archivierung sichergestellter Beweismittel schien ihr attraktiv im Vergleich zu der Vorstellung, David gehemmt, schweigend und mit kneifendem Gewissen gegenüberzusitzen.

Um ihre Unruhe zu bekämpfen, putzte sie besonders gründlich das Bad, entkalkte das Spülbecken in der Küche und wienerte die ohnehin sauberen Fenster, während der Regen von außen Muster darauf malte.

Sie stellte Cornflakes, Müsli, Milch und Multivitaminsaft auf den Tisch und deckte ihn, so gut es mit dem Dienstwohnungsgeschirr möglich war.

Acht Uhr siebenundvierzig.

In Washington war es jetzt Viertel vor vier, Keira schlief tief und fest. Dennoch musste Helen mit jemandem reden, selbst wenn das nur einseitig möglich war. *David ist gleich hier*, schrieb sie. *Und ich weiß nicht, was ich tun soll. Ich weiß nicht, wie ich ihm in die Augen sehen kann. Keira, er ist extra nach London geflogen, um mir beizustehen. Ich bin ein schlechter Mensch.*

Ungefähr zum zehnten Mal ging sie ins Bad, bürstete ihre Haare, drehte sie zum Zopf, löste ihn dann wieder und kontrollierte vor dem winzigen Spiegel ihr Make-up. An ihren Augen sah man es, das schlechte Gewissen. Sie tuschte die Wimpern noch einmal über.

Acht Uhr neunundfünfzig, eine Minute vor fünf auf der anderen Seite des Atlantiks. Natürlich hatte Keira noch nicht geantwortet, stattdessen fuhr Helen in ihrem Monolog fort. *Schlechter Mensch hört sich so pathetisch an, aber genauso fühle ich mich. Ich kann ihm doch das mit Lucien nicht sagen! Aber ich kann ihm auch nicht kalt ins Gesicht lügen. Was soll ich tun?*

Warum verging Zeit so schnell, wenn man sie anhalten wollte, und wenn man sich nichts sehnlicher wünschte, als bereits drei Stunden weiter zu sein, schien sie stehen zu bleiben? Unten auf der Straße waren nur ein paar Hundespaziergänger und zwei Schulkinder, die mit auf dem Rücken hüpfenden Schultaschen den Gehsteig entlangrannten.

Ich will David nicht verletzen. Die arme Keira würde einen ganzen Roman zu lesen bekommen, wenn sie in einigen Stunden aufwachte. *Aber so tun, als wäre nichts geschehen? Das geht auch nicht. Lucien hat so viel bei mir ausgelöst. Entschuldige, dass ich dir das alles erzähle, ich muss irgendwohin damit.*

Während sie Keira schrieb, behielt sie die Straße im Auge. Um neun Uhr drei hielt ein Taxi vor der Tür, und auf einmal fiel es Helen schwer zu atmen. Er war hier, David war hier und ihr Hals zugeschnürt wie vor dem ersten Date – allerdings nicht in aufgeregter Vorfreude. Sie sah zu, wie er ausstieg in den Londoner Nieselregen, den Bordcase abstellte, den Mantel glattzog, die Krawatte richtete und sich dann umschaute, ein kleines Stirnrunzeln im Gesicht. Klar, das hier war nicht Georgetown.

Spontan schob sie das Fenster nach oben und winkte hinaus. »Hi, David! Warte, ich mache dir auf.«

Sie blieb an der Tür stehen, bis David, ein wenig außer Atem, auf ihrer Etage angekommen war. »Schön, dass du da bist.« Es klang entsetzlich spröde.

Zum Glück schien er das nicht zu bemerken, denn er nahm sie in den Arm und drückte sie an sich. »Mein süßes Mädchen.«

»Du bist nass.«

»Stört dich das?« Er lachte.

»Nein.« Das war ihr Mann, ganz egal, ob nassgeregnet oder nicht. Der Mann, dem sie ihre Zukunft versprochen hatte. Der Mann, mit dem sie den Rest ihres Lebens verbringen wollte … Sie wollte, dass diese Worte der Wahrheit entsprachen und erwiderte seine Umarmung mit einer zehntel Sekunde Verzögerung. David war so grundsolide, so geerdet, im Gegensatz zu Levraix, dem immer ein wenig die Bodenhaftung zu fehlen schien, als gälten die Gesetze dieser Welt für jeden, nur nicht für ihn. Sie schob den Gedanken an ihn mühsam zur Seite. »Komm herein in meine bescheidene Behausung.«

Er zog den Mantel aus und sah sich nach einem Bügel um. Ihre Garderobe hatte nur Haken. »Ein Hotel wollte Interpol dir wohl nicht bezahlen.«

»Ich wollte keins. Ich mag das hier.« Nachdem er seinen Mantel aufgehängt hatte, deutete sie ein wenig hölzern in Richtung des Tisches, der ihr, trotz ihrer Bemühungen, ihn hübsch zu decken, auf einmal sehr spartanisch vorkam. »Ich hoffe, du hast Hunger mitgebracht.«

Um seine Augen bildeten sich kleine Falten, als er lächelte. »Ich musste den ganzen Flug über essen.«

»Du Ärmster.«

Er trat zu ihr und küsste sie zart am Haaransatz. »Ja, ich habe sehr gelitten.«

»Hört sich so an.« Erleichtert stellte sie fest, dass sie normal mit ihm reden konnte. So wie immer.

»Aber ich hätte durchaus Appetit auf dich.« Seine Lippen wanderten von ihrer Stirn über ihre Nase, zu ihrem Mund.

Einfach so tun, als wäre nichts. Das hier war David, ihr David. Sie erwiderte seinen Kuss, doch als er sie enger an sich zog, schob sie ihn unwillkürlich von sich.

»Was ist, Süße?«

»Ich … entschuldige, David. Ich mag gerade nicht.«

»Du magst gerade nicht *küssen*? Du bist doch sonst so ein Kussmonster.«

Sein Versuch, es humorvoll zu nehmen, ließ sie innerlich die Stacheln aufstellen. Sie betrachtete die Knöpfe an seinem Hemdkragen. »Jetzt nicht. Tut mir leid. Die letzten Tage waren ein bisschen viel. Vielleicht … kannst du mich nur einfach festhalten?«

»Wenn es das ist, was du willst.« Unbeholfen legte er die

Arme um sie, während sie versuchte, die Stacheln wieder einzufahren und das sperrige Gefühl zu ignorieren, das sich in ihrer Kehle immer weiter ausbreitete, bis ihr das Atmen schwerfiel.

Sie hatte David betrogen. War es wirklich erst einen Tag her, dass sie in Luciens Armen geweint … und dann sensationellen Sex mit ihm gehabt hatte? Und wenn sich das so richtig angefühlt hatte, so, als hätte sie es ihr Leben lang vermisst, wie konnte sie dann mit David zusammensein? Wie konnte sie ihm antun, dass sie von jetzt an nie mehr ganz bei ihm sein würde, immer die kopflose Spontaneität vermissen würde, die sie mit Lucien gehabt hatte? Wie konnte sie es sich selbst antun?

Die Tränen ließen sich nicht aufhalten. Sie kniff die Augen zusammen und atmete so gleichmäßig und lautlos, wie sie konnte. Wenn sie das lange genug durchhielt, würde David vielleicht nicht merken, dass sie heulte.

»Weinst du?«

»Es tut mir leid.« Jetzt brach es einfach aus ihr heraus. »Es tut mir so schrecklich leid.«

Hilflos klopfte er ihr auf den Rücken. »Erzähl mir, was passiert ist.«

»Ich kann nicht.«

»Mäuschen, was immer es ist –«

»Ich kann nicht, okay?« Sie hasste es, wenn er sie so nannte. Schniefend löste sie sich von ihm und begann in ihrer Handtasche nach Taschentüchern zu kramen. »Und sag nicht immer Mäuschen zu mir. Ich mag das nicht.«

Es war mehr ein Zucken in seinem Energiefeld als irgendetwas Äußeres, das sie merken ließ, dass sie ihn damit getroffen hatte.

»Sorry«, fügte sie hinzu.

»Wofür?«

»Dass ich hier zusammenklappe wegen … nichts.«

Seine Augenbrauen zogen sich zusammen, minimal, wie sie es taten, wenn er von einem widerborstigen Klienten erzählte. Er nahm ihr Gesicht zwischen die kühlen Hände, die Kanten seiner Ärmel streiften ihre Kinn, und der Blick aus seinen grünen Augen hielt ihren fest. »Wenn es dich so erschüttert, ist es nicht nichts.«

Oh Gott, wenn er wüsste. In ihren Augenwinkeln brannte es schon wieder verdächtig. »Ich geh mir mal das Gesicht waschen.«

Als sie aus dem Bad kam, hatte er am Tisch Platz genommen und sein MacBook zwischen das Geschirr gequetscht. »Hast du hier WLAN?«

Erleichtert darüber, zu Alltagsthemen zurückkehren zu können, holte sie den Zettel mit dem Passwort aus der obersten Küchenschublade. »Hier.«

David sah lächelnd auf. »Danke. Ist es sicher?«

»Nee, was denkst du? Das ist eine Polizeidienstwohnung.«

»Tschuldigung.«

Automatisch räumte sie das Frühstück weg, das sie nicht angerührt hatten. »Willst du wenigstens einen Kaffee?«

»Gern.«

Während sie die erste Tasse unter den Vollautomaten schob, erwartete sie Tastaturgeklapper zu hören, doch hinter ihr blieb es still. Sie wandte sich um.

David saß mit übergeschlagenen Beinen da und betrachtete sie.

»Was?«

»Wärest du meine Klientin, würde ich dich fragen, was du vor mir zurückhältst, weil ich dich nur vertreten könnte, wenn –«

»Ich bin nicht deine Klientin, David.« Der Kaffee spritzte, als sie die Tasse neben der Maschine auf den Tresen knallte und die nächste darunter schob. »Und ich halte nichts vor dir zurück.«

Er fuhr sich mit der Hand über das Gesicht, auf einmal gar nicht mehr anwaltlich beherrscht, sondern eher hilflos. »Du weißt schon, dass ich gerade zwölf Stunden Reise hinter mir habe, um dir beizustehen, oder? Ich kann das nicht tun, wenn du dichtmachst.«

»Ich hab dich nicht gebeten zu kommen«, sagte sie leise.

David schüttelte den Kopf und schaute zum Fenster. Es kostete ihn sichtlich Mühe, ruhig zu bleiben. Behutsam stellte sie beide Tassen auf den Tisch und setzte sich zu ihm.

»Sollen wir jetzt so tun, als wäre nichts? Ich sage, dass das guter Kaffee ist, und du fragst, welche Filme es im Flugzeug gab?«

Helen biss sich auf die Lippen.

»Alternativ könntest du mir verraten, was eigentlich los ist. Ich kenne dich, Süße. Du bist verletzt, und wer immer dir wehgetan hat –«

Ihre Stacheln stellten sich so rasch wieder auf, dass sie kaum merkte, wie sie vom Stuhl hochschnellte. »Das ist genau unser Problem, David! Ich bin nicht Mäuschen oder Süße, ich bin Helen! Und du brauchst niemanden für mich zu verklagen oder mich zu retten oder sonst irgendwas. Ich muss nur einfach ein paar Sachen mit mir klarkriegen, okay?«

»Bis eben wusste ich nicht mal, dass wir ein Problem haben.« In demselben Tonfall hätte er wahrscheinlich vor Gericht mit der Vertretung der Gegenpartei gesprochen. Jetzt war er wieder David, der Anwalt. Verletzt hinter der Fassade, aber zu sehr Profi, um aus der Haut zu fahren. Es führte nicht dazu, dass sie ihn weniger anschreien wollte. »Tja, jetzt weißt du es«, schnappte sie.

Er stand ebenfalls auf und sah sie kalt an. »Schön. Sag Bescheid, wenn du wieder runtergefahren bist. Ich nehme mir so lange ein Hotelzimmer.«

Als er die Tür hinter sich zugeworfen hatte, setzte sie sich aufs Bett und vergrub das Gesicht in den Händen.

$$$

Julian warf einen Blick aus dem Fenster. Sie waren noch da, natürlich waren sie noch da. Er hatte die Bullen vor dem Haus so satt. Sie gaben sich nicht einmal mehr Mühe, ihre Anwesenheit zu verbergen. Jedes Mal, wenn er vor die Tür trat, erst einmal drei Verfolger abschütteln zu müssen, ermüdete ihn fast mehr als der Dauerregen, der seit Stunden, passend zu seiner Stimmung, die Stadt durchweichte. Er konnte so nicht arbeiten. »Emma?«

Ungeduldig schaute Emma vom Rechner auf. »Was?«

»Wie sehr hängst du an der Wohnung hier?«

»Willst du umziehen?«

»Lieber heute als morgen. Die Typen da draußen machen mich nervös.« Am liebsten hätte er den Vorhang zugezogen.

»Wir hatten das, Jules. Wenn sie dich wirklich hätten, würden sie nicht da draußen im Auto in der Kälte sitzen und du nicht hier drin im Warmen, sondern in einer hässlichen Zelle.« Sie wandte sich wieder ihrer Arbeit zu.

»Ich weiß das. Aber –«

»Meine Güte, dann geh hin und frag sie, was sie wollen.«

»Das ist ja wohl offensichtlich. Sie wollen jeden meiner Schritte – und jeden deiner übrigens auch – ordentlich in ihre Akten eintragen, und das ist schlimm genug. Es nervt mich.«

»Schön, miete was anderes. Oder kauf was.«

»Ich habe noch eine Lagerhalle in Tilbury …«

Jetzt ließ sie den Schreibtischstuhl herumschwingen und sah ihn an. »Bei aller Liebe, Julian, und bei allem Verständnis für deine derzeitige Paranoia –«

»Ich bin nicht paranoid.«

»Das sei dahingestellt. Ich werde jedenfalls nicht in eine Lagerhalle ziehen.«

Ihr Widerstand machte ihn ungeduldig. »Wir werden kaum so kurzfristig eine Wohnung kaufen können. Hotel fällt auch aus, die Cops überwachen garantiert jeden einzelnen unserer Decknamen …«

Emma betrachtete ihn, als hätte er den Verstand verloren. »Wo ist dein Problem? Du hast mit Simon gesprochen, oder? Er ist in der Stadt, und du weißt, wo du ihn findest. Für unsere Vorstellungsgespräche am Montag ist es ohnehin besser, wenn wir unter einem neuen Namen Räume besorgen. Es sei denn, du stellst deine Lagerhalle zur Verfügung.«

»Hatte ich bisher nicht vor. Zu viele Sachen drin, die nicht für die Öffentlichkeit bestimmt sind. Macht Simon noch Papiere?«

»Die besten.«

Dann also Simon. Jede Aktion war besser, als in der Wohnung zu sitzen und seine zappelige, sinnlose Nervosität zu pflegen. Julian griff nach seiner Jacke. »Warte nicht auf mich, es wird später.«

»Ab wann soll ich mir Sorgen machen?«

»Wenn ich dich aus dem Knast anrufe.«

Es war gut, dass Emma zu beschäftigt war, um nachzuhaken, ansonsten wäre ihr seine ausweichende Antwort vielleicht aufgefallen. Das, was er nach dem Besuch bei Simon vorhatte, musste sie nicht wissen.

Es dauerte fünfunddreißig Minuten, bis Julian die Typen losgeworden war, die ihm an den Fersen klebten, und es kostete ihn die Preisgabe eines seiner Schlupflöcher durch die Hintertür eines chinesischen Imbisses. Er wich den Kameras an drei U-Bahn-Stationen aus und lief weitere zwanzig Minuten scheinbar ziellos durch die Straßen, bis er sich sicher war, dass ihm wirklich niemand mehr folgte. Es war ausgesprochen lästig. London zeigte sich gerade nicht von seiner gastlichsten Seite.

Wenigstens war Simons Atelier noch an derselben Stelle wie beim letzten Mal, in einem der billigeren Viertel der Stadt. Er klingelte zweimal kurz und einmal länger und wartete auf Simons Stimme aus der Gegensprechanlage. »Johnson Design.«

»Simon, ich bin's, Lucien.«

»Komm rein.« Der Summer erklang, und Julian betrat das muffige Treppenhaus.

Simons Tür im ersten Stock stand offen. Dahinter öffnete sich eine ganz andere Welt, hell und modern. Schon die Eingangsdiele zeigte, womit Simon sein legales Geld verdiente: Auf zwei weißen Holzblöcken standen Designstudien zu Kaffeekannen, und an der Wand gegenüber der Tür hing ein Plakat des *Großen Londoner Designpreises* vom letzten Jahr. Simon lehnte grinsend im Türrahmen zu seinem Atelier, in schwarz gekleidet und mit dunklem Hipsterbart. »Lucien. Dass ich dich noch mal wiedersehe.«

Julian schloss die Tür hinter sich. »Ich war lange nicht in England. Ist schön geworden, dein Atelier.«

»Danke. Wie geht's dir? Was machen die Geschäfte?«

»Laufen.«

»Es gibt Gerüchte, du hättest mit den sizilianischen Antiquitäten etwas zu tun, die letzten Monat in Berlin verschwunden sind.«

»Tatsächlich?« Was für eine gute Idee, Simon aufzusuchen. Aktiv zu sein war so unendlich viel besser als zu warten, dass die Mausefalle zuschnappte.

»Man sagt, es hätte keinerlei Hinweise auf den Täter gegeben, aber der Buschfunk behauptet, du hättest kurz vorher eine Crew zusammengestellt.«

»Spannend, was der Buschfunk so alles behauptet.«

»Wer immer den Antiquitäten-Job gemacht hat, verdient meine volle Bewunderung. Das war ein Meisterstück.«

»Ja, es war nicht schlecht. Macht mich fast neidisch.«

Simon lachte. »Willst du einen Kaffee? Minas Gerais, gestern aus Brasilien gekommen und soeben extra grob gemahlen.«

»Da sage ich nie nein.«

»Schwarz wie deine Seele, richtig?«

»Schwärzer, bitte.«

Während Simon voranging, fragte er über die Schulter: »Wie schnell soll es gehen?« Das bezog sich nicht mehr auf den Kaffee, Simon war zum geschäftlichen Teil übergegangen.

»Sehr schnell. Heute oder spätestens morgen wäre nicht schlecht.«

»Dann kann ich dir nur englische ID-Karten und Pässe bieten, für alles andere muss ich erst Material besorgen.«

»Englisch ist perfekt.«

»Setz dich.«

Julian sah sich im Atelier um. Drei Macs mit riesigen Monitoren, ein Zeichentisch voller Skizzenpapier und Bleistifte, ein filigranes Bistrotischchen, dazu zwei passende Stühle und an der Wand eine Kochzeile samt Tausend-Dollar-Kaffeemaschine.

Mit zwei dampfenden Tassen Kaffee und einer seiner Skizzenrollen gesellte sich Simon zu ihm an den Tisch und zückte den Bleistift. »Gut, sag an. Name? Ich hätte einen Greg Snyder hier, der Geburtstag müsste sogar ungefähr zu deinem Alter passen.«

»Seh ich aus wie Greg Snyder?«

Simon legte den Kopf schief. »Wir sprechen aber schon von einer Sand-am-Meer-Identität, oder? Wenn ich dir einen Hintergrund mit allem Drum und Dran erstellen soll, dauert das länger. Und es wird teuer.«

»Einfach nur ein Pass ist okay. Aber trotzdem – Greg Snyder? Das ist sehr prosaisch.«

»Die Grundidee hinter Tarnidentitäten ist, dass sie langweilig und unauffällig sind.«

»Trotzdem. Wer weiß, wie lange ich damit rumlaufen muss.« Vorsichtig nippte Julian an dem heißen Kaffee. »Der ist echt gut.« Vielleicht würde er den neuen Namen nur brauchen, um ein Konto zu eröffnen und im Hotel einzuchecken, aber selbst dafür musste es nun wirklich nichts so Langweiliges wie Greg Snyder sein. Er mochte es, wenn seine Namen etwas aussagten oder versteckte Ironie beinhalteten. Nach kurzem Nachdenken sagte er: »Felix Paragon.«

Simon zog die Augenbrauen hoch. »Was bitte?«

»Felix Paragon«, wiederholte Julian.

»Findest du das nicht ein bisschen auffällig?«

Er hob die Schultern. »Ist ja nur für zwischendurch.«

»Der Kunde ist König. Lass uns Passfotos machen für Mister Paragon.«

Als er Simons Atelier verließ, war der Regen noch stärker geworden. Julian schlug den Mantelkragen hoch und verwünschte sich dafür, keinen Hut mitgenommen zu haben. In einem der schäbigen Geschäfte auf dem Weg zur Thameslink kaufte er einen einfachen schwarzen Regenschirm, der ihn auch vor den zahlreichen Kameras an seinem nächsten Ziel im besten Sinne des Wortes abschirmen würde.

Im Kopf hatte er eine grobe Übersicht über seine Pigmentvorräte und Werkzeuge, aber Leinwand aus dem frühen zwanzigsten Jahrhundert befand sich mit ziemlicher Sicherheit nicht mehr in seiner Halle. So etwas auf Lager zu haben lohnte sich nur, wenn man Fälscher aus Berufung war, und er selbst war lediglich gut genug, wenn es um Renoirs *Madeleine mit den Blumen im Haar* ging. Doch wenn er eine Kopie fabrizieren wollte, die dem Original in nichts nachstand, musste er sich ranhalten. Wie es ihm gelingen sollte, das Bild nach dem Raub auszutauschen, darüber würde er sich später Gedanken machen. Emma zu hintergehen, war nichts, das er sich wünschte, aber wie sie schon gesagt hatte: In ihrer beider Leben gehörte das dazu – wie der Gauguin an ihrer Wand eindrucksvoll bewies, der immerhin zur Hälfte ihm gehörte.

Während er mit der U-Bahn Richtung Innenstadt fuhr, schlichen sich trotz seiner Bemühungen, in Bewegung zu bleiben, die Erinnerungen an den vergangenen Tag wieder in seine Gedanken.

Den Renoir zu fälschen würde keinen der Toten auf seinem Gewissen wieder lebendig machen, aber zumindest eine andere Schuld konnte er damit begleichen. Zum Teil. Vielleicht würde es ihn zu einem Menschen machen, der irgendwann jemanden wie Helen kennenlernen konnte, ohne dass diese Person in Wirklichkeit eine verfluchte Polizistin war.

Blicklos ließ er die graue, verregnete Außenwelt am Fenster vorbeiziehen, während in seinem Kopf Emmas und Helens Stimmen darum wetteiferten, ihn zu verhöhnen. *Irgendwie entbehrt es nicht einer gewissen Gerechtigkeit, finde ich*, sagte Emma, und Helen fügte hinzu, als unterhielten sich die beiden bei einem Kaffee: *Morgen mach ich den Job wieder.*

Ihre Treffen mit ihm, ihr Lachen, der Sex – alles war ein Job gewesen, ihre gottverdammte Arbeit. Es war ihre Aufgabe, ihn einzulullen, ihn bei Laune zu halten, ihn auszuhorchen und zu beobachten – und im passenden Moment die Polizeimarke zu zücken und zu sagen: »Du bist verhaftet.«

Sein Blick folgte einem Regentropfen, der an der Scheibe seine diagonale Spur zog und schließlich hinter dem Rand verschwand. Vielleicht hatte Emma recht, und es war nur ein dummer Zufall, dass Helen ausgerechnet Shepherd hieß. Säße er sonst nicht tatsächlich schon im Flugzeug nach Texas?

Wie auch immer. Noch hatte Lucien Levraix jedes Wettrennen mit der Polizei gewonnen, und er hatte nicht vor, mit dieser Tradition zu brechen. Helen Shepherd sollte ihn kennenlernen, und zwar nicht von seiner angenehmen Seite.

Regenwetter

Während sie die mittlerweile vertrauten Stufen im Gebäude emporstieg, zog Helen das nasse Regencape aus und kontrollierte mit Hilfe der Selfiefunktion ihres Smartphones ein letztes Mal, ob ihr Äußeres widerspiegelte, wie zerrupft sie sich fühlte. Der Streit mit David und ihr ausgiebiges Weinen, nachdem er gegangen war, hatten sie roh und verwundbar zurückgelassen. Dafür sah sie erstaunlich bürotauglich aus. Sie würde glaubhaft Helen Shepherd, toughe Interpol-Polizistin, sein können.

Entschlossen öffnete sie die Tür zum Büro.

Ihr Erscheinungsbild interessierte die Kollegen herzlich wenig. »Überraschung!«, sagte Christine zur Begrüßung, und Lloyd Kensington grinste über das ganze sommersprossige Gesicht.

Helen hängte das nasse Cape an den Jackenständer neben der Tür. »Ich habe doch gesagt, ich komme um elf.«

»Du bist doch nicht die Überraschung.«

»Wir haben Schwartz?«

Tom schüttelte den Kopf. »Ist absolut untergetaucht.«

»Wir haben eine Spur zu dem Juweliersmörder?«

»Vielleicht. Eine kleine. Aber das ist es nicht.«

»Was dann?«

»Lloyd hat sich selbst übertroffen«, erklärte Christine.

»Nun verratet es schon.« Entschlossen, ihre Arbeit nicht von ihrem Privatleben beeinflussen zu lassen, ließ Helen sich auf den Schreibtischstuhl fallen und schaltete den Rechner an.

Lloyd reichte ihr eine Akte. »Voilà. Charlotte Hunter ist geboren. Highschool-Zeugnisse, Jahrbucheinträge, Ausweise, alles da. Niemand ohne direkten Zugang zu unserer Datenbank kann herausfinden, dass es Charlotte Hunter erst seit ein paar Stunden gibt. Oh, und du hast ein beeindruckendes Strafregister. Auf dein Konto gehen mindestens drei ungeklärte Kunstdiebstähle der letzten fünf Jahre. Das letzte waren sizilianische Antiquitäten aus einer Privatsammlung in Berlin im Wert von achthunderttausend Euro.«

Ihre drei Kollegen waren zu begeistert, um das Zögern zu bemerken, mit dem sie die Akte annahm und aufschlug. Levraix hatte ihr gestern – fast zumindest – die Wahrheit gesagt. Auch wenn es ihre Aufgabe war, ihn zu beschatten und zu überführen, fühlte es sich falsch an, seinen Augenblick der Aufrichtigkeit damit zu belohnen, ihm nun ihrerseits etwas vorzugaukeln.

Sie hatte das Schwindeln so satt. Sie wollte David nicht anlügen, sie wollte Lucien nicht anlügen. Sie wollte, dass ihr Leben wieder einfach und geordnet verlief.

Während sie Charlotte Hunters texanischen Führerschein betrachtete, sagte Tom grinsend: »In den Knast mussten wir dich leider auch mal stecken, das wirst du verstehen. War aber nur ein Jahr.«

»Wofür?« Helen sah auf.

»Museumsdiebstahl in Rotterdam. Man hat dich wegen guter Führung früher rausgelassen.«

»Das ist nett.«

Mit stolzem Lächeln sagte Lloyd: »Ich fand, das gibt der Sache das gewisse Etwas.«

»Tut es. Aber was, wenn Levraix selbst mit diesen ungeklärten Fällen zu tun hat?«

»Hältst du uns für Anfänger?«, fragte Christine.

»Nein, natürlich nicht. Es fiel mir nur gerade ein.« Weil ich irgendwas Sinnvolles sagen wollte.

Lloyd deutete auf die Akte. »Details findest du weiter hinten. Das sind alles Sachen, wo wir mit relativer Sicherheit davon ausgehen, dass er zur entsprechenden Zeit anderweitig …«

»Beschäftigt war. Verstehe schon.« Wenn sie Charlotte Hunter überzeugend spielen sollte, würde sie jedes Detail dieser Fälle auswendig lernen müssen, angefangen von den betroffenen Personen bis hin zu den Fluchtfahrzeugen. Sie musste wissen, wie sie das Diebesgut aus dem jeweiligen Land hatte bringen können und wer es ihr angeblich abgekauft hatte. Auf jeden Fall würde sie geistig beschäftigt bleiben, und das war nicht das Schlechteste.

Sie blätterte Charlotte Hunters Akte durch. Was Lloyd in der kurzen Zeit geleistet hatte, war tatsächlich mehr als beeindruckend, etwas, das sie ihm bisher nicht zugetraut hatte. Lächelnd blickte sie auf. »Das ist richtig gut, Lloyd. Danke.«

Ein zartes Rosa verfärbte seine Ohrmuscheln, aber er nickte. »Ich weiß. Und: Gern geschehen.«

»Dann steht deinem nächsten Einsatz an Levraix' Seite ja nichts mehr im Wege«, sagte Christine.

Tom lachte. »D persönliche Seifenoper, Chris?«

Helen war ein ähnlicher Gedanke durch den Kopf gezischt, doch Christine blieb ungerührt. »Es wäre schön, wenn wir Levraix wenigstens nicht verlieren würden und vielleicht sogar neue Erkenntnisse gewinnen, solange wir darauf warten, dass die Kollegen uns Rückmeldungen zur Schwartz-Überwachung geben.«

In dem Punkt hätte Helen ihr zugestimmt, wäre ihre persönliche Gefühlslage eine andere gewesen. Irgendwo in einem Hotel – sie wusste nicht einmal, in welchem – saß David mit seinem Laptop an einem Hoteltisch und führte vermutlich gerade ein Interkontinentaltelefonat nach dem anderen, nachdem er nach Europa gekommen war, um sie zu unterstützen und sie nichts Besseres zu tun gehabt hatte, als ihn anzumeckern. Wenn sie sich jetzt mit Lucien traf, würde alles nur noch schlimmer werden, selbst wenn das beruflich war. Sie hätte einiges für eine Pause in ihrem Job als Levraix' unauffälliger Schatten gegeben, zumindest so lange, bis sie ihr inneres Chaos sortiert hatte.

»Worauf wartest du?«, fragte Christine. »Ruf ihn an. Du könntest ihm heute Abend im Pub bei einem Glas Cider zerknirscht die Wahrheit gestehen.«

»Seifenoper«, sagte Helen, um davon abzulenken, wie sehr sie die Vorstellung verstörte.

»Ermittlungsarbeit.«

»Seifenoper«, bekräftigte Tom. »Nichtsdestotrotz die aktuelle Anweisung.«

Es nützte nichts. Sie konnte nicht davonlaufen. Bei dem Gedanken an ihr letztes Zusammentreffen zog sich ihr Herz gefährlich zusammen, und leider schien sich auch der Rest ihres Körpers bestens zu erinnern. Wenn diese grässliche Charlotte-Hunter-Lüge schon unvermeidlich war, wollte sie das lieber ohne Zeugen erledigen, und zwar persönlich, so dass sie sehen konnte, wie er es aufnahm.

»Was ist?«, fragte Christine.

Helen verzog das Gesicht. »Ich ruf ihn gleich wegen eines Treffens an. Und zwar, ohne dass ihr beide mir die Worte von den Lippen dabei ablest.« Sie registrierte noch Christines enttäuschten Gesichtsausdruck, bevor sie den Raum verließ.

In einem leeren Besprechungsraum trat sie mit dem Telefon in der Hand ans Fenster. *Zwanzig Sekunden Mut*, sagte Keira immer. *Du brauchst nur zwanzig Sekunden Mut*. Zwanzig Sekunden erschienen ihr gerade wie eine Ewigkeit. Atmen, Helen. Ruhig und langsam. Bemüht, ihr Herzklopfen unter Kontrolle zu bekommen, suchte sie Levraix' Nummer aus der Liste und drückte auf *Anrufen.*

»Der gewünschte Gesprächspartner ist derzeit nicht erreichbar.« Helen drückte die Computerstimme weg, bevor sie es ein zweites Mal sagen konnte. Und jetzt?

$$$

Bei seinem letzten Aufenthalt in London, das hätte er schwören können, war die Umgebung um die Marylebone Station noch nicht derart voll mit Kameras gewesen. Instinktiv schlug er den Mantelkragen hoch. Wie schön, dass er den Schirm hatte.

Vor *Alfies Antiques Market* schüttelte er den Regen aus dem Schirm und schloss ihn. Dann betrat er den Laden. Wie ein Tourist auf der Suche nach Souvenirs schlenderte er durch das Geschäft. *Alfies* hatte alles Mögliche, aber gerade heute kein einziges mittelgroßes Bild aus dem 19. Jahrhundert. Wahrscheinlich wäre es auch zu einfach gewesen. Er versuchte es noch in Covent Garden und in der *Bourbon-Hanby Arcade*, dann hing ihm der Magen in den Knien, er war übellaunig und hatte keine Lust mehr, weiterzusuchen.

Wenn ihm kein Mensch in dieser grauen, verregneten Stadt ein passendes Bild verkaufen wollte, musste er es sich eben anderweitig besorgen. Ein paar kleine Fingerübungen hatten noch niemandem wehgetan und würden auf jeden Fall stimmungsaufhellend wirken. Routinemäßig trug er die wichtigsten Kleinwerkzeuge in der Manteltasche bei sich: Cutter, Seitenschneider, Spannungsprüfer, Dietrichset und ein zusammengerolltes USB-Kabel. Und natürlich Handschuhe. Das Programm, mit dem er Zahlenkombinationen von Alarmanlagen und Safes in Sekundenschnelle knacken konnte, hatte er ohnehin auf dem Smartphone. In

Anbetracht des Wetters wäre auch eine Zeichenrolle gut gewesen, um seine Beute später darin zu verstauen, aber er würde auch ohne klarkommen.

An einer Fish-and-Chips-Touristenfalle kaufte er einen Kaffee und fetttriefende Pommes Frites, die er drei Mülleimer später wegwarf, dann machte er sich auf den Weg nach Belgravia.

Zehn Minuten lang schlenderte er die Eccleston Street entlang, bis er das perfekte Haus für seine Zwecke gefunden hatte: eine Villa mit schmalem Vorgarten, in dem drei Koniferen um den Preis des am künstlichsten getrimmten Gewächses wetteiferten. Der Eingang war überdacht und von der Straße aus nicht einzusehen, und die Bewohner hatten dankenswerterweise in amerikanischer Manier im Vorgarten Schilder aufgestellt, die verkündeten, mit welchem Alarmsystem das Haus gesichert war. Es gehörte zu den neueren elektronischen mit Zahlenkombination. Außerdem wirkte das Haus in seiner gediegenen Bürgerlichkeit, als könnten die Bewohner kitschige alte Schinken an den Wänden hängen haben, die irgendein Urgroßvater von seinem Landsitz hatte malen lassen. Vor allen Dingen brannte nirgendwo Licht. Entweder befanden sich alle Bewohner auf der Rückseite des Hauses oder sie waren noch, wie sich das für ordentliche Bürger gehörte, bei der Arbeit.

Die Straße hatte er vorher schon gescannt, sich jetzt gründlich umzusehen, würde ihn nur auffällig machen, falls doch jemand in einem der Nachbarhäuser aus dem

Fenster sah. Zielsicher schritt er auf den Eingang der Villa zu und drückte auf den schnörkelverzierten, messingfarbenen Klingelknopf. Dr. Robert Chelton und Frau Dorothea. Es würde sich schlecht machen, wenn er ins Haus spazierte, während die beiden beim Tee saßen. *Guten Tag, ich bin von der Firma Break & Enter Security und wollte Ihnen nur eben demonstrieren, wie unsicher Ihre Alarmanlage ist.*

Nach dem zweiten Klingeln befand er die Situation für sicher genug. Den Schirm zu halten, während er das Telefon mit der Tastatur der Schließanlage verband, verlangte etwas Fingerspitzengefühl, aber er machte das schließlich nicht zum ersten Mal.

Während das Programm neuntausendneunhundertneunundneunzig Zahlenkombinationen durchlaufen ließ, betrachtete er die Eingangshalle durch die gewölbten Rauchglasscheiben in der Tür. Dr. Robert und Frau Dorothea würden es verkraften können, ein Landsitzbild weniger ihr Eigen zu nennen.

»Wollen Sie zu den Cheltons?«

Scheiße. Er drehte sich halb um, so dass er das Handy an der Schließanlage weiterhin vor Blicken schützte. »Ja. Robert meinte, ich solle vorbeikommen. Aber es scheint noch niemand zu Hause zu sein.«

Der alte Mann, der ihn angesprochen hatte, nickte. »Kommt oft spät dieser Tage, der Doktor. Ist ja alles gerade nicht so einfach wegen Dorothea.«

»Deswegen bin ich hier, um ihm seelischen Beistand zu leisten.« Was immer mit Dorothea auch nicht einfach war.

Julian zog hinter dem Rücken das Kabel ab. Dieses Haus konnte er vergessen. »Aber wenn er nicht da ist … Schönen Tag noch.«

»Gleichfalls. Ist ja nicht so ein gutes Wetter heute.«

Konnte der Mann nicht einfach weitergehen? Nichts war dümmer, als den Leuten im Gedächtnis zu bleiben. »Nein, tatsächlich nicht«, sagte er und wandte sich ab.

Als er am Eaton Place ein weiteres geeignetes Objekt gefunden hatte, nieselte es nur noch. Schnell jetzt, bevor der Schirm zu auffällig wurde. Auch hier reagierte niemand auf sein Klingeln. Die Überwachungskameras des Hauses waren glücklicherweise so angebracht, dass er einer ausweichen konnte und den Schirm nur brauchte, um sich vor der zweiten zu schützen. Smartphone anschließen, Programm starten, Zahlenkombination eingeben, Tür aufschließen, ins Haus gleiten. Es klappte reibungslos. Die Zeit lief. Von jetzt an hatte er vermutlich drei Minuten, um die Alarmanlage zu deaktivieren – oder sich ein passendes Bild zu schnappen und zu verschwinden. Er entschied sich für die erste Variante, vor allem, weil direkt neben der Eingangshalle ein Abstellraum war, in dem er den Schalter fand – und dankenswerterweise ein Tuch, mit dem er seine Schuhe abwischen konnte. Keine Abdrücke auf dem Marmorfußboden, solange es sich vermeiden ließ. Er steckte das Tuch in die Manteltasche – irgendwo auf dem Heimweg würde er es entsorgen – und hängte den Mantel an den Kleiderständer, um sich schneller bewegen zu können.

Trotz der ausgeschalteten Alarmanlage durfte er sich

nicht zu lange aufhalten, Familie Duckenstock konnte jede Minute nach Hause kommen. Durch eine Flügeltür zur Linken der Diele betrat er ein – für Londoner Verhältnisse – großzügiges Wohnzimmer. »Dann wollen wir mal sehen«, murmelte er. Die Duckenstocks schienen von Understatement nicht viel zu halten. Neben einem der bodentiefen Fenster stand eine Ming-Vase, und an der angrenzenden Wand eine dunkel gebeizte Eichenvitrine voller Sammlerporzellan. Julian nahm sich nicht die Zeit herauszufinden, ob irgendetwas davon echt war – zumindest bei der Vase handelte es sich bestimmt um eine Replika. Er war aus anderen Gründen hier. Über dem Sofa hingen drei gezeichnete Portraits, vermutlich waren das die Kinder oder Enkel des Hauses, dazu mehrere Zeichnungen von einem Berner Sennenhund. Schön, dass der nicht daheim war.

Julian huschte in den ersten Stock, nachdem er unten nicht fündig geworden war, und hier, im Flur, fand er genau das, was er brauchte. Das Bild war, von der Maltechnik und dem Vergilbungsgrad der Farben her zu schließen, um die hundert Jahre alt, eine kitschige Küstenszenerie mit dramatischem, aber dilettantisch überzogenem Sturmsonnenuntergang. Auch die Größe stimmte mit ungefähr fünfzig mal siebzig Zentimetern. Der Welt entstand kein Verlust, wenn er dieses Machwerk aus ihr entfernte.

Er hasste die mangelnde Eleganz an Slash-and-grab-Diebstählen, aber er konnte kaum den schweren, gebeizten Holzrahmen mitschleppen, und er hatte keine Zeit, das

Bild sauber daraus zu lösen. Also ließ er den Cutter am Rand entlanggleiten und schnitt mit dem typischen kratzenden Geräusch die Leinwand heraus. Mit der Farbe nach innen rollte er sie zusammen, sah sich noch einmal um, ob er Spuren hinterlassen hatte, und öffnete dann zügig eine der Zimmertüren.

Ein Büro, sehr gut. Er zerwühlte die Papiere auf dem Schreibtisch, öffnete zwei Schubladen und brach den Sekretär auf. Dann lief er die Treppe wieder hinunter ins Erdgeschoss, wo er das Schloss der Porzellanvitrine knackte und die Teller ein wenig verschob. Das musste genügen, um von dem albernen Bild abzulenken.

Ein letzter Kontrollblick, dann huschte er zur Tür – nur um zu sehen, wie ein schwarzer Bentley in die Auffahrt fuhr. Verdammt! Und jetzt? Wenn da jetzt eine fünfköpfige Familie ausstieg und das Haus überrannte, war er geliefert. Den Rücken gegen die Wand gepresst, blieb er mit hämmerndem Herzen neben der Tür stehen und linste durch ein schmales Fenster. Der Motor des Wagens lief noch, am Steuer saß ein Mann. Eine Frau näherte sich bereits dem Haus, und ein etwa fünfjähriges Mädchen sprang aus dem Auto.

Er musste hier weg. Auf leisen Sohlen eilte er ins Wohnzimmer zurück. Das Einzige, das genug Deckung für ein paar Minuten versprach, war das hochbeinige Sofa mit dem Blumenüberwurf – als hätte er nicht in den letzten Tagen genug Zeit unter Möbeln verbracht. Gedämpft hörte er, wie die Frau rief: »Percival? Du musst dringend mit deinen Eltern reden. Sie haben schon wieder vergessen, die Alarmanlage einzuschalten.«

Percival? Ernsthaft? Julian kauerte sich hinter das Sofa.

Die Haustür wurde geöffnet, und die Frau sagte: »Dann geh und hol Schnuffel, Lilly. Und wenn du dieses Stofftier noch ein einziges Mal hier bei Oma und Opa vergisst, schläfst du ohne ihn.«

»Ich hole ihn ja schon«, erwiderte das kleine Mädchen unbeeindruckt. Augenblicke später hörte Julian ihre Schritte im Wohnzimmer. »Mama? Mama, ich finde Schnuffel nicht!«

Scheiße! Wenn sie ihn hier entdeckte, dann gute Nacht. Adieu, freies Leben für die nächsten drei Jahre. Abgesehen davon würde sich das Mädchen so erschrecken, dass sie danach nie wieder nach ihrem Kuscheltier suchen würde. Geräuschlos legte er sich flach auf den Boden und schob sich langsam unter das Sofa, die Rolle mit dem Bild in der Hand. Direkt vor seinem Gesicht lagen ein Teddybär und ein Stoffelefant.

»Mama, Schnuffel ist weg!«

Zum Glück half die Mutter bisher noch nicht beim Suchen. »Irgendwo wird er sein, schau bitte schnell, wir haben noch einen Termin.«

»Immer Termine«, murmelte das Kind. »Termine, Termine, Termine. Schnuffel, wo bist du denn?«

Den Geräuschen nach zu urteilen, kniete sich das Kind vor dem Sofa auf den Boden. »Bestimmt ist er noch in unserer Geheimhöhle. Aber da war die dicke Spinne …«

Geheimhöhle? Er lag in einer verdammten Schnuffel-Geheimhöhle! In drei Sekunden würde Lilly den Überwurf heben, ihn unter dem Sofa finden und das war's dann. Vor Julians innerem Auge lief im Zeitraffer der Film ab. Die Mutter kam ins Wohnzimmer, angelockt von dem panischen Geschrei des Kindes. Percival eilte hinterher, und während Julian unter dem Sofa hervorkroch, war die Polizei schon unterwegs.

»Schnuffelchen?«

Wenn er wenigstens wüsste, welches von den Viechern Schnuffelchen war! Die Überdecke hob sich, und Julian wartete auf den unvermeidlichen Schrei. Doch nichts geschah. Das Kind lag vor dem Sofa auf dem Boden und tastete mit abgewandtem Kopf und ausgestrecktem Arm darunter herum, nur Zentimeter von seinem Pullover entfernt. »Keine Spinnen, bitte keine Spinnen. Keine Spinnen …«

Er traute sich nicht zu atmen.

Eine kleine Hand bekam seinen Ärmel zu greifen und zog daran. »Schnuffel!«

Julian angelte nach dem Elefanten und drückte ihn gegen die zupfende Kinderhand.

Sie ließ ihn los und zog das Stofftier zu sich.

Julian atmete auf, doch das Kind seufzte. »Dich hab ich nicht gesucht, Oskar!«, sagte es streng.

»Lilly, kommst du jetzt bitte?«

»Gleich! Schnuffel versteckt sich noch.«

Jegliche Vorsicht außer Acht lassend, schubste Julian den Teddy unter dem Sofa hervor.

»Schnuffel! Immer muss ich erst schimpfen!«

Nur langsam normalisierte Julians Herzschlag sich, während er hörte, wie das Mädchen den Raum verließ. Die Haustür wurde geöffnet, und die Frau sagte: »Hat dein Vater einen neuen Mantel, Perce?«, bevor das Schloss wieder zuschnappte.

So knapp war es selten, ging ja nichts über einen anständigen Adrenalinstoß. Vermutlich war sein Gesicht ein einziges irres Grinsen: der Triumph des Überlebenden.

Mit unterdrücktem Lachen kroch er unter dem Sofa hervor und wischte sich die Staubflusen von Hose und Pullover – seine zittrigen Hände verrieten ihn. Dann hob er das Bild auf, rollte es noch einmal neu zusammen und holte seinen Mantel. Er griff nach der Türklinke – und hielt inne. Die Frau hatte lange genug im Flur herumgestanden, um die Alarmanlage wieder zu aktivieren. Immerhin war ihr aufgefallen, dass sie ausgeschaltet war. Ein Blick in den Abstellraum zeigte ihm, dass er richtig vermutet hatte. Ordentliche Frau.

Er deaktivierte die Anlage wieder und verließ endlich das Haus.

$$$

Die Dienstbesprechung brachte nichts Neues. Über Schwartz' derzeitigen Verbleib gab es keinen Hinweis, und jede Spur, die die Kollegen zu haben geglaubt hatten, um den Kazmareks Mörder zu finden, war im Sande verlaufen.

»Aber wir haben Neuigkeiten von Miss Shepherds speziellem Freund«, sagte Parker.

Helen bemühte sich, nicht zu interessiert auszusehen. Im Laufe des Tages hatte sie noch fünfmal versucht, Levraix zu erreichen, ohne Erfolg. Vielleicht bekam sie jetzt eine Erklärung.

»Kensington, notieren Sie den Namen Felix Paragon für Levraix' Akte, bitte«, fuhr Parker fort. »Es sieht so aus, als würden ihm seine dreiundzwanzig Identitäten noch nicht genügen, denn er hat heute Morgen neue Papiere bestellt.«

»Das gibt dem Ausdruck *Multiple Persönlichkeit* doch gleich eine ganz neue Bedeutung.« Tom grinste. »Woher wissen wir von Felix?«

»Simon Johnson.«

»Ah, der gute Simon«, sagte Christine im selben Augenblick, in dem Helen fragte: »Wer ist Simon Johnson? Muss ich ihn kennen?«

»Einer unserer Informanten. Er macht als Nebenerwerb ab und zu Pässe und Biografien. Vor ein paar Jahren haben wir ihm Immunität gegeben, als er uns den entscheidenden Tipp zur Ergreifung eines korrupten Wirtschaftsbosses geliefert hat. Seither haben wir einen Deal mit ihm. Wir schauen weg, wenn es um die kleinen Fische geht, dafür gibt er uns Tipps bei den Großen.«

»Was Biografien angeht, ist er fast so gut wie Lloyd.«

Lloyd nahm Toms Kompliment mit sichtbarem Stolz entgegen. »Vermutlich ist er geübter. Aber ich habe die besseren Ressourcen.«

»Wie auch immer.« Parker klatschte in die Hände. »Swift, Sie haben die Banken und Hotels. Ellis, Sie übernehmen –«

»Den undankbaren Rest.« Christine seufzte.

Helen war dankbar, dass sie ausgespart wurde. Tom oder Christine zur Hand zu gehen erschien ihr irgendwie weniger direkt und besser mit ihrem ohnehin gequälten Gewissen vereinbar, als selbst aktiv den Verfehlungen nachzujagen, die sich Levraix als Felix Paragon möglicherweise leistete.

Für Parker war das Thema damit offensichtlich abgehakt. »Was gibt es sonst noch an Kleinkram?«

Eine junge Frau, mit der Helen bisher nicht gesprochen hatte, stand mit einer Liste in der Hand auf und ratterte herunter: »Zwei Unfälle, einer davon mit Fahrerflucht. Das Unfallopfer liegt schwer verletzt im Krankenhaus. Eine Prügelei, drei geringfügige Ladendiebstähle, ein Einbruch, bei dem der Täter offensichtlich gestört wurde, weil bis auf ein relativ wertloses Bild nichts fehlt.«

»Ruhiger Tag also bisher.«

»Ja, Sir.«

Während der nächsten Stunde versuchte Helen weiter, Levraix zu erreichen, stets mit demselben ernüchternden Ergebnis. Ein Gutes hatte die Sache jedoch: Ihr Herz stolperte nicht mehr, wenn sie ihn anrief, sondern die Aufregung hatte einer zunehmenden Gereiztheit darüber Platz gemacht, dass sie ihn nicht erreichen konnte.

Und vielleicht war es ohnehin besser, nicht mit Lucien

zu sprechen, bevor sie David wiedersah. Der Streit nagte an ihr, und sie konnte nicht mit ihrem Gewissen vereinbaren, dass David ihretwegen nach London geflogen war und sich jetzt in einem Hotel eingemietet hatte, während sie den Abend in ihrer Dienstwohnung verbrachte.

Habe gleich Feierabend. In welchem Hotel bist du?

Er las ihre Nachricht sofort, aber es dauerte zwanzig Minuten, bevor er antwortete. *Marriott*, schrieb er nur. Was sie sich hätte denken können. David neigte nicht zu Experimenten. Von ihrem Bürofenster aus konnte sie das *Marriott* sehen, über die Westminster Bridge brauchte sie zu Fuß keine zehn Minuten dorthin.

Soll ich kommen?

Wieder ließ er sich Zeit mit der Antwort. *Wenn du willst.*

Der Abend versprach ja gemütlich zu werden mit ihren Schuldgefühlen und seiner Verschnupftheit.

Auf ihr Klopfen hin öffnete David die Tür seines Hotelzimmers, nickte ihr nur zu und wandte sich ab. Er hatte mal wieder das Smartphone am Ohr. »Wie oft soll ich es noch sagen, Madison? Wenn er sich weigert, auf den Deal einzugehen, ziehen wir vor Gericht!«

Helen zog die Schuhe aus und hängte ihre Jacke auf einen Bügel, während er telefonierend durch das Zimmer lief. »Habe ich es hier nur mit Idioten zu tun? Er kann diese Klausel nicht streichen lassen, ohne den ganzen Vertrag nichtig … Ja, Alcott weiß das auch.«

Sie lächelte ihm zu – für einen Kuss, selbst einen sehr kleinen, war nach ihrem Streit am Morgen noch nicht der richtige Zeitpunkt –, und er griff kurz nach ihrer Hand. Seine Lippen formten ein lautloses »Gleich«, bevor er sich wieder dem Gespräch widmete. »Ich sagte, Alcott weiß das! Und es ist durchaus auch etwas, das du wissen solltest, Befugnis hin oder her. Al soll ihm sagen, der Deal steht mitsamt dieser Klausel oder wir sehen uns vor Gericht, und wir werden nicht diejenigen sein, die dabei Millionen verlieren.« Er warf das Handy auf das breite Bett und fuhr sich durchs Haar. »Herrschaftszeiten.« Die Hände in den Hosentaschen, trat er ans Fenster.

In den letzten Sekunden hatte Helen sich auf die Bettkante gesetzt und ihrerseits das Smartphone herausgezogen, um nachzusehen, ob Keira online war. Jetzt ließ sie es sinken und betrachtete seinen angespannten Rücken. »Schwieriger Tag?«

Er drehte sich nicht zu ihr um. »Fing damit an, dass meine Verlobte mich zur Sau gemacht hat und ging danach nicht besser weiter.«

»Vielleicht ging es der Verlobten nicht so gut.«

»Mag sein.« Jetzt sah er sie doch an, wenn er sich auch nur halb zu ihr umwandte. »In dem Fall hätte sie ja sagen können, was sie beschäftigt, statt um sich zu beißen.«

Er tat ihr leid, wie er da stand und versuchte, nicht aus der Haut zu fahren. Aber gleichzeitig machte er sie wütend, und die Wut überwog. »Klar bin ich wieder schuld, ist ja immer so.« Sie steckte ihr Telefon weg und stand auf. »Du hättest durchaus auch mal bemerken können, dass ich einfach nicht reden *konnte.* Oder«, ihre Stimme wurde leider schrill, »es akzeptieren, wenn ich sage, dass du nicht extra nach London fliegen musst, weil ich okay bin.«

»Aber du bist nicht okay!« Nur an den Augen war seine Hilflosigkeit erkennbar, alles andere an ihm strahlte dieselbe Wut aus, die sie nährte, um die Schuld nicht spüren zu müssen. »Du bist nicht okay. Und ich will wissen, was los ist.«

»Warum? Manche Dinge gehen dich einfach nichts an!«

»So weit sind wir, ja? Dass es mich nicht interessieren soll, wenn es dir dreckig geht?«

»Das habe ich überhaupt nicht gesagt.«

»Ach nein? Es klang aber durchaus so. Ich zitiere –«

»Wir sind hier nicht im Gerichtssaal, David!«

»Dann rede mit mir, verdammt!«

»Ich kann nicht! Ich …« Sie wollte nicht schon wieder heulen, aber die Tränen kamen einfach. »Ich brauche Zeit.« Sie hätte sich so gerne in seine Arme fallen lassen, um dort zu heulen, doch es ging nicht.

»Du hast drei Tage Zeit«, sagte David kühl. »Dann fliege ich zurück.«

Mit den Tränen schien auch die Wut aus ihr hinauszufließen, und zurück blieb ein hässlicher, schwerer Klumpen Schuldgefühl. Auf dem ansonsten makellos sauberen Teppich zu ihren Füßen lag ein Chipskrümel.

Davids Stimme wurde weicher. »Wäre schön, wenn wir das vor meinem Rückflug klären könnten.«

Sie wischte mit dem Fuß über den Krümel, bis er zerbröselte. »Ich …«

»Ja?«

»Ich weiß gerade nicht, wie es weitergeht.«

Aus dem Augenwinkel sah sie, wie er den Kopf schüttelte, und dieses Kopfschütteln drängte den Impuls zurück, ihm zu gestehen, was passiert war. »Tja, ich auch nicht«, sagte er. »Überleg's dir. Noch bin ich hier.«

»Okay.«

David hielt sie nicht zurück, als sie zur Garderobe ging, um ihre Schuhe anzuziehen. Er betrachtete den Boden vor dem Bett, wo sie den Krümel zertreten hatte, und reagierte auch nicht, als sie die Jacke anzog.

Erst, als sie die Tür öffnete, sagte er: »Helen?«

»Ja?«

»Sehen wir uns morgen?«

Sie zog den Reißverschluss hoch. »Ich ruf dich an.«

Sie hätte die Heizung anmachen sollen, bevor sie am Morgen die Dienstwohnung verlassen hatte. Es war kühl. Um den hässlichen Streit mit David aus dem Kopf zu bekommen, legte sie sich ins Bett und schaute fünf Folgen *Gilmore Girls* hintereinander, bevor ihr die Ohren vom Kopfhörer wehtaten.

Sobald sie das Smartphone zur Seite gelegt hatte, kehrten die Gedanken zurück. Warum konnte sie nicht einfach das für David fühlen, was sie früher gefühlt hatte?

Ein anderes Hotelzimmer tat sich in ihren Gedanken

vor ihr auf. Sie versuchte, diese Erinnerungen und das, was sie auslösten, zurückzudrängen, doch es war unmöglich – so deutlich stand Luciens Gesicht vor ihr, als wäre es real, und der Wunsch, ihm nahe zu sein, ihn zu riechen und zu fühlen, wurde übermächtig, verdrängte Scham und Schuld. Luciens Piratengrinsen, sein Duft, seine Ausstrahlung ließen sich nicht einfach beiseiteschieben. Wenn sie ehrlich war, hatte sie ihn spätestens von dem Moment an gewollt, an dem er sie befreit hatte, und zwar nicht nur seinen Körper, sondern seine Ungezwungenheit und Unbeschwertheit. Die Art, wie er sie ansah, sie streichelte …

Sie blinzelte. Auf der Stuhllehne lag das Halstuch, das David ihr letztes Jahr zum Geburtstag geschenkt hatte. Sie sollte von ihm fantasieren, aber in ihrem Kopf war nur Platz für Lucien, und sie konnte nicht aufhören. Allein der Gedanke daran, wie er sie begehrte, ließ sie wieder die Augen schließen. Sein Lächeln, seine flüsternden Lippen, sein schneller werdender Atem an ihrem Ohr. Sie schob die Hand unter die Decke, stellte sich vor, wie es wäre, wenn Luciens Finger qualvoll langsam über ihren Oberkörper und über die zarte Haut ihrer Brüste strichen. Seine warmen, ein wenig rauen Fingerspitzen, die ihre Brustwarzen umspielten, bis sie vor Lust wehtaten und schließlich an ihrem Rippenbogen hinabwanderten und über die empfindliche Stelle neben dem Beckenknochen strichen. Helen glitt mit der Hand zwischen ihre Beine, an ihre empfindlichste Stelle. Sie sah Luciens Gesicht, konzentriert, mit leicht geöffneten Lippen, kurz bevor er nicht mehr warten konnte, während sie sich schneller bewegte, und sie öffnete die Beine für ihn und ließ ihn tiefer ein, und er trieb sie weiter und immer weiter, bis sie aufstöhnte und fiel.

$$$

Emma hatte das neue Album von Odd Fish auf voller Lautstärke aufgedreht und bemerkte ihn nicht, als er hereinkam. Julian blieb einen Augenblick im Türrahmen stehen und sah ihr beim Seilspringen zu, während sie *It's gonna be amazing* mitsang.

Erst nach dem Ende des Songs schenkte sie ihm Beachtung. »Hey, Hübscher.«

»Selber Hübsche.« Ihr Smartphone lag auf dem Tisch, und er griff danach, um die Lautstärke der Musik zu reduzieren.

»Lass meine Musik an« rief sie, ohne sich beim Skipping zu unterbrechen. Sie war echt gut in Form.

»Nur ein bisschen leiser.«

»Meine Wohnung, meine Regeln, Fontaine. Drei Minuten noch.«

Er holte zwei Gläser aus dem Schrank. Der Inhalt des Weinregals hatte sich in den letzten Tagen dezimiert, aber es war noch ein Château Lafite von 1982 da. Nachdem er die Flasche entkorkt hatte, schenkte er ein und ließ sich auf das Sofa sinken, Füße auf dem Couchtisch.

Endlich hängte Emma das Seil über den Boxsack und stellte die Musik leiser.

»Guter Tag?«, fragte er.

»Sehr.« Sie hängte sich ein Handtuch um die Schultern. »Trink das nicht alles weg, ja? Ich brauch erstmal Wasser.«

»Was hast du so gemacht?«

»Ich habe«, sie holte eine Wasserflasche aus dem Kühlschrank und füllte gluckernd ihr Halbliterglas, »einen neuen Hehler aufgetan, unseren Plan verfeinert, Möglichkeiten zum Verlassen des Landes studiert, mit Gary gesprochen –«

»Wer ist Gary?«

»Der Schmuggler. Weißt du nicht mehr?«

»Ach, Gary. Ich denke, du hast einen Hehler für die Gemälde? Wozu noch ein Schmuggler?«

»Es ist immer besser, vorbereitet zu sein und die Bilder gegebenenfalls außer Landes bringen zu können, selbst wenn der Zoll alles abriegelt.« Sie zog sich einen Stuhl heran und setzte sich rittlings darauf. Ein kurzer Augenblick der Verlegenheit entstand, vielleicht, weil sie beide daran dachten, was das letzte Mal passiert war, als Rotwein und dieses Sofa zusammengekommen waren.

»Was ist mit dir? Du warst lange weg. Erfolgreich bei Simon?«

»Ja.«

»Und?«

»Morgen oder übermorgen.«

»Ich meine, wie ist dein neuer Deckname?«

Er grinste. »Du wirst ihn lieben.«

Emma streckte die Hand nach ihrem Glas aus, und er reichte es ihr. »Wenn du meinst, es durch Hinauszögern spannender zu machen – so dringend muss ich das nicht wissen.«

»Felix Paragon.«

»Was hätte gegen James Blackwell oder sowas gesprochen?«

»Langweilig.« Er verzog das Gesicht. »Wenn Simon schnell ist, kann Felix morgen schon ein Konto eröffnen, und dann suchen wir uns eine Pension. Oder ein Hotel. Oder wir kaufen ein Haus.«

»Und was hast du danach getan?«

Julian betrachtete das schillernde Purpur in seinem Glas.

»Lass mich raten. Nachdem bei Simon alles erledigt war, hast du am Embankment am Themseufer gestanden und sehnsüchtig zum Scotland-Yard-Gebäude hinübergestarrt?«

Eine bessere Ausrede gab es ja kaum. Zerknirscht verzog er das Gesicht. »Sehr pubertär?«

»Ziemlich.«

»Zu meiner Ehrenrettung muss ich sagen, dass ich noch nach Tilbury gefahren bin, um zu checken, ob das Lagerhaus in Schuss ist, damit wir die Bilder gegebenenfalls zwischenlagern können.«

»Der Mann denkt mit.«

»Was glaubst du denn?«

»Und? Können wir?«

»Ja, sogar der kleine Heizofen funktioniert noch.«

»Bist du sicher, dass dir keiner von den Typen vor der

Tür gefolgt ist? Ich fand die arg anhänglich in letzter Zeit.«

Julian zog nur eine Augenbraue hoch.

»Sorry«, sagte Emma. »Wie lange hast du gebraucht, bis du sie los warst?«

»Siebenundzwanzig Minuten.«

Emma sah ihn an.

»Okay. Fünfunddreißig.«

»Ich sage ja, sie sind anhänglich geworden. Aber fünfunddreißig ist schon ziemlich schwach.«

»Bitte, was?«

Sie grinste. »Ich biete dreiundzwanzig.«

»Ja, weil ich schon fast alle an mir kleben hatte, die da waren.« Er schnitt ihr eine Grimasse. »Für einen Einzelnen hätte ich keine fünfzig Sekunden benötigt.«

Emma lachte. »Angeber.«

»Wenn es die Wahrheit ist, hat es nichts mit Angeben zu tun.«

»Geht nichts über ein gesundes Selbstbewusstsein.« Grinsend hob sie ihr Wasserglas. »Ich glaube, das wird gut.«

Er lächelte und ließ sein Weinglas dagegen klingen. »It's gonna be amazing.«

Unstimmigkeiten

Helen hatte überlegt, zum Frühstück zu David ins Hotel zu fahren, sich aber dagegen entschieden, als er auf ihre Textnachricht *Lust auf Frühstück?* nicht reagierte. Dämliches Kindergartengeschmolle.

Dafür hatte Keira endlich geschrieben, ganze Romane. Sie las sie, während sie langsam die Treppen von New Scotland Yard hochstieg. *Tut mir leid, dass ich mich nicht früher gemeldet habe, hier war echt Land unter, und dann ist mein Telefon runtergefallen. Dafür hatte ich genügend Zeit, über das Dilemma nachzudenken, in das du dich da reinmanövriert hast. Hast du inzwischen mit David gesprochen? Du solltest das dringend tun! Vielleicht nicht in epischer Breite, aber du kannst ihm zumindest sagen, dass du jemanden kennengelernt hast, der einiges in Frage stellt. Und natürlich (!), dass du David liebst und mit ihm alt werden willst. Melde dich, wenn ich wach bin.*

Klar musste Keira das nochmal anhängen, als stünde es gar nicht zur Diskussion, dass David und sie jemals etwas anderes sein könnten als das Traumpaar ihres Freundeskreises, glücklich auf ewig, nachdem sie durch Keira verkuppelt worden waren.

Helen betrat das Büro.

Tom musste schon hier gewesen sein, sein Rechner war hochgefahren und seine Jacke hing über der Stuhllehne, doch er war nirgends zu sehen. Helen schaltete die Kaffeemaschine ein und startete ihren Rechner. So wenig Lust sie dazu hatte, sie musste die Berichte der letzten Tage zu Ende schreiben. Vor allem der über ihre Entführung fiel ihr schwer, aber jeglicher Versuch, ihn durch Ignorieren zum Verschwinden zu bringen, war bisher gescheitert.

Nachdem sie eine halbe Stunde konzentriert gearbeitet hatte, klingelte ihr Telefon. David. »Du hast gesagt, du rufst an.« Er klang vorwurfsvoll, als wäre es ihre Pflicht gewesen, ihn zu einer bestimmten Zeit anzurufen und sie hätte ihn tödlich damit beleidigt, es nicht zu tun.

»Hab ich.«

»Ich hätte dich gern heute Morgen gesehen.«

»Dann hättest du auf meine SMS antworten können.«

»Drei Worte in einer Textnachricht sind kein Anruf. Du musst dich nicht mit mir treffen, wenn du keine Lust hast.« Gott, konnte er beleidigt klingen. »Ich bin ja auch bloß deinetwegen nach London geflogen.«

Sie war stolz auf sich, dass sie ruhig blieb und lediglich aufstand, um im Büro umherzugehen.

»Weißt du, wieviel ich organisieren musste und was es mich gekostet hat, hierher zu kommen?«

»Es war deine verdammte Entscheidung, David! Ich habe gesagt, ich will nicht, dass du kommst. Wir drehen uns echt im Kreis hier.«

»Und allein, dass du das nicht willst, ist ja schon merkwürdig.«

»Ich will, dass du meine Grenzen achtest«, fauchte sie. »Und genaugenommen ist mir gerade überhaupt nicht danach, dich zu sehen, wenn du gleich wieder beleidigt spielst.«

»Helen, bitte! Hör dir doch mal selbst zu. Du –«

»Was, ich?«

Er atmete tief durch. »Die ganze Art, wie du um dich schlägst, ist so uncharakteristisch.« Darin, ihr Verhalten zu bewerten, war er immer schon groß gewesen. Sie öffnete den Mund, um etwas zu erwidern, irgendwas, doch bevor sie das konnte, sprach er schon weiter. »Und es passt irgendwie nicht zu einem Entführungstrauma.«

»Ach, nein? Und was weißt du über Entführungen?« Ihre Schritte wurden schneller.

»Hast du einen anderen?«

Seine Frage traf sie so unerwartet, dass sie stehen blieb, als wäre sie gegen Lloyds Schreibtisch gelaufen. Ihre Hände waren auf einmal kalt und schwitzig. »Was ist das denn jetzt wieder für eine Unterstellung?«

»Die Vermutung liegt durchaus nahe.«

»Schalte diese blöde Anwaltsstimme ab, David!«

»Ich habe recht, nicht wahr?«

»Weil ich nicht sofort in die Kiste wollte, wenn du schon einmal im Leben spontan handelst, und meinen Kram hier allein sortieren will? Du bist ja paranoid.«

»Wer laut wird, ist meist im Unrecht.«

»Willst du es wirklich wissen? Ja, David, ja! Ich habe wen kennengelernt. Und er ist verdammt sexy.«

Bevor er etwas erwidern konnte, beendete sie das Gespräch und ließ sich auf ihren Schreibtischstuhl fallen.

Scheiße.

Keine zwei Sekunden später öffnete Christine die Tür. »Guten Morgen. Alles klar bei dir?«

Helen blickte hoch. »Ja, ich habe mich nur gerade echt geärgert. Guten Morgen.« Falls ihre Kollegin ihre letzten Worte gehört hatte und die richtigen Schlüsse zog, war sie geliefert.

Doch Christine ließ nichts Derartiges erkennen, hängte nur ihre Jacke auf und ging zur Kaffeemaschine hinüber. »Was war los?«

»Ach, nichts.« Ihr hitziges Telefonat zu leugnen hatte keinen Sinn. Vielleicht war die Flucht nach vorn das Beste. »Mein Verlobter nervt gerade. Er versteht nicht, dass ich seine Hilfe beim Verarbeiten der Entführung nicht will und bildet sich jetzt ein, ich hätte einen anderen.«

»Hast du?«

Helen schnaubte. »Wo hätte ich den wohl herbekommen sollen? Wobei mein Nachbar schon extrem sexy ist. Ich habe ihn neulich Abend kennengelernt.«

Christine betrachtete sie nachdenklich, sagte aber nichts weiter außer: »Was Neues von deinem Privatkriminellen?«

»Kein Wort.« Profi, Shepherd, sehr gut.

Mit leisem Kratzen rückte Christine ihren Stuhl zurecht. »Was ist mit der Schwartz-Fahndung?«

Helen hob die Schultern. »Ich bin vor einer halben Stunde gekommen, habe seither Berichte geschrieben, mich mit meinem Verlobten gestritten und noch keine Menschenseele außer dir gesehen.«

Es klopfte an der Tür. Fragend schaute Christine sie an und rief »Herein«, als Helen noch einmal die Schultern zuckte.

Einer der Pförtner streckte den Kopf zur Tür herein. »Die Jungs vom Publikumsverkehr unten machen gerade Pause. Könnt ihr das eben übernehmen?«

Christine murmelte etwas von Personal und Steuergeldern, nickte aber.

Ein zart gebauter, weißhaariger Herr betrat zögernd den Raum. »Guten Morgen.«

»Guten Morgen. Worum geht es denn?«, fragte Christine ein wenig zu freundlich.

Er richtete sich gerade auf. »Ich möchte eine Aussage machen. Es geht um das, was heute Morgen in der Zeitung stand.«

Helen lächelte. In der Zeitung – in welcher auch immer – hatten vermutlich allerhand Nachrichten gestanden. »Setzen Sie sich doch erst einmal. Und dann berichten Sie von Anfang an.«

Umständlich nahm der alte Mann Platz. Christine machte eine Kopfbewegung, die aussah wie *Machst du es?*, und Helen nickte. Eine von ihnen genügte, um den alten Herrn zu befragen.

»Also«, begann er, »mein Name ist Ackerley Padraig. Ich

wohne in der Eccleston Street, und ich habe etwas beobachtet.«

Helen nahm seine Personaldaten auf und notierte danach akribisch alles, was er erzählte. Bei einem seiner Nachbarn, Dr. Robert Chelton, der drei Häuser weiter wohnte, wäre gestern ein Besucher gewesen, den er, Ackerley Padraig, noch nie gesehen hatte. Das sei ihm aufgefallen, weil der Doktor normalerweise kaum Besuch empfange und wenn, dann von seinem Neffen, dessen Tochter Padraig immer Bonbons schenkte.

Helen versuchte konzentriert, die wesentlichen Informationen aus der Wörterflut herauszufiltern. »Ist denn sonst noch etwas Auffälliges geschehen?«

»Aber ja!« Padraig nickte und zog eine zusammengefaltete Zeitungsseite aus der Hemdtasche. Mit knorrigem Zeigefinger tippte er auf einen Artikel. »Hier! Nur ein paar Straßen weiter, am Eaton Place, ist eingebrochen worden, wenige Minuten, nachdem ich diesen verdächtigen Mann bei Dr. Chelton gesehen habe.«

»Mister Padraig …« Helen wollte nicht unhöflich sein. »Können Sie den Mann beschreiben?«

Der alte Herr nickte wieder vehement. »Sicher kann ich das. Mittelgroß, etwa eins achtzig vielleicht, schlank, dunkelhaarig. Er trug einen Mantel und einen Schirm, da es ziemlich heftig geregnet hat, wenn Sie sich erinnern. Es war auch der Tag, als Mrs Swanson von gegenüber ausgerutscht ist, weil die Stufen so nass waren und mit dem Krankenwagen abgeholt werden –«

»Können Sie mir sagen, ob der Mann einen Bart hatte?«

»Bart?« Mister Padraig kehrte ein wenig verwirrt zum Thema zurück. »Nein. Nein, er hatte keinen Bart.«

»Irgendetwas Ungewöhnliches an seinem Gesicht oder seinem sonstigen Auftreten?«

»Nichts. Es war ein ganz normaler Mann. Sehr gepflegt. Machte einen sympathischen Eindruck.«

»Gut. Was hat Sie auf den Gedanken gebracht, dass Sie den Mann melden müssen?«

Mister Padraig schien empört über die Frage. »Es heißt doch immer, man soll alles melden, was einem auffällt, wenn in der Nachbarschaft ein Verbrechen geschieht. Ich lese schließlich die Zeitung, junge Frau!«

Helen atmete tief durch. »Ihre Angaben habe ich notiert. Sagen Sie mir noch, wie alt der Mann ungefähr war?«

Mister Padraig wackelte mit dem Kopf. »War ein junger Bursche. So zwischen zwanzig und vierzig, würde ich sagen. In meinem Alter wird es schwer, die Jugend richtig einzuschätzen.«

»Das glaube ich Ihnen.« Helen stand auf. »Vielen Dank für Ihre Aussage, Mister Padraig. Wenn wir mehr so aufmerksame Bürger hätten, wären sämtliche Verbrecher chancenlos.« Sie würde ihm nicht die Wahrheit antun, dass seine Aussage nur eine von vielen war, die jeden Tag auf der Station gemacht wurden, und die in der Regel keinerlei Nutzen hatten. Ein Durchschnittsmann undefinierten Alters klingelte an einem Haus, kurz darauf wurde eine halbe Meile weiter eingebrochen. Wer da einen Zusammenhang sah, war mehr als naiv. »Wir haben Ihre Kontaktdaten. Wenn wir weitere Fragen haben, kommen wir auf Sie zu.« Sie reichte dem alten Herrn die Hand, und er erhob sich.

»Sie machen hier gute Arbeit, junge Frau. Gute Arbeit.«

»Danke.« Woran er das jetzt auch immer meinte, festmachen zu können. Helen lächelte, und Mister Padraig wandte sich zum Gehen.

Helen öffnete ihm die Tür – zeitgleich mit Tom, der schwungvoll vom Flur hereinkam. Um nicht mit dem Besucher zusammenzustoßen, machte er einen Schritt zur Seite und stieß mit dem Ellenbogen an die Wand. Klatschend fielen ein paar Akten, die er getragen hatte, auf den Boden.

»Oh, das tut mir wirklich leid!«, sagte Mister Padraig betroffen und beugte sich mühsam hinunter, um Tom beim Einsammeln zu helfen.

»Das ist nicht nötig, wirklich!« Tom klaubte die Papiere zusammen, als der alte Herr ausrief. »Das ist der Mann!«

Fragend sah Tom ihn an, doch Helen verstand den Zusammenhang zwischen dem aus der Akte gefallenen Portrait von Lucien Levraix und der Begeisterung des alten Herrn – leider. »Der Mann auf diesem Foto ist derselbe, der bei Dr. Chelton geklingelt hat!«

»Sind Sie sich sicher?«, fragte Helen vorsichtig.

»Darauf würde ich meinen besten Hut verwetten!«

Helen schaute erst Tom und dann Christine an. »Sieht so aus, als wäre der langweilige Einbruch von gestern um einiges spannender geworden.«

$$$

Am nächsten Morgen bestellte Julian in aller Herrgottsfrühe Bagels und Obstsalat bei Londons bestem Frühstücksbringdienst und ließ es an das Überwachungsauto liefern. Während die Polizisten mit dem Fahrer verhandelten und vermutlich darauf bestanden, von nichts zu wissen und dieser daraufhin höchstwahrscheinlich erklärte, alles sei bereits bezahlt und hätte seine Ordnung, verließ Julian im Schutz der Morgendämmerung das Haus und ging zum Bahnhof, um den Zug nach Tilbury zu nehmen.

Madeleine mit den Blumen im Haar wartete.

Sein Atem kondensierte in der schon herbstlich kalten Luft, und er schob die behandschuhten Hände tief in die Manteltaschen. Dieses Mal hatte er den Hut nicht vergessen, was es einfacher machte, den allgegenwärtigen Überwachungskameras auszuweichen.

Bei einem indischen Lebensmittelhändler in der Nähe des Bahnhofs Tilbury Town kaufte er einen Sack Clementinen, eine Flasche Wasser und einen Kaffee zum Mitnehmen und überprüfte noch einmal, ob er wirklich keinen Schatten hatte. Die Luft war rein, im wahrsten Sinne des Wortes. Kalt und klar und vollkommen frei von Verfolgern.

In der Lagerhalle war es leider nicht besonders warm. Er schaltete das Heizöfchen an, tröstete sich damit, dass auch Renoir in seinem Atelier keine Zentralheizung vergönnt gewesen war, und machte sich an die Arbeit.

Während er das kitschige Meeresbild aufspannte, legte sich das erste Mal seit seiner Entdeckung, dass Helen zur Metropolitan Police gehörte, Ruhe über ihn.

Fehlte nur noch Musik. Irgendwann einmal musste er bei dem verstaubten Radio in der Ecke einen Retrosender eingestellt haben. Sinatra sang *Come Fly With Me*, Julian schliff im Takt das Bild ab und trank immer mal wieder einen Schluck des kaltgewordenen Kaffees. Als der Moderator – offensichtlich ein großer Rat-Pack-Fan – bei *Strangers In The Night* angelangt war, hatte er den ersten Arbeitsgang beendet. Mit einem weichen Tuch wischte er den Staub vom Bild, bevor er anfing, die Grundierung aufzutragen. Vielleicht war das Leben wirklich ganz gut.

$$$

Nachdem Mister Padraig das Büro verlassen hatte, fragte Helen: »Und was jetzt?«

»Jetzt laden wir Levraix vor, oder dachtest du, du könntest ihm einen persönlichen Besuch abstatten?«, fragte Christine.

Helen war sich nicht ganz sicher, wie sie ihr Lächeln deuten sollte. »Wenn Hausbesuche hier bei Vorladungen üblich sind … Wäre allerdings nicht so schlau, wenn ich meine Deckung aufgebe, also solltest du das vielleicht tun.«

»Das mit dem Hausbesuch war ein Witz von Chris.« Tom schüttelte seufzend den Kopf. »Ich erledige das eben. Ist ja bloß ein Formular.«

»Gut. Ich habe nämlich vor, mir Jack Schwartz vorzunehmen«, sagte Helen. Selbst falls Christine nur neckte, war es besser, das Thema nicht weiter zu vertiefen.

»Wenn du schnell bist, kannst du die Vorladung gleich dem Boten mitgeben«, sagte Christine zu Tom. »Dann verlieren wir keine Zeit.«

Vor der Mittagpause blieben Helen noch zwei Stunden, um mit Lloyds Hilfe sämtliche Akten im Archiv zu suchen, die in irgendeiner Verbindung zu Jack Schwartz standen: Fälle, an denen er mutmaßlich beteiligt gewesen oder Personen, mit denen er in Verbindung gebracht wurde. Es war ein stattlicher Stapel Papier, den sie letztlich nach oben in ihr Büro schleppten und nacheinander auf Helen Schreibtisch fallen ließen.

Mit in die Seiten gestützten Händen betrachtete sie die Akten auf dem Tisch. »So, Schwartz, dann wollen wir mal.«

»Deine Nachmittagsbeschäftigung ist damit wohl gesichert«, sagte Lloyd.

»Ich schätze, ja. Hoffen wir mal, dass irgendwas drin ist, was uns eine Handhabe gegen den Kerl gibt.« Wenn sie ihn schon nicht wegen der Entführung drankriegen konnte, weil es dafür keinerlei Beweise außer ihrer Behauptung gab, dass es seine Stimme hinter der Maske gewesen war. Ungefragt katapultierte ihr Körper sie zu dem Moment zurück, in dem man ihr den Sack über den Kopf gezogen hatte. Sie presste die Kiefer zusammen. »Und wenn wir ihn wegen Steuerhinterziehung einbuchten, bis wir was Besseres haben.«

»Du bist schwer entschlossen, wie mir scheint.« Tom kam von seinem Schreibtisch aus herübergeschlendert.

»Das scheint nicht nur so. Das Arschloch hat mich eingesperrt und bedroht.« Ausgesprochen hörte es sich so viel harmloser an als das Echo in ihrem Kopf: *Vielleicht hast du eine kleine Chance, hier lebend rauszukommen.*

»Ich habe selten eine Polizistin erlebt, die so einen persönlichen Zorn auf einen Kriminellen hatte. Falls in dem Papierhaufen Hinweise sind, wirst du sie finden, da bin ich sicher.«

Helen lächelte schief. »Du kennst vermutlich auch nicht allzu viele Polizisten, die es auf ihren eigenen Entführer abgesehen haben.« Ihr Gaststatus hier trug zumindest dazu bei, dass sie genügend Zeit haben würde, alles, was es über Jack Schwartz zu wissen gab, bis ins kleinste Detail zu durchforsten – ein Luxus, den sie zu Hause nur selten hatte. Mit Glück würde sie, als nette Beigabe quasi, auch ihre Neugierde über die offensichtliche Rivalität zwischen Levraix und Schwartz befriedigen können.

Sie stoppte den Gedankengang in dem Moment, in dem sie sich bei ihm ertappte. Es war nicht ihre Aufgabe, Lucien zu verstehen. Sie war hier, um ihn festzunageln, und es wurde ganz dringend Zeit, ihre Teenager-Gefühle in den Griff zu bekommen, wenn sie nicht ernsthaft ihre Karriere gefährden wollte.

»Hast du Levraix eigentlich inzwischen erreicht?«, fragte Christine, als wisse sie, wohin ihre Gedanken abdrifteten.

Helen schüttelte vordergründig gleichgültig den Kopf.

»Wäre gut, wenn dir das demnächst gelingen würde.«

»Was glaubst du, was ich den halben Tag tue? Sein Telefon ist aus. Oder kaputt, was weiß ich.«

»Wieso bist du gleich so gereizt?«

»Ich bin überhaupt nicht gereizt«, gab sie grantiger als nötig zurück. »Ich lasse mir nur ungern sagen, wie ich meinen Job zu machen habe.«

»Ich meine ja nur.«

»Deine Meinung ist angekommen, danke. Ich teile sie. Deswegen überlege ich ja auch, wie ich ihn unauffällig erreichen könnte.«

»Überlege schneller. Sonst können wir Charlotte Hunter irgendwann vergessen.«

Es reichte. »Christine, in den paar Tagen, die ich bisher in England verbracht habe, bin ich entführt worden, undercover gegangen, habe auf mich schießen lassen und bei all dem auch noch versucht, hier einen anständigen Job abzuliefern. Ich lasse mir von dir nicht sagen, ich würde meine Aufgaben vernachlässigen, okay?« Während sie sprach, war sie lauter geworden, ohne es zu merken.

»Hey, ist ja gut!« Christine knallte die Akte, in der sie gelesen hatte, auf den Schreibtisch. »War nicht persönlich.«

»Es machte aber ganz den Eindruck.« Helen wusste, dass sie unfair wurde, aber es war ihr gleich. Irgendwo musste sie mit der Überforderung hin, die in ihr wühlte.

Christine setzte zu einer Erwiderung an, doch Tom unterbrach sie: »Bevor es hier gleich Tote gibt: Wer kommt heute Abend mit zum Sport?«

»Ich«, sagte Helen sofort. Sport war gut, auch wenn Schusstraining besser gewesen wäre, um sich abzureagieren. Und so sehr sie sich selbst für diesen Gedanken verabscheute, für eine Ausrede, David nicht sehen zu müssen, war sie auch dankbar. »Wobei … ich habe keine Sportsachen mit. Ich hatte den Plan nicht im Kopf.«

Christine seufzte. »Sie sind sicherlich nicht so schick wie eure in Washington, aber wir haben da noch ein paar Trainingsanzüge rumfliegen. Vielleicht passt dir einer.«

»Das wäre schön.«

Die Aussicht auf eine ausgiebige Trainingseinheit besserte ihre Laune ganz erheblich. Trotzdem nagte das schlechte Gewissen wegen der Auseinandersetzung mit David und ihrer Gereiztheit Christine gegenüber an ihr. Immer wieder drifteten ihre Gedanken ab, während sie Jack Schwartz' Akten studierte.

»Ich muss kurz telefonieren«, sagte sie schließlich.

Christine sah nur kurz hoch. »Tu dir keinen Zwang an. Wir arbeiten ja hier nur.«

Darauf fiel Helen keine Antwort ein, und so verließ sie ohne einen weiteren Kommentar den Raum. Sie brauchte keine Zuhörer, wenn sie bei David zu Kreuze kroch.

»David Rosenbergers Büro.« Er hatte sein Telefon weitergeleitet, und seine Sekretärin war so ziemlich die letzte Person, mit der Helen jetzt reden wollte.

»Madison, ich bin es.«

»Ach, Helen. Wie geht es dir?« Als könnte man nicht an der Nummer erkennen, wer anrief.

»Gut«, log sie. »Aber ich muss David sprechen.«

»Er möchte nicht gestört werden.«

Lächeln, Helen. »Das ist offensichtlich. Richte ihm bitte aus, er möge mich zurückrufen, wenn er sich meldet.«

Also waren sie wieder im Normalzustand angelangt, in dem nichts ohne vorherige Anmeldung geschah. Ungeplant nach London zu fliegen schien Davids Vorrat an Unvernünftigkeit bereits aufgebraucht zu haben.

Im Büro stürzte sich Helen wieder in die Arbeit. Sie notierte akribisch Zeiten, Orte und weitere Verdächtige für alle Fälle, bei denen Jack Schwartz' Beteiligung vermutet wurde, zog Querverbindungen, klebte Post-its in Akten und auf ihre Notizen.

Erst in der Mittagspause war sie bereit für ein weiteres klärendes Gespräch. Gemeinsam mit Christine machte sie sich auf den Weg zur Kantine.

»Tut mir leid, dass ich so gereizt war vorhin.«

»Das sollte es.«

Eigentlich hatte Helen ein höfliches »Schon vergessen« erwartet, und Christines Reaktion irritierte sie. So schlimm war die Auseinandersetzung nun auch nicht gewesen. »Du tust, als hätte ich dir wer weiß was getan.«

»Weißt du«, Christine blieb stehen. »Du kommst hier reingeschwebt, Interpol-Superstar, du tust nichts außer mit Levraix zu schäkern, und erwartest, dass –«

»Wie bitte?« Helen sackte der Unterkiefer hinunter. »Wer hat den alten Herrn vorhin vernommen? Ich versuche seit Tagen, hier einfach einen guten Job zu machen, aber ja: Manches ist anders, und ich muss mich erstmal eingewöhnen. Ändert nichts daran, dass ich mein Bestes tue. Und die Idee, mich an Levraix zu hängen, kam nicht von mir!«

Christine schüttelte nur den Kopf. Kurz sah es aus, als wolle sie eigentlich noch etwas sagen, dann lief sie einfach weiter. Helen war sich auf einmal entsetzlich sicher, dass Christine ihren letzten Satz am Telefon trotz der Geschichte mit dem erfundenen Nachbarn richtig verstanden hatte.

$$$

Auf dem Esstisch lag der *Mirror*, aufgeschlagen auf der Verbrechensseite. Julian hob die Zeitung hoch. »Seit wann liest du sowas? Recherchierst du, was die Konkurrenz so treibt?«

Emma lehnte mit verschränkten Armen am Küchenschrank, ihr stummer Blick bohrte sich in seine Augen.

»Was?«

Sie schwieg weiter.

Julian lachte. »Was soll das hier? Wo ist dein Problem?«

Statt einer Antwort nahm Emma ihm die Zeitung aus der Hand und hielt sie ihm unter die Nase. »Scheißidee, Fontaine.« Ihre Stimme war eisig.

»Weihst du mich bitte ein, worum es geht?« Ein Blick auf das Foto auf der aufgeschlagenen Seite hatte ihm gezeigt, worum es ging. Es war die Villa am Eaton Place.

Emma schüttelte nur den Kopf und wiederholte leise: »Scheißidee.«

Er griff nach der Zeitung und überflog den Artikel. Auf der Seite waren noch diverse andere Themen angerissen, die im weitesten Sinne mit Verbrechen zu tun hatten. »Erklärst du mir bitte, wovon du sprichst? Es war eine Scheißidee von dem Jungen hier, diese Tankstelle auszuräumen? Oder –«

»Für wie bescheuert hältst du mich, Julian?«

»Ich halte dich überhaupt nicht für bescheuert, ich weiß nur nicht, wie du auf die Idee kommst, dass ich –«

»Hör auf, mich anzulügen.« Er hatte das Gefühl, unter ihrem Blick zu einem Häufchen Asche zu verglühen.

»Wieso glaubst du, dass ich das war? Es gibt vermutlich ungefähr zehntausend Kleinkriminelle in London, und jeden Tag wird irgendwo eingebrochen.«

»Aber nicht alle dieser Kleinkriminellen öffnen Häuser zerstörungsfrei, hinterlassen keine Spuren und klauen nichts als ein bescheuertes, wertloses Bild.«

»Emma –« Er lächelte beschwichtigend, doch ihr Ausdruck blieb gnadenlos, und sie zog einen zusammengefalteten Brief aus der hinteren Hosentasche. »Außerdem bekommen nicht alle Kleinkriminellen am Tag nach der Tat eine Vorladung ins Haus!«

Mist.

Er schloss die Augen.

Als er sie wieder öffnete, war der Brief in Emmas Hand noch da. »Bis wann soll ich da auftauchen?«

»Glaubst du, ich mache deine Post auf?«

Es war egal. Er brauchte nicht hinzugehen. Nächste

Woche war er noch hier, danach war der Job erledigt, und er musste für die nächsten fünf Jahre keinen Fuß mehr auf englischen Boden setzen. Sollten sie ihn doch vorladen, solange sie wollten. Wenn Lucien Levraix eins konnte, dann war es unsichtbar werden.

Emma sprach sehr leise. »Ich weiß nicht, was du für ein Spiel spielst, aber ich habe gesagt, wir haben ein Problem, wenn du mich hintergehst. Und im Moment sieht es für mich so aus, als hätten wir eins.«

»Emma –«

»Hör auf mit Emma!«

»Wir haben kein Problem«, sagte er schlicht.

Emma schüttelte nur den Kopf.

Jede Berührung vermeidend, nahm er ihr den Brief mit dem eindrucksvollen Polizeisiegel aus der Hand und legte sich dann mit Brief und iPad aufs Sofa, um drei Minuten seinen Kopf abzuschalten.

Emma gönnte ihm nur zwei. Sie setzte sich im Schneidersitz auf den Couchtisch und starrte ihn an, bis es ihm nicht mehr gelang, sie zu ignorieren. »Warum, Julian? Dem Adrenalinkick kann das ja wohl kaum gedient haben, es sei denn –«

Er grinste zerknirscht.

»Lass es.«

»Was?«

»Die Unschuldsnummer zieht bei mir nicht.«

Er seufzte. »War einen Versuch wert. Vertraust du mir?«

»Nicht von hier bis zur anderen Flussseite.«

»Vertrau mir diesmal, bitte.« Er drehte sich auf die Seite, stützte den Kopf auf und legte die andere Hand auf Emmas Knöchel. »Bitte.«

Sie sah ihn nur an.

»Ich verspreche dir bei allem, was mir heilig ist, ich haue dich bei der National-Gallery-Sache nicht übers Ohr.«

Jetzt hob sich ihr Mundwinkel einen Hauch. »Ist dir irgendwas heilig?«

»Champagner hinter dem Geräteschuppen ist mir heilig. Zum Beispiel.«

Ihr Blick wurde weicher. »Du lebst gefährlich, Süßer, das ist dir schon klar, ja?«

»Würde ich lügen, wäre das wohl so.« Er ließ sich zurückfallen. »Aber ich lüge nicht.«

»Du sagst mir nur nicht die Wahrheit.«

An einem der Dachbalken direkt über ihm baute eine Spinne gerade ein perfektes Kunstwerk, absolut unangefochten von dem, was die Menschen um sie herum bewegte. »Es gibt nur wenig, das mir so wichtig ist wie deine Freundschaft.«

»Du weichst aus. Aber … Ich weiß.«

»Ich auch. Dass du weißt, meine ich.«

»Wie geht's dir? Oder ist es noch zu früh für die Frage?«

Ein wenig verblüfft stellte Julian fest, dass dieser Tag – ob es die Malstunden mit Madeleine gewesen waren oder das vertraute Geplänkel hier mit Emma – zumindest ein wenig dazu beigetragen hatte, sein enttäuschtes Herz zu heilen. Er hatte kaum an Helen gedacht. »Ist schon okay. Mir geht es gut.«

»Ach, Jules.«

»Nein, wirklich. Geht schon.«

»Wenn du sicher bist –«

»Ich bin sicher.«

»Dann habe ich dir einen Vorschlag zu machen.«

Die Spinne hatte die Speichenfäden aufgespannt und zog jetzt einen der Verbindungsfäden nach dem anderen.

»Jules?«

Er wandte sich Emma zu. »Ja?«

»Mein Vorschlag hat mit der Annahme zu tun, dass Helen nicht weiß, dass du weißt, dass sie bei der Metropolitan Police ist. Ist das richtig?«

»Dass sie nicht weiß, dass ich weiß, dass sie nicht weiß, dass …«

Mit erstaunlicher Geschwindigkeit entknotete Emma ihre Beine und kickte ihn in die Seite. »Mach dich nur lustig.«

»Au!« Er rieb sich den Beckenknochen. »Wer dich zum Freund hat … ich sagte das. Aber um deine Frage zu beantworten: Ich wüsste nicht, wie sie es mitbekommen haben könnte.«

»Gut. Wir benutzen das gegen sie.« Als er sich aufsetzte, lachte sie. »Jetzt hab ich deine Aufmerksamkeit?«

»Ja.«

»Du rufst sie an und verabredest dich mit ihr und tust, als wenn nichts gewesen wäre. Umwirb sie wie eine Frau, die du morgen heiraten willst. Sie ist die Eine, auf die du dein Leben lang gewartet hast und so weiter. Du kriegst das hin, da bin ich sicher.«

Vermutlich hatte sie recht. Und leider würde das alles nicht mal besonders gelogen sein.

»Nach und nach verrätst du ihr dann aus Versehen unsere Pläne, lässt hier mal was fallen und mal da. Wir legen eine ganz wunderbare Spur für die Polizei aus, damit sie auf jeden Fall zur rechten Zeit am rechten Ort sind, um –«

»Jack einzusammeln«, brachte Julian den Satz zu Ende. Die Idee war nicht schlecht.

»Ich mag es, wie du mitdenkst. Während du Helen fütterst, versorge ich Russel mit den entsprechenden Informationen und versuche sicherzustellen, dass diese Jack erreichen. Er wird alles dransetzen, uns aus dem Rennen zu werfen. Wir müssen unseren ursprünglichen Plan gar nicht groß ändern, sondern nur einen zweiten – falschen – hinzufügen.«

»Deinen Plan.«

»Mein Plan, dein Plan, das ist doch egal. Was sagst du?«

Die Idee war wirklich gar nicht schlecht. »Ich brauch Champagner.«

Emma lachte. »Jetzt geht es dir gut?«

»Jetzt geht es mir gut. Ich erfreue mich gerade an dem Gedanken, wie die Cops Jack und seine Leute in ihre Autos setzen und wir derweil in Ruhe die Bilder holen.«

»Da hat jemand *Ocean's Eleven* geguckt.«

»Ich bin nicht besonders wählerisch, was die Quellen

meiner Inspiration angeht, solange sie funktionieren. Es gibt nur ein Problem.«

Emma zog die Augenbrauen hoch.

»Wie ich dich kenne, hast du das Ganze hier über Wochen ausgearbeitet, und jetzt alles umzuwerfen …«

»Es sind unwesentliche Änderungen. Und Jack ist es mir wert.«

Julian lachte. »Ich habe auch schon Dinge aus schlechteren Gründen getan. Legen wir los.«

$$$

Nachmittags war es still im Büro. Christine saß am Rechner und schrieb Berichte, Lloyd war zu einem Lehrgang, und Tom wälzte Akten, genau wie Helen. Sie war froh, dass er da war, die Stimmung zwischen Christine und ihr war immer noch angespannt. Verbissen arbeitete sie sich durch den Stapel über Jack Schwartz. Wie konnte er mit derart vielen Verbrechen in Verbindung gebracht werden, ohne dass es – bis auf eine Ausnahme – möglich war, ihm etwas nachzuweisen? Je länger sie las, desto mehr wollte sie etwas finden, das sie ihm anhängen konnte, wenn sie schon wegen ihrer Entführung keine Beweise in der Hand hatte.

Mehr als einmal tauchte auch Levraix‘ Name am Rande auf, und sie wurde zunehmend neugieriger auf die Verbindung zwischen den beiden. »Ich muss nochmal ins Archiv«, sagte sie schließlich zu niemand Bestimmtem. »Brauche ich dafür irgendwas oder kann ich einfach runtergehen?«

»Kommt drauf an, was du brauchst«, sagte Christine ohne aufzusehen.

»Nur ein paar Akten, die im Zusammenhang mit den Sachen hier stehen.«

»Sollte einfach so gehen.«

»Danke.«

Eine halbe Stunde später kam sie mit einem Arm voll dünner Pappordner ins Büro zurück. Hoffentlich würde vor allem Christine nicht zu genau darauf achten, über wen sie da recherchierte. Im Gegensatz zu einigen ihrer Kollegen mochte Helen diesen Teil der Arbeit sehr gern. Die Puzzlesteine hin- und herzuschieben, bis sich ein sinnvolles Bild ergab, war etwas, für das ihr Gehirn geschaffen zu sein schien. Ihre Notizzettel füllten sich nach und nach, und der Post-it-Block wurde dünner. Der Raum um sie herum verschwand, so konzentriert arbeitete sie. Nur mit halbem Ohr bekam sie mit, dass Tom telefonierte und sich danach wieder seinem Computer widmete. Schließlich fiel ihr etwas auf, das sie schon früher bei der Durchsicht der Akten von Jack Schwartz hätte bemerken müssen. »Hier fehlt Geld«, murmelte sie.

»Was meinst du?«, fragte Tom, der sich gerade eine Tasse Kaffee aus der Bürothermoskanne einschenkte.

Helen deutete auf ihre Notizen. »Ich habe mir die Akten von Levraix dazu geholt, zwischen ihm und Schwartz gibt es eine ganze Menge Verbindungen.«

»Sicher sinnvoll, das gegenzuchecken. Was meintest du mit dem Geld?«

»Es fehlt was, beziehungsweise fehlt eine ganze Menge. Ich habe mal den ungefähren Schwarzmarktwert von allem zusammengerechnet, was Levraix angeblich im Laufe der Jahre zusammengeklaut hat, vorausgesetzt, er hat all diese Diebstähle wirklich begangen. Es ist … viel. Und wenn man dann die Konten und Immobilien dagegen rechnet, die er unter den bekannten Decknamen besitzt, fehlen etwa dreieinhalb Millionen Euro.«

»Ich habe eindeutig den falschen Job«, sagte Tom, bevor sich Christine einschaltete: »Dann liegt das auf irgendwelchen Offshore-Konten oder in der Schweiz, was weiß ich. Duponte, Schwartz, Levraix – das sind alles Leute, die ihr dreckiges Geld nicht nur auf einem Girokonto herumliegen haben.«

»Das ist mir schon klar«, sagte Helen ungeduldig. »Ich fand es bloß auffällig.«

»Na ja, wenn du meinst.«

Helen hatte den Verdacht, dass Christine ihr gerade aus Prinzip widersprach. Entweder bemerkte Tom die Spannung zwischen ihnen nicht oder er hatte beschlossen, sie zu ignorieren. »Vielleicht gibt uns die Überwachung von Felix Paragons zukünftigen Bankgeschäften ja ein wenig Aufschluss«, sagte er und setzte sich wieder an seinen Schreibtisch. »Apropos. Mister Paragon hat eine Suite im *Crown Jewel Inn* gebucht. Offensichtlich gab es Streit im Hause Levraix-Duponte. Guckt mal.«

Helen stand auf und ging zu Toms Schreibtisch. Sein Monitor zeigte ein Bild, auf dem Lucien das besagte Hotel verließ. Kopfschüttelnd betrachtete sie das Bild. »Ich habe auch den falschen Job. Was kostet eine Nacht in dem Kasten?«

»Mehr als du im Monat verdienst.«

»Dachte ich mir.«

Christine gesellte sich zu ihnen, sagte aber nichts weiter.

Tom fuhr fort: »Für nächsten Montag hat er den Konferenzraum gemietet. Wenn ich raten müsste, würde ich sagen, für eine Dienstbesprechung.«

Wider Willen war Helen beeindruckt von der offensichtlichen Dreistigkeit, mit der Levraix vorging. Warum konnte man eine verbrecherische »Dienstbesprechung« nicht … wo auch immer abhalten? In einem Schuppen irgendwo an einem abgewrackten Eisenbahngelände vielleicht. Das hier, dieses protzige Hotel samt Konferenzraum, zeugte schon von ziemlicher Arroganz. Wer derart heraushängen ließ, was er tat, musste sehr sicher sein, dass er nicht geschnappt werden konnte. Seltsamerweise meldeten sich bei dieser Erkenntnis sowohl ihr Jagdinstinkt als auch der Wunsch, Levraix wiederzusehen. Was auch immer das zwischen Lucien und ihr war, es gab einen Weg, die beiden widerstreitenden Bedürfnisse in ihrem Inneren unter einen Hut zu bekommen. »Wenn ich als Charlotte Hunter auftreten soll, müsste ich vermutlich dabei sein bei diesem Treffen. Falls du recht hast, Tom, natürlich.«

»Dann sieh zu, dass du irgendwie Kontakt mit ihm aufnimmst. Dafür wirst du bezahlt.« Der Unterton in Christines Stimme gefiel Helen nicht, aber sie beschloss, ihn zu ignorieren. Irgendwie Kontakt aufnehmen. Sie konnte kaum vor Emma Dupontes Wohnung auf ihn warten, ebensowenig wie vor dem *Crown Jewel Inn*. »Ich weiß, wann er hoffentlich im Museum sein wird«, sagte sie. »Morgen gehe ich zu dieser Informationsveranstaltung. Wird eine willkommene Abwechslung sein, nach dem Aktenwälzen heute. Haben wir was Neues von Schwartz?«

Tom schüttelte den Kopf. »Absolut nichts, nach wie vor. Langsam glaube ich, er hat London verlassen, sonst müssten wir irgendwo einen Hinweis finden.«

$$$

Julian trat von der Staffelei zurück und kniff die Augen zusammen. Die Konturen der *Madeleine mit den Blumen im Haar* waren gut gelungen, besser als je zuvor, was erstaunlich war, wenn man bedachte, unter welchem Zeitdruck er arbeitete und wie lange er weder Bleistift noch Pinsel in der Hand gehalten hatte. Wenn er den Rest genauso hinbekam und schnell genug war, konnte er das Bild tatsächlich noch in die Ausstellung schmuggeln. Nachdem das echte authentifiziert worden war, selbstverständlich. Allein dafür musste er Helen wiedersehen. Falls sie wirklich Kunstexpertin war – und bisher hatte er keinen Grund anzunehmen, dass dieser Teil ihrer Geschichte nicht stimmte – wusste sie, wann und wo die Ausstellungsbilder geprüft werden würden. Hätte Emma ihm nur ein paar Wochen Vorlauf gegeben und den normalen Planungszeitraum für so einen großen Raub eingehalten, hätten sie sich um Fälschungen für alle Bilder kümmern können. Es gab genug Kunststudenten, die dankbar für Aufträge waren, um ihr mageres Leben ein wenig aufzupeppen. Sie hätten dabei sogar noch etwas fürs Studium mitgenommen – nie hatte er so viel über Technik und Farbauftrag gelernt wie in den einsamen, kalten Monaten, als er die *Madeleine* wieder und wieder malte, bis sie vom Original nicht mehr zu unterscheiden war. Jeder halbwegs gewissenlose Kunststudent würde sich die Finger lecken nach so einer Chance.

Das wäre dann wirklich der perfekte Raubzug geworden, der seinen und Emmas guten Ruf der genialen Unbesiegbarkeit zementiert hätte. Nach der Authentifizierung alle Bilder durch Fälschungen ersetzen, die Originale außer Landes schaffen, bevor der Zoll die Kontrollen an den Grenzen verschärfte. Und erst wenn Wochen später die Bilder nach Ausstellungsende ihren Eigentümern zurückgeschickt wurden, würde auffallen, dass man sie ausgetauscht hatte. Oder mit Glück nie. Niemand wäre verletzt worden, kein Handgemenge mit Jack, keine kindischen Golddiebstähle. Vielleicht hätte sogar Kazmarek dann noch gelebt.

So wie es jetzt aussah, blieb ihnen nur das Katz-und-Maus-Spiel mit der Polizei und das Wettrennen mit Jack. Anregend, ja. Aber nicht die ganz große Sache, die er sich gewünscht hätte.

Er überprüfte das Licht und mischte das Hellgrün für Madeleines Kleid, bis es perfekt war. Die ersten Farbtupfer auf die Leinwand zu bringen, erfüllte ihn mit einer tiefen

Befriedigung. Wahrscheinlich hätte er dieses Bild mit geschlossenen Augen malen können, aber bisher hatte er noch nie versucht, eine seiner Madeleine-Fälschungen einem Fachpublikum als Original unterzujubeln. Wenn es schiefging, landete er entweder für fünf Jahre hinter Gittern oder war in der Branche ein für alle Mal erledigt. Oder beides. Lucien Levraix hatte den Ruf, alles stehlen zu können, was sich innerhalb der Erdatmosphäre befand, durch jedes noch so enge Netz zu schlüpfen und Fälschungen jeglicher Art zielsicher als solche zu erkennen. Er konnte sich diesbezüglich keinen Fauxpas leisten.

$$$

Während der langen Autofahrt nach Hendon ins Trainingszentrum bereute Helen ihre Zusage von heute Vormittag. Tom gab sein Bestes, sie zu unterhalten, doch obgleich er unmöglich ihr Gespräch mit David und Christines dadurch entstandene Wachsamkeit mitbekommen haben konnte, wurde sie den Eindruck nicht los, er plaudere nur, um zu überspielen, dass sie etwas mit einem Kriminellen angefangen hatte. Das konnte sie nicht nur ihre Karriere kosten, sondern auch ihre Beziehung. Wirklich entsetzlich daran war, dass sie sich nach eben diesem Kriminellen sehnte, von dem sie nun seit gefühlten Ewigkeiten nichts gehört hatte, während sie gleichzeitig Davids verletzten Gesichtsausdruck nicht aus ihren Gedanken verbannen konnte.

Als sie die Innenstadt hinter sich gelassen hatten, schien Tom es langsam aufzugeben, bis sie schließlich schweigend dem Radio zuhörten. »Christine kann anstrengend sein«, sagte er unvermittelt, während er den Blinker nach links setzte und direkt abbog, was sie immer noch irritierte.

So zu tun, als gäbe es die Missstimmung zwischen ihr und ihrer Kollegin nicht, würde kaum etwas bringen, wo er sie offensichtlich bemerkt hatte. »Weißt du, was sie hat?«

Tom konzentrierte sich auf den Feierabendverkehr, während er sprach. »Christine ist ehrgeizig.«

»Und?«

»Du hast sie gehört. Für sie sieht es so aus, als kämest du bei uns reinspaziert, ohne Ahnung von irgendwas –«

»Ich war in Quantico! Ich habe –«

»Das weiß ich.«

»Natürlich kenne ich manche eurer Vorgehensweisen nicht, aber ich liefere gute Arbeit ab.«

»Darum geht es nicht. Christine wartet schon lange auf eine Chance, zu beweisen, was sie kann, und jetzt glaubt sie, du hättest den ganzen Spaß, und sie muss die Drecksarbeit erledigen – Berichte schreiben, im Überwachungswagen sitzen – während du mit dem schönen Levraix Cocktails trinkst.«

»Das ist absurd.«

Tom seufzte. »Natürlich ist es das. Sei trotzdem nachsichtig mit ihr, ja?«

»Sie ist auch nicht nachsichtig mit mir. Und sie hat den Heimvorteil.«

»Bevor du kamst, hatten wir die Aufgaben ganz gut aufgeteilt. Es war klar, wer wen der zu erwartenden Unterweltgrößen überwacht, und Levraix endlich mal für irgendwas überführen zu können, wäre schon echt eine große Sache gewesen. Du hast ihr diese Chance genommen.«

Erleichtert über die Richtung, die das Gespräch nahm, konnte sie endlich wieder klar denken. »Das ist völliger Blödsinn. Ich habe mir nicht ausgesucht, hinter Levraix herzurennen. Und wenn wir irgendwen festnehmen, ist es die Leistung des gesamten Teams.«

Tom knallte die Hand auf die Hupe, als vor ihnen ein Wagen einscherte. »Da widerspreche ich dir ja überhaupt nicht. Ich habe lediglich versucht, dir zu erklären, warum Christine manchmal ein bisschen unfair ist.«

»Okay. Ich werde versuchen, nett zu ihr zu sein.«

»Mehr wollte ich nicht. Danke.«

»Kein Problem.« Hoffentlich. Wenn Christine eifersüchtig die Entwicklung von Helens Karrierekurve im Auge behielt, wurde jeglicher Kontakt zu Levraix, der über das rein Berufliche hinausging, umso gefährlicher.

Helens Vorhaben, freundlich zu sein, erstreckte sich allerdings nicht auf das Sportprogramm des Abends. Sie lief fünf Runden mehr als Christine und biss bei den Liegestützen die Zähne zusammen, um nicht vor ihrer Kollegin aufzugeben. Auch beim Schusstraining dachte sie gar nicht daran, so zu tun, als könne sie mit einer Glock nicht umgehen. Sie war gut, und sie würde nicht so tun, als wäre sie es nicht, nur um Friede-Freude-Eierkuchen zu spielen.

Zu ihrer Überraschung kam Christine nach dem Training auf sie zu, den Gehörschutz noch um den Hals. »Nicht schlecht, Interpol.« Sie reichte ihr die Hand, und Helen schüttelte sie.

»Du auch nicht, Scotland Yard.«

»Metropolitan Police, meinst du.«

»Scotland Yard klingt cooler.«

»Touristin.«

Helen lachte nur.

Heiß und kalt

Zwanzig Minuten vor Beginn der Veranstaltung war Helen vor Ort, ausgestattet mit einem Minirekorder in ihrem Kettenanhänger und einem Transponder im Ohr. Die Einführungsveranstaltung fand in dem Sonderausstellungsraum statt, in dem auch die Bilder gezeigt werden würden, doch bisher waren die Wände leer. Dafür hatte man Stuhlreihen aufgestellt wie in einem Seminarraum. Wo dort der Lehrertisch gestanden hätte, stand ein Rednerpult, und an der Wand dahinter war eine große Leinwand hinuntergelassen worden. Helen suchte sich einen Platz am Rand einer der mittleren Reihen, wo sie den Eingang im Auge behalten konnte.

Unter gedämpftem Gemurmel betraten mehr und mehr Menschen den Raum, die meisten grauhaarig und gut gekleidet, doch auch einige, die Helen für Studenten hielt.

»Ist der Platz noch frei?« Eine dicke Dame machte bereits Anstalten, sich neben Helen zu setzen, bevor sie die Frage beantworten konnte.

»Tut mir leid, nein.« Sie zog ihre Jacke aus und legte sie über die Lehne des Nachbarplatzes. Die Veranstaltung schien beliebt zu sein, es wurde immer schwieriger, den

Platz frei zu halten, nur für den Fall, dass Levraix nicht untergetaucht war und sich tatsächlich an ihre Verabredung erinnerte. Mit jedem Menschen, der den Raum betrat und nicht Lucien Levraix war, wuchs in Helen eine bittere, unlogische Enttäuschung, die sie nicht einmal vor Keira zugegeben hätte. Ein Teil von ihr wünschte sich, sie würde Levraix – Lucien – tatsächlich etwas bedeuten und das im Hotel sei mehr gewesen als eine schnelle, aus dem Adrenalinschub heraus entstandene Nummer. Doch die Zeit schritt voran, die Reihen füllten sich, und der, auf den sie wartete, kam nicht.

Ihr Transponder knisterte. »Und?«, fragte Tom.

»Nichts«, murmelte sie. »Er ist nicht hier.«

»Verflucht. Wie soll man die Typen im Auge behalten, wenn sie völlig vom Radar verschwinden?«

Helen lächelte. »Das ist vermutlich die Idee dahinter.«

»Aber so funktioniert das Spiel nicht.«

»Ich werde es ihm ausrichten, wenn ich ihn sehe«, antwortete sie und hielt den Kopf dabei gesenkt.

Die Lichter wurden gedimmt, und auf die Minute pünktlich trat der Museumskurator an das Rednerpult. »Meine Damen und Herren, herzlich willkommen zu unserer Informationsveranstaltung zur Ausstellung *Unbekannte impressionistische Schätze*. Ich freue mich, dass Sie so zahlreich –« Er stockte einen Moment, und sein Blick, der vorher auf einzelne Gäste in den vorderen Reihen gerichtet gewesen war, zuckte kurz in den hinteren Bereich des Raumes. » … erschienen sind.«

Helens Herz begann zu jagen, ihr wurde die Luft knapp. Instinktiv wusste sie, wer den Raum betreten hatte.

Levraix war hier.

Sie beugte sich hinunter, wie um ihre Strumpfhose zu überprüfen, und sah sich um. Tatsächlich. »Er ist da«, flüsterte sie.

»Gut. Dein Einsatz, Charlotte Hunter.«

Die Worte des Kurators drifteten an ihr vorbei. Es schien, als sei jeder Nerv in ihrem Körper nur noch darauf ausgerichtet, Luciens Gegenwart zu sondieren. Noch einmal wandte sie sich zu ihm um. Da stand er in schwarzem Rollkragenpullover, schwarzer Hose, schwarzem Sakko, ganz wie sie es sich gedacht hatte, Hände in den Hosentaschen, den Blick über die Menge hinweg auf den Redner gerichtet. Falls er sie gesehen hatte, ließ er es sich nicht anmerken.

Offiziell weißt du nichts von seiner Festnahme und dem Mord an dem Juwelier, erinnerte Helen sich. Offiziell hast du keine Ahnung, wer er ist, und das letzte Zusammentreffen mit ihm war extrem heiß. Daran musste sie anknüpfen – und ihm nebenbei eröffnen, dass sie eine Meisterdiebin war, die mit ihm zusammenarbeiten wollte. Die Gedanken halfen kaum dabei, ihr hektisch klopfendes Herz zu beruhigen.

Nur mit Mühe gelang es ihr, die Aufmerksamkeit zurück auf den Kurator zu richten, nicht ohne immer wieder unauffällig zu der dunklen Gestalt auf der anderen Seite des Zimmers zu schielen.

Nach einigen Minuten verließ Levraix den Raum, still wie er gekommen war. »Tom? Er ist weg, ich folge ihm.«

»Okay, wir bleiben dran.«

Sie konnte nicht riskieren, dass die Kollegen jedes ihrer vermutlich atemlos gestammelten Worte mithörten, sobald sie Lucien fand. Gebeugt glitt sie aus ihrer Sitzreihe und lief leise zu dem Ausgang, aus dem Lucien verschwunden war, wobei sie immer wieder mit dem Fingernagel an ihrem Anhänger kratzte, in der Hoffnung, es möge sich nach einer Fehlfunktion anhören.

»Helen?«, fragte Tom.

»Ja?«

»Irgendwas stimmt mit deinem Signal nicht.«

»Ich verstehe dich gut.«

Der Veranstaltungsraum lag im ersten Geschoss, und Levraix' schmale, dunkle Gestalt eilte vor ihr zwischen zwei Granitsäulen hindurch und die breite Steintreppe nach unten. Helen kratzte noch einmal, dann schaltete sie den Empfänger an der Kette aus und folgte Lucien. Die Sohlen ihrer halbhohen Stiefel waren gerade weich genug, dass sie auf dem abgetretenen Mosaikfußboden des Zwischenpodests kaum ein Geräusch verursachten.

Was immer er plante, sie würde es herausfinden, und dann würde sie auftragsgemäß mit ihm sprechen. Er lief jedoch nicht zum Haupteingang, sondern bog ab in Richtung der Garderoben und Toiletten. Wenn sie den Plan des alten steinernen Gebäudes richtig in Erinnerung hatte, gab es dort unten keine weiteren Räume, die der Öffentlichkeit zugänglich waren. Aber Levraix bewegte sich zu zielsicher, um nur ein menschliches Bedürfnis zu verspüren.

Sie lief hinter ihm her an einem müden Garderobenwächter vorbei, dahinter bog er ein zweites Mal in einen Gang hinein ab. Gerade war sie ebenfalls um die Ecke gegangen, als jemand sie grob packte und gegen die Wand drückte. Beinahe hätte sie ob der unerwarteten Wucht des Angriffs erschrocken aufgeschrien. Vor ihrem Gesicht erschien das von Lucien Levraix, ein eisiger Zorn in seinen Augen.

»Lucien«, flüsterte sie.

»Helen?« Die Wut flackerte, wich etwas anderem, das sie nicht deuten konnte. Sein Mund verzog sich zu einem kaum erkennbaren Lächeln. Mit wem hatte er gerechnet, wenn nicht mit ihr? Bevor sie einen der verlogenen Sätze, die sie sich zurechtgelegt hatte, hervorbringen konnte, waren seine Lippen auf ihren, hart und fordernd. Von der Sanftheit der vergangenen Küsse war nichts zu spüren, aber gerade die Erbarmungslosigkeit jagte eine jähe Hitze zwischen ihre Beine, die sie erschreckte. Sämtliche Bedürfnisse schienen sich mit einem Mal darauf zu reduzieren, diesem Mann nahe zu sein, auf der Stelle.

Sie erwiderte die Küsse mit derselben explosiven Intensität. Gott, was hatte sie ihn vermisst in den letzten Tagen. Ihre Lippen öffneten sich und ließen seine Zunge ein. Ihre Finger zerwühlten seine Haare, seine Bartstoppeln zerkratzten ihre Wangen. Schmerzhaft sehnsüchtig zogen sich ihre Brustwarzen zusammen.

Als spüre er das, schob er eine Hand unter ihren Pullover, aber seine Berührung brachte ihr keine Erlösung, sondern steigerte die Sehnsucht nur.

»Wenn uns jemand sieht …« Es spielte keine Rolle angesichts der feuchten Hitze zwischen ihren Beinen. Atemlos begann sie, seine Gürtelschnalle zu öffnen.

»Dann bekommen wir Hausverbot«, hauchte er in ihr transponderfreies Ohr. Seine Lippen an ihrem Hals ließen sie aufstöhnen.

Lucien zog sie an den Toiletten vorbei zu einer Tür mit der Aufschrift *Nur für Personal.* Während er sich an deren Schloss zu schaffen machte, drückte sie sich von hinten an ihn – sie musste seinen Körper so nahe bei sich haben wie möglich – und öffnete seinen Hosenknopf.

Die Tür schwang auf, er schob sie hinein, für einen Moment sahen sie den kleinen Raum mit dem Rollwagen in der Mitte, den Regalen voller Werkzeuge und Putzmittel, dann trat Helen die Tür hinter sich zu. Im Dunkeln küssten und berührten sie sich weiterhin wie im Rausch. Innerhalb von Sekunden war sie aus den Stiefeln geschlüpft, hatte er ihren Rock hochgeschoben, ihre Strumpfhose abgestreift und die eigene Hose hinuntergleiten lassen. Er drängte sie gegen den Rollwagen, der gegen ein Regal stieß, während sie sich darauf setzte und die Beine um Lucien schlang. Die einzigen Geräusche war ihrer beider immer schneller gehender Atem.

Nie hätte sie gedacht, dass Sex so sein könnte. So wahnsinnig, so ausschließlich. Es zerriss sie vor schmerzlicher

Gier nach ihm – und seine Hände auf ihren Brüsten, dann seine Zunge, seine Lippen, seine Zähne machten es nicht besser. Sie drängte sich an ihn, zog ihn mit den Beinen noch näher zu sich, und dann endlich, endlich spürte sie ihn dort, wo sie seine Berührung am meisten ersehnte. Aber nach wie vor hielt er sie hin, spielte mit ihr, weigerte sich, sie zu erlösen.

Sie konnte nicht mehr klar denken, alles in ihr war darauf ausgerichtet, ihn in sich zu haben, reine, animalische Begierde. Sie fuhr mit den Fingern über seinen Bauch, kratzte seine Hüften. »Bitte.« Das hatte sie nicht tatsächlich gestöhnt, oder?

Er stieß ein kleines, hartes Lachen aus, rieb weiter ihre schmerzenden Brustwarzen, und dann endlich drang er in sie ein. Sie bewegten sich gemeinsam, trotz der fiebrigen Hitze perfekt aufeinander abgestimmt, als hätten ihre Körper nie etwas anderes gekannt, bis sie gemeinsam mit einer Kraft explodierten, die Helen aufschreien ließ.

Atemlos ließ sie sich nach hinten sinken.

Keiner von ihnen schaltete das Licht ein. In der Dunkelheit tastete Helen nach Luciens Hand, streifte aber nur seinen Ärmel. Er machte keine Anstalten, sie ihrerseits zu berühren, und er sagte kein Wort, während er die Hose hochzog. Sie hörte das Rascheln des Stoffes, das leise Klicken der Gürtelschnalle, so nah, aber durch seine berührungslose Stille unerreichbar. Schweigend schloss sie die Häkchen ihres BHs und streifte den Pullover über. Etwas zwischen ihnen stimmte nicht. Was immer es war: Sie musste ihm Charlotte Hunter verkaufen, sonst brauchte sie bei den Kollegen gar nicht mehr aufzutauchen, und weitere Gelegenheiten dafür würde sie heute nicht bekommen.

»Ich muss dir was gestehen«, sagte sie.

Er hielt in der Bewegung inne.

»Ich … weißt du noch, wie du mir gesagt hast, dass du nicht Anthony Goldstein bist?« Ihre Stimme war kratzig. »Ich glaube, Sex zieht solche Wahrheiten nach sich. Ich …« Sie brachte es nicht über sich. Wahrheit, von wegen.

»Ja?« Sachlich, distanziert. Vorsichtig.

»Als wir uns auf dem Flughafen getroffen haben, war das kein Zufall.«

Er schwieg, doch er wandte sich zu ihr um, und sie meinte seine Finger ganz kurz auf ihrem Arm zu spüren.

»Ich habe bewusst den falschen Koffer genommen«, stieß sie ihre Geschichte hervor. »Ich wollte deine Aufmerksamkeit erregen.«

»Das ist dir gelungen.« Ein kleines Lächeln schwang in seinen Worten mit. »Warum?«

Jetzt. Es gab kein Zurück mehr. »Ich weiß nicht, wie ich es sagen soll«, stammelte sie, »aber … also, ich wusste die ganze Zeit, wer du bist.«

Keine Antwort, nur ruhige, stetige Atemzüge, kaum hörbar.

»In Wirklichkeit ist mein Name Charlotte Hunter.« Sie war dankbar um die schützende Dunkelheit. »Ich habe vor vier Jahren den Tresor des *Burj Al Arab* ausgeräumt, und vor drei Jahren habe ich den *Boijmans-Museum*-Job in Rotterdam gemacht. Ich will Teil deines Teams werden.«

Wieder schwieg er, und dieses Mal konnte sie keinerlei Emotionen von ihm auffangen. Helen zwang sich, nicht sinnlos weiterzuplappern.

Als er endlich sprach, war seine Stimme samtig. »Ich bin Privatdetektiv. Ich sollte dich festnehmen lassen, anstatt dich zu vögeln.«

»Du bist ebenso wenig Privatdetektiv wie ich. Das wissen wir beide.«

»Charlotte Hunter. Ich habe noch nie von dir gehört.«

Diesen Teil des Gesprächs hatte sie mit Tom geübt. »Es war mir immer sehr wichtig, nicht ins Scheinwerferlicht zu geraten. Nicht jeder ist ein Star wie du.«

»Ich bin kein Star.«

»Dann solltest du mal meine Kollegen in Washington und New York reden hören.« Langsam kam sie in Fahrt. »Lucien Levraix ist eine Legende.«

»Erzähl mir vom *Boijmans*«, sagte er, immer noch mit dieser samtenen Stimme.

»Da gibt es nicht viel zu erzählen.« Oh Gott, was, wenn Lloyd einen Fehler gemachte hatte und Lucien selbst für den Museumsraub verantwortlich war? Oder einer seiner Freunde? »Ich hätte das nicht erwähnen sollen, ich … es hat mich ein Jahr Knast gekostet.«

»Da war auch Bert Bendix dabei, oder?«

Woher sollte sie das wissen, zum Henker? Lloyd hatte ihr schließlich unaufgeklärte Fälle zugeschrieben. Sie scannte ihr Hirn nach dem Namen Bert Bendix, irgendetwas hatte in der Akte über ihn gestanden. »Er war nicht nur dabei«, schoss sie schließlich ins Blaue. »Es war sein Job, ich war nur Teil der Crew. Ich arbeite gern im Team.«

»Es ist erstaunlich, wie man sich in einem Menschen täuschen kann.« Samtweich. Lächelnd. Er glaubte ihr nicht, verflucht, er glaubte ihr nicht! Doch er fragte nur: »Was hast du sonst noch so für Jobs gemacht?«

»Hast du von der Sache in Berlin gehört?« Sie hätte ihre linke Hand dafür gegeben, seine Miene erkennen zu können.

»Die sizilianischen Antiquitäten?«

»Ja.«

Jetzt lag eindeutig ein Lächeln in seiner Stimme. »Das war ein Meisterstück.«

»Danke.« Wenn das nur halbwegs so verlogen klang, wie sie sich fühlte, würde er sie gleich auslachen. Als er schwieg, fügte sie hinzu: »Tut mir leid, dass ich dir nicht gleich die Wahrheit gesagt habe.«

Er schnaubte leise. »Ich schätze, wir sind quitt. Gehen wir?«

»Ja.« Raus in die echte Welt. Sich etwas ausdenken, warum sie dieses Gespräch nicht hatte aufzeichnen können. Vielleicht würde sie einfach verblüfft tun. *Ach, wirklich? Ich habe euch auch nicht gehört.* Was vermutlich daran lag, dass sie im Überwachungswagen ihre Funkstille ernstnahmen. Sie hinterging nicht nur David und Lucien, sondern auch ihre Kollegen. Lange konnte das nicht gutgehen, doch hoffentlich lange genug, um diesen Auftrag abzuschließen und ihre eigene Mission zu beginnen.

Das Licht im Flur erschien ihr grell nach der Dunkelheit, aber endlich konnte sie Luciens Gesicht sehen. Er lächelte, das glatte, freundliche Sonnenscheinlächeln, mit dem sie am Flughafen Anthony Goldstein kennengelernt hatte.

Bevor sie die Tür zum Abstellraum hinter sich schloss, warf sie einen letzten Blick hinein. Auf dem Boden neben dem Rollwagen lag ein Portemonnaie, aus dem ein paar Karten gerutscht waren. Schnell machte sie einen Schritt zurück in den Raum und hob die Sachen auf. *Felix Paragon* stand auf der Ausweiskarte, die außer einer Bankkarte auf den Namen Lucien Levraix herausgefallen war. »Deine?«

Seine Hand schloss sich fest um ihre. »Ich nehme das.«

»Ich wollte nicht …«

»Schon okay.« Immer noch gab seine Miene nichts preis. Er verschloss die Tür mit dem selben Werkzeug, mit dem er sie geöffnet hatte und verstaute das Etui dann in der Hosentasche.

»Bist du in Ordnung?«, fragte sie.

Sein Lächeln wurde zum verschmitzten Grinsen. »Bisschen erschöpft. Du bist anstrengend.«

»Ich meine, weil … ich … na ja, weil ich gelogen habe.«

»Gehört zum Job, vermutlich.«

»Darf ich mich offiziell für dein Team bewerben?«

»Reden wir in den nächsten Tagen bei einem Glas Wein drüber? Ich muss das mit meinen Partnern besprechen.«

»Klar.« Hatte sie wirklich gedacht, dass es so einfach werden würde? Lucien Levraix stellte Leute nicht mal eben so an, weil er mit ihnen schlief. Der hatte vermutlich ausgeklügelte Einstellungstests für seine Crew. Nicht umsonst gehörte er zu den Besten. Und wenn er sie einen Tresor knacken ließ? Ein Sicherheitssystem einschätzen? Worauf hatte sie sich da eingelassen? »Ich habe ein paar Mal versucht, dich zu erreichen, hast du eine neue Nummer?«

Wie nebenbei strich er ihr über den Hintern. »Ich ruf dich an.«

»Mein englisches Telefon ist bei der Entführung verschüttgegangen.«

»Dann rufe ich dich auf der amerikanischen Nummer an.«

»Die hast du noch?«

Er deutete auf seine Schläfe. »Da drin. Aber ich muss jetzt los, ich habe heute noch etwas vor.« In einer fließenden Bewegung beugte er sich zu ihr und küsste sie auf den Mund. »Mach's gut, Charlotte.« Er zwinkerte ihr zu, drehte sich um und ging zum Ausgang.

$$$

»Dann habe ich sie geküsst, was hätte ich denn sonst tun sollen?« Julian schritt so gereizt aus, dass die Tauben auf dem Trafalgar Square um ihn herum aufstoben. »Obwohl mir eher danach war, sie … keine Ahnung. Anbrüllen hätte sich ein bisschen schlecht gemacht.«

»Dramatisch«, erwiderte Emma trocken.

»Das glaub mal.«

»Und dann?«

»Dann hat sie … sitzt du?«

»Ich liege mit lasziv übereinander geschlagenen Beinen auf dem Sofa.«

»Umso besser.« Er verlangsamte seine Schritte ein wenig und stellte sicher, dass ihn niemand hören konnte, auch wenn er die Feinheiten natürlich aussparen würde. »Sie hat mir eine abgefahrene Geschichte erzählt, dass sie mir endlich die Wahrheit sagen müsse.«

»Dass sie ein Cop ist?«

»Besser.« Die kühle Luft tat ihm gut, und einmal nicht den Kameras ausweichen zu müssen, weil sie sowieso wussten, wo er war, hatte trotz der enttäuschten Leere in ihm etwas Befreiendes. »Sie sagte, in Wirklichkeit sei sie eine von uns und habe mich bewusst angegraben, weil sie einen Job suchen würde.«

Emma lachte. »Es ist eine komische Sache mit der Wahrheit.«

»Kannst du wohl sagen.« Es heiterte ihn nicht besonders auf.

»Aber eigentlich ist das sehr cool, es sei denn, du hast ihr geradeheraus gesagt, dass du ihr nicht glaubst.« Bevor er antworten konnte, lachte sie wieder. »Vergiss es. Du hast in deinem Leben noch nie irgendwas geradeheraus gesagt.«

»Stimmt überhaupt nicht.«

»Stimmt wohl.«

»Okay, in dem Fall habe ich es jedenfalls nicht getan. Warum sollte ich?«

Emmas Zufriedenheit war sogar durchs Telefon zu spüren. »Das ist perfekt! Du musst nicht mal mehr versteckte Hinweise fallenlassen, du kannst Helen – und damit ihre ganze Abteilung – hochoffiziell in unsere Pläne einweihen.«

»Kann funktionieren.« Vermutlich war seine mangelnde Begeisterung mehr als deutlich zu hören.

»Jules?«, fragte Emma dann auch, in diesem Tonfall, den sie immer benutzte, wenn sie ihre schwesterlichen Gefühle für ihn aktivierte. »Bist du … ich meine, bist du sehr enttäuscht?«

Er hob die Schultern, wissend, dass sie es nicht sehen konnte. »Nein. War schließlich von Anfang an klar, dass –«

»Julian!«

Frustriert kickte er eine heruntergefallene Pommes Frites weg. »Ja. Ich bin enttäuscht, was denkst du denn?«

»Kommst du nach Hause?«

»Später.« Er beendete das Gespräch, bevor Emma fragen konnte, was er heute noch vorhatte. Lügen war immer unangenehm. Vielleicht sollte er ihr über *Madeleine mit den Blumen im Haar* die Wahrheit sagen.

$$$

»Was war los, Shepherd?« Damit, dass Andrew Parker selbst am Samstag im Büro sein würde, hatte Helen nicht gerechnet. Wenigstens Christine war nicht dabei, wenigstens das.

Auch so schon war sie sich fast sicher, dass irgendwo an ihrem Körper Spuren des fiebrigen Zusammentreffens mit Lucien sichtbar sein mussten. Vermutlich hatte sie einen Stempel auf der Stirn, der leuchtend rot blinkte: *Hatte wilden Sex mit einem zu Observierenden. Muss auf der Stelle gefeuert werden.*

»Nichts«, sagte sie. »Der Empfang war schlecht.«

Er betrachtete sie eindringlich. »Zum Glück haben wir ja die Aufnahme Ihres Mikrofons. Ich erwarte das Transkript davon Montag früh auf meinem Tisch.«

»Natürlich, Sir.« Zu gegebener Zeit würde sie zerknirscht zu ihm gehen und ihm gestehen müssen, dass ihr Kettenanhänger leider aus unerklärlichen Gründen ausgefallen war. Was hatte sie sich dabei gedacht? Auffälliger ging es ja kaum. In ihrem Kopf lief bereits das Kino an. *Sie sind gefeuert, Shepherd! So etwas dulden wir hier nicht. Sex im Museum, geht's noch? Packen Sie Ihre Siebensachen und kriechen Sie in das Loch zurück, aus dem Sie gekommen sind! Ich werde Chuck anrufen und ihm mitteilen, dass Sie absolut untauglich für den Polizeidienst –*

»Haben Sie mich gehört, Shepherd?«

»Entschuldigung. Ich war abgelenkt. Was, Sir?«

»Ich möchte von Ihnen hören, wie es war.«

Es war heiß und hart und schwitzig, Sir. »Ich glaube, ich habe Levraix glaubhaft die Charlotte-Hunter-Legende verkaufen können.«

»Sie glauben?«

»Ich weiß es«, sagte sie fest.

»Gut.«

Sie biss sich auf die wundgeküssten Lippen. »Es kann trotzdem sein, dass es noch Komplikationen geben wird.«

Seine Augenbrauen wanderten nach oben.

»Das *Boijmans*. Ich weiß nicht, ob er dabei war. Oder einer seiner Freunde. Jedenfalls ist er ziemlich darauf angesprungen.«

»Sicher, dass er nicht geblufft hat?«

»Nein«, gab sie zu. »Aber zumindest schien er Details zu kennen, und ich konnte mich nur mit Mühe und Not herauswinden.«

Parker nickte nachdenklich. »Sobald Sie Ihre Aufnahme transkribiert haben, schicken wir sie in die Forensik zur Stimmanalyse. Wenn Levraix geblufft hat, bekommen die Kollegen das möglicherweise anhand des Stresslevels in seiner Stimme heraus.«

»Ich werde mich mit dem Schreiben beeilen.« Und noch dazu würde sie erstaunlich schnell vorankommen, denn besonders viel hatte das Gerät ja nicht aufgenommen.

»Gut. Dann verabschiede ich Sie jetzt in Ihr wohlverdientes Wochenende, Shepherd.«

Helen nickte ihm zu. Bevor sie sich mit David traf, musste sie dringend nach Hause und duschen.

$$$

Die Arbeit an dem Bild hatte nicht geholfen. Julian machte Fehler, arbeitete unordentlich, und am Ende gab er auf und fuhr nach Hause. In Kombination mit dem permanenten Ausweichen vor den Kameras hatte er reichlich viel Zeit für reichlich magere Ergebnisse aufgewendet, was seine Laune nicht besserte.

Als er kam, saß Emma im Schneidersitz auf dem Sofa, Block und Stift in der Hand, auf dem Tisch eine Flasche Whisky und zwei Gläser.

Julian legte den Kopf schief. »Das ist mein 67er Strathisla.«

»Gut erkannt.«

»Die Flasche, die ich dir zum Aufbewahren gegeben habe?« Er zog Schuhe und Jacke aus.

»Genau die.«

»Das war ein Notgroschen. Für schlechte Zeiten.«

Emma blickte auf. »Wenn ich dich ansehe, bin ich sicher, die Situation verlangt Notfallmaßnahmen.«

»Ziemlich teure Notfallmaßnahme.« Er legte sich zu ihr aufs Sofa, den Kopf in ihren Schoß, und schloss die Augen.

»Wie soll ich so arbeiten?« Seufzend ließ sie den Block auf den Boden fallen und fuhr ihm mit den Fingern durchs Haar, wie sie es früher immer getan hatte, wenn sein Leben wieder mal aus dem Ruder lief.

»Es ist Wochenende«, sagte er träge. »Wer will da schon arbeiten?«

»Du weißt doch. Das Verbrechen kennt kein Wochenende.« Ihre Finger an seinen Schläfen machten ihn schläfrig.

»Ich will nicht arbeiten. Ich will mich betrinken.«

»So schlimm?«

»Schenkst du mir was ein?«

»Offensichtlich ist es so schlimm.«

»Schlimmer.«

Emma streichelte ihm noch ein paar Minuten schweigend durch die Haare, dann versuchte sie, über seinen Kopf hinweg nach der Whiskyflasche auf dem Tisch zu greifen. »Wenn du nicht gleich aufhörst, dir leidzutun, kannst du in dein Hotelzimmer gehen und dich an der Bar mit Supermarkt-Blend betrinken.«

»Das ist immer noch mein Strathisla.«

»Müsstest du erstmal beweisen.« So sehr sie sich auch reckte, sie gelangte nicht an die Gläser. »Das geht so nicht.«

Julian streckte die Hand aus und reichte ihr nacheinander die Flasche und eins der Gläser. Emma füllte es, er stellte es zurück auf den Tisch und reichte ihr das nächste.

Zum Trinken musste er sich dennoch aufsetzen. Die Beine nach vorn ausgestreckt, ließ er sich tief in das Sofa sinken, während die karamellfarbene Flüssigkeit durch seine Kehle rann.

»Das waren gerade ungefähr fünfzig Euro«, sagte Emma. »Kipp es nicht so runter.«

Noch einmal hielt er ihr das Glas hin.

»Ich habe gesagt, du sollst es nicht runterkippen.«

»Mein Sprit.« Er ließ sein schönstes Lächeln auf sie los.

Kopfschüttelnd reichte Emma ihm die Flasche, und er füllte das Glas erneut. Nachdem er das vier – oder fünf? – mal getan hatte, war die Welt wunderbar warm und weich geworden. So gern hätte er den Kopf wieder auf Emmas Schoß gelegt, doch sie hatte ihren Block wieder aufgehoben und schrieb.

»Emma?«

»Ja?« Ihr erstes Glas stand noch halb voll auf dem Tisch.

»Ich hab dich lieb«, nuschelte er.

»Ich weiß, Süßer. Ich dich auch.« Sie schrieb noch immer, dabei war es wirklich wichtig, dass sie das jetzt verstand.

»Ganz ernsthaft«, sagte er. »Du bist immer dagewesen. Immer. Das ist wertvoll. Ich meine, du hast immer verstanden, wenn … ach, ich weiß auch nicht.«

»Oh Gott, Jules. Kein Tropfen mehr, echt.«

»Ich bin nicht betrunken. Na ja, vielleicht ein bisschen.« Er ließ den Kopf nach hinten auf die Lehne kippen. »Ich meine das trotzdem ernst. Du bist meine beste Freundin.«

Emma nahm ihm das Glas aus der Hand. »Was vermutlich daran liegt, dass ich deine einzige Freundin bin.«

Darüber musste er eine Weile nachdenken. Die Spinne an der Decke hatte ihr Netz fertig gebaut und hockte in der Ecke, um auf Fliegen zu warten, die blöd genug waren, hineinzubrummen. Arme Spinne, sie hatte auch keine Freunde. »Stimmt«, sagte er langsam. Die Spinne saß immer noch reglos da. Vielleicht störte es sie nicht, dass sie ganz allein war. »Irgendwie traurig, oder?«

Emma schüttelte den Kopf und murmelte etwas vom teuersten Kater seines Lebens.

»Jack ist nicht mein Freund.« Das war sicher. »Aber Alvie. Emma? Denkst du, Alvie ist mein Freund?« Er beugte sich vor, um nachzuschenken.

»Ich finde, du solltest eindeutig aufhören, dir die Lichter auszupusten. Ich brauch dich noch.« Resolut stellte sie die Flasche außerhalb seiner Reichweite.

Dann eben nicht. »Was ist mit Simon? Simon ist nett. Der könnte mein Freund sein.« Er ließ sich wieder nach hinten sinken. »Das ist echt traurig. Ich glaub, es kommt davon, wenn man immer weglaufen muss. Ich will das nicht mehr, Emma. Nicht mehr immer weglaufen müssen.«

Ohne eine weitere Antwort stand Emma auf, nahm Flasche und Gläser vom Tisch und trug sie in die Küche.

Als er aufwachte, dämmerte es bereits.

Emma hatte Musik angestellt und pfiff schon wieder den Refrain von *It's gonna be amazing* mit, während sie eine Dose Kokosmilch öffnete und in den Topf auf dem Herd schüttete.

Mit beiden Händen rieb er sich übers Gesicht. »Riecht gut. Was gibt's denn?«

»Oh, du bist wach. Was macht der Schädel?«

Er stemmte sich hoch, was nicht ganz einfach war. Er konnte sich nicht erinnern, dass der Boden sonst unter ihm geschwankt hatte. »Ich bin nicht mehr fünfzehn.«

»Stimmt, damals warst du besser im Training.«

»Das teure Zeug muss sich ja auch lohnen.« Tatsächlich

fühlte sein Kopf sich unangenehm wattig an. »Was gibt's zu essen?«

»Bananensuppe. Nachdem du deine Freundin angerufen und dich mit ihr verabredet hast. Klar genug artikulieren dafür kannst du wieder.«

»Muss ich?« Ein Blick auf Emmas Gesichtsausdruck ließ ihn seufzen. »Ich schätze, ich muss.«

»Brav.«

»Was soll ich ihr sagen?«

Emma hielt im Schälen der Bananen inne und deutete mit einer von ihnen auf ihn, als hielte sie eine Pistole in der Hand. »Wer von uns ist hier der Meisterbetrüger?«

»Ist Ingwer in der Suppe?«

»Reichlich.«

»Koriander?«

»Frisch vom Inder an der Ecke. Gehst du jetzt telefonieren?«

»Darf ich morgen?«

»Willst du gleich einen Teller meiner legendären Bananensuppe essen?«

»Klar.«

»Gut.« Sie lächelte unschuldig. »Die gibt es, nachdem du mit Helen gesprochen und ihr glaubhaft versichert hast, dass du sehr interessiert daran bist, mit Charlotte Hunter zu arbeiten.«

$$$

Dafür, dass sie vor ein paar Stunden Sex mit Lucien Levraix gehabt hatte, fühlte es sich erstaunlich normal an, neben David durch das abendliche Soho zu streifen. Der Spätsommer zeigte sich von seiner schönsten Seite, Gerüche, Gesprächsfetzen und Gelächter erfüllten die Luft, und die Dämmerung wurde durch die erleuchteten Schaufenster erhellt. Vor einer Pizzeria spielte ein Geigenspieler eine herzzerreißend sehnsüchtige Melodie. Helen kramte in ihrer Börse und warf dem Mann ein Zweipfundstück in den Hut. Beim Weitergehen nahm sie Davids Hand, wie immer, und er lächelte. »Hast du es dir so vorgestellt?«

»Was?«, fragte sie.

»Unsere Touristenspaziergänge.«

»So ähnlich.« Sie kamen an einem Geschäft für teure Schals und Krawatten vorbei, und danach an einem Pub. »Ich habe kaum noch geglaubt, dass es klappt, nachdem du nur so schwer erreichbar warst.«

»Du weißt, ich bin nicht zum Vergnügen hier.«

»Klar.« Seltsam, dass es ihr erst in diesem Augenblick auffiel, nachdem sie schon so lange zusammengehörten: David war nie irgendwo nur zum Vergnügen. »Sollen wir über den Streit heute Morgen reden?«

»Damit habe ich nicht angefangen.« Im selben Augenblick, in dem David ihr seine Hand entzog, klingelte ihr Telefon und ersparte ihr so eine Reaktion. Die Nummer war nicht angezeigt. Ganz gleich, wer sie anrief, er würde ihr ermöglichen, vor dem Gespräch mit David davonzulaufen – und damit die Chance nehmen, ihre Beziehung doch noch zu reparieren, falls das irgendwie möglich war. Sie drückte den Anrufer weg.

»Nichts Wichtiges?« Es klang, als werfe er ihr eine Herausforderung hin.

Sie schob die Hände in die Jackentaschen. »Es ist schwierig, mit dir zu reden, wenn du entweder Madison vorschickst oder –«

»Ich habe gearbeitet, Helen. Oder, um es mit deinen Worten auszudrücken: Ich konnte gerade nicht reden. Allerdings nicht aufgrund irgendwelcher Befindlichkeiten, sondern weil ein Klient mich brauchte.«

Neben ihnen lief kichernd eine Horde Teenager vorbei, und Helen kam sich auf einmal alt vor mit ihrem vorgezeichneten Leben und ihrer Beziehungskrise. »Klar.«

»Anstatt mir einen Strick draus zu drehen, dass ich versuche, beruflich voranzukommen, solltest du lieber darüber nachdenken, wie du …«

Wieder klingelte ihr Telefon, und dieses Mal nahm sie das Gespräch an. »Hier ist Helen.«

David wandte sich ab.

»Ich bin's.« Gedämpft, ein wenig schleppend. Es war ihr vorher nie aufgefallen, aber Luciens Stimme klang immer so, als würde sie einen zu sich heranziehen wollen. Sehr, sehr sexy, leider. »Passt es gerade?«

»Geht so.«

Er lachte leise. »Also passt es nicht.«

»Nicht wirklich.«

David beobachtete sie aufmerksam, schien jedes ihrer

Worte auf seiner inneren Festplatte abzulegen, wie er es bei Gerichtsprozessen tat. Sie schenkte ihm ein Lächeln.

»Okay, ich will deine Tarnung nicht gefährden. Ich habe mit meinen Partnern gesprochen, niemand hat etwas dagegen, wenn ich dich zum Bewerbungsgespräch einlade.«

Helen verkniff sich die Frage danach, von wem außer Emma Duponte er wohl redete. »Das freut mich sehr.« Es wäre so viel einfacher gewesen, mit ihm zu sprechen, wenn David nicht neben ihr schlendern würde – und auf seltsame Weise auch weniger heiß. Die Erkenntnis, dass der Reiz des Verbotenen sie tatsächlich anmachte, brachte sie nicht dazu, sich David gegenüber besser zu fühlen.

»Treffen wir uns Montagvormittag?«

»Gern. Wann und wo?«

»Sag ich dir noch.« Wieder das verhaltene Lachen. »Bring genug Zeit mit.«

»Wofür?«

Davids Blick ruhte auf ihr.

»Man sollte das Geschäftliche immer mit dem Vergnüglichen verbinden, finde ich.«

Ihre Wangen wurden heiß. »Dem stimme ich zu. Dann bis Montag.«

»Magst du Whirlpools?«

Sie hustete. »Was?«

»Whirlpools. Ich habe ein Hotelzimmer mit einem sehr einladenden Whirlpool gebucht. Stell dir vor, wie wir ihn mit duftendem Schaumbad füllen und ich dir langsam deine Kleider abstreife …«

»Ich muss Schluss machen.«

»Dann steigst du in den Pool, und ich folge dir.« Seine Stimme war jetzt nur noch ein Wispern, aber jedes seiner Worte drang so deutlich an ihr Ohr, dass sie sicher war, auch David müsse es hören. »Kannst du dir vorstellen, wie sich das warme Wasser an deinen Beinen anfühlt? Wie du dich in den Pool sinken lässt und es zwischen deinen Oberschenkeln höher steigt?«

Zu spät merkte sie, dass sie den Atem angehalten hatte. »Sagen Sie dann einfach Bescheid, wann das Treffen stattfinden soll, ich werde es einrichten.«

»In meiner Vorstellung sitze ich jetzt im Pool, und du lässt dich auf meinen Schoß nieder, so dass ich deine Brüste küssen kann.«

Sie schloss gequält die Augen.

»Und ich werde sie küssen, das glaub mal. Die ganze Zeit blubbert das heiße Wasser von unten an deine –«

»Gut, dann bis Montag.«

Er amüsierte sich ganz offensichtlich. »Ich freue mich.«

Sie drückte den roten Button und atmete tief durch. Noch bevor sie das Telefon wieder in der Hosentasche verstaut hatte, fragte David: »War er das?«

»Wer?« In ihren eigenen Ohren klang das glaubhaft unschuldig, doch David schien nicht überzeugt.

»Der, den du kennengelernt hast«, sagte er kühl. »Bis Montag, ja? Ist es ein Kollege?«

»Es war ein Witz, David.« Warum machte sie ihm das immer noch vor? Was hatte es überhaupt noch für einen

Sinn zwischen ihnen, wenn sie ihm ins Gesicht lügen musste? »Um auf unser Thema von eben zurückzukommen. Auch meine Arbeit ist wichtig, und da geschehen manchmal Dinge, die ich allein bearbeiten muss.«

»Ein Witz, ja?« Er schüttelte den Kopf, mit dieser klassischen Arroganz, die er immer dann an den Tag legte, wenn er einen Gegner in die Ecke drücken wollte und nichts in der Hand hatte.

War sie zu seinem Gegner geworden? »Vielleicht war er nicht sehr lustig, aber du hast mich echt genervt mit deinem Kontrollding.«

»Wobei noch zu beweisen wäre, ob –«

»David!« Sich in selbstgerechte Wut zu flüchten war immer noch besser, als von Schuldgefühlen zermartert zu Boden zu gehen. »Wir sind hier nicht im Gerichtssaal. Hör auf, den Anwalt rauszukehren!«

»Vor Gericht würde ich jetzt sagen: Bitte beantworten Sie die Frage.«

Seine Gelassenheit, so aufgesetzt sie sein mochte, führte dazu, dass ihr jeder weitere Ausdruck von Wut kindisch vorgekommen wäre. »Du hast mir nicht mal wirklich eine gestellt«, sagte sie müde. »Du *unter*stellst nur die ganze Zeit.«

David blieb stehen und hielt sie am Arm fest. Unwillig drehte sie sich zu ihm um. »Helen, ich liebe dich. Und ich versuche zu verstehen, was hier gerade passiert.«

»Nichts passiert.«

»Süße, ich sehe, dass es dir nicht gut geht. Und ich habe

auch deinen Gesichtsausdruck gesehen, als du eben telefoniert hast.«

»David, ich …« Sie wich seinem Blick aus. Auf dem Kragen seiner teuren Lederjacke war immer noch der Rotweinfleck, den sie in der weinseligen Nacht ihrer Verlobung dort hinterlassen hatte. »Ich kann darüber nicht sprechen. Es tut mir leid.«

»Du kannst nicht, oder du willst nicht?«

»Ich glaube, es ist besser, wenn du den Touristenkram heute ohne mich machst«, flüsterte sie.

Als bestätigte sich für ihn nur etwas, nickte er mit einem leisen, bitteren Schnauben.

»Ich geh jetzt lieber.«

Wieder nickte er.

»Dann bis …« Warum hatte er den Weinfleck nicht entfernen lassen? »Soll ich morgen bei dir im Hotel vorbeikommen?«

Er hob die Schultern, so unanwaltsmäßig, wie sie ihn noch nie gesehen hatte. »Tu das.«

»Es tut mir wirklich leid.«

»Hilft nicht weiter.« Jetzt grinste er schief, und einen Moment lang hatte sie das Gefühl, den David zu sehen, in den sie sich verliebt hatte. »Vielleicht kriegen wir das ja wieder hin.«

»Ja.« Sie küsste ihn schnell und hoffentlich versöhnlich auf die Wange, dicht neben dem Ohr, dann drehte sie sich um und ging.

Auf dem Weg in ihre Dienstwohnung hielt sie bei Tesco

an und kaufte zwei Flaschen Wein, die vermutlich ein Zehntel des Weines kosteten, den sie mit Lucien getrunken hatte, aber ein hübsches Etikett hatten und aussahen, als wären sie beerig im Abgang.

Aus und vorbei

Nach wie vor fragte Emma nicht, wo er hinging, wenn er die Wohnung verließ. Es war von jeher eine ungeschriebene Regel zwischen ihnen gewesen: Ich sage dir, was du wissen musst, und was ich dir nicht sage, musst du nicht wissen. Sie waren immer gut gefahren damit, bis auf die wenigen Male, bei denen sie gegenseitig versucht hatten, sich übers Ohr zu hauen.

All seine Versuche, Emma zu überreden, mit ihm ins *Crown Jewel Inn* zu ziehen, waren gescheitert. Wahrscheinlich wäre es tatsächlich sinnvoller, die Suite wieder aufzugeben, bevor sie den Gegenwert der Kronjuwelen fraß. Nach den Vorstellungsgesprächen am Montag würde er das tun. Seine Paranoia, wie Emma es nannte, war abgeklungen. Nach wie vor war er zwar wachsam, fühlte sich jedoch nicht mehr unmittelbar bedroht. Nach dem Coup würde er eine Weile in Frankreich untertauchen und sich dann vielleicht bei Alvie ein paar schöne Tage am Meer machen, segensreich arbeitslos. Lucien Levraix mochte auf den Fahndungslisten stehen, aber Felix Paragon konnte Grenzen überqueren, ohne aufgehalten zu werden.

Nach einem Tag Pause gefiel ihm Madeleine wieder.

Gut, dass er zuvor nicht weitergemalt und sie mit seiner schlechten Stimmung ruiniert hatte. Die Farben waren genau, wie sie sein sollten, und seine Pinselstriche saßen exakt an den Stellen, an denen Auguste Renoir sie vor hundert Jahren gemalt hatte. Als hätte er es extra bestellt, spielte der Retrosender Chansons aus dem Paris der 1920er Jahre, während er malte. Wenn er mit dem Bild fertig war, würde es zwar keinen Experten überzeugen, aber das musste es auch nicht. Jeder Laie würde es auf den ersten Blick für das echte Gemälde halten, und das genügte für seine Zwecke. Morgen und übermorgen noch Feinarbeiten, dann ein paar Alterungsmaßnahmen, und fertig.

Das einzige Unschöne an diesem entspannten Zustand war, dass seine Gedanken in unsichere Gewässer wanderten. Warum musste seine Madeleine ausgerechnet Helen Shepherd sein, nicht nur irgendeine Polizistin, was an und für sich schon schlimm genug gewesen wäre, sondern die eine Polizistin auf diesem Planeten, mit der es für ihn garantiert keinerlei Zukunft gab? Ein falsches Wort, eine Information zu viel, und es war vorbei mit Lucien Levraix, dem wahrhaft Strahlenden.

Auf einmal konnte er den knisternden Klang aus dem Radio nicht mehr ertragen. Zwanzigerjahre gingen nur eine begrenzte Zeit. Er suchte seine Bright Green Purple-Playlist heraus und steckte die In-ears in die Ohren. Vergiss das Originalambiente. Heutzutage hätte Renoir auch nicht Maurice Chevalier gehört. *If only you were mine.* Gott im Himmel, musste eigentlich jedes einzelne bescheuerte Lied von kaputten Herzen handeln? Er schaltete das Smartphone aus. Ohne Ablenkung konnte er sich ohnehin besser konzentrieren, und konzentrieren musste er sich jetzt, wo es daran ging, die Farbreflexe auf dem Kleid richtig zu setzen.

$$$

Es war ein wissenschaftliches Experiment. Helen konnte sich nicht entscheiden, welche Fakultät sich dafür interessieren würde, Philosophie oder Physik, aber wissenschaftlich war es auf jeden Fall. Sie musste überprüfen, ob der Tag einfach verschwand, wenn sie ihn lange genug ignorierte.

Er tat ihr nicht den Gefallen.

Gegen Mittag krabbelte sie aus dem Bett, und schwankte ins Bad. Der Versuch war ganz klar misslungen. Tage lösten sich leider nicht auf, wenn man sie nicht beachtete, und von zu viel allein getrunkenem billigen Wein wurde einem hundeelend.

Auch im Laufe der nächsten Stunden änderte sich an dieser Tatsache nichts. Zweimal klingelte Helens Telefon, aber sie ließ es klingeln und zog sich nur die Decke über den Kopf. Sie wollte keinen Menschen sehen, nie wieder. Und sie würde nie wieder Rotwein anrühren.

Erst, als es schon wieder dämmerte und der Hunger allmählich die Übelkeit verdrängte, stand sie auf. Es wurde Zeit, dass sie ihr Leben wieder in die Hand nahm, und der erste Schritt dahin, war … Sie hatte vergessen einzukaufen. Einzig eine Tüte Salt-and-Vinegar-Chips befand sich noch in ihrem Schrank.

In ihre Bettdecke gekuschelt setzte sie sich mit der Chipstüte und einer Tasse Pfefferminztee aufs Sofa, angelte nach ihrem Telefon auf dem Beistelltisch und hörte Davids Nachrichten ab. Die Tatsache, dass er beim zweiten Anruf deutlich beleidigt klang, machte es ihr einfacher, ihn nicht zurückzurufen.

Tut mir leid, schrieb sie stattdessen, *ich habe den ganzen Tag geschlafen. War krank.*

$$$

»Und du bist sicher, dass du allen trauen kannst?« Julian schnipste sich ein nicht vorhandenes Stäubchen vom Maßanzug, während Emma und er »Amy Brown, Guest Relations Managerin« durch die Flure des *Crown Jewel Inn* zu dem von Felix Paragon gemieteten Konferenzraum mit dem klangvollen Namen *Sapphire* folgten.

Emma zog ihren Blazer zurecht. »Das fragt der Mann, der Russell angerufen hat.«

»Ich lerne dazu.«

Vor ihnen öffnete Miss Brown die Tür des Sapphire. »Ich hoffe, es ist alles zu Ihrer Zufriedenheit. Wenn Sie etwas brauchen, zögern Sie bitte nicht, mir persönlich Bescheid zu geben. Ich bin unter der Kurzwahltaste drei des Haustelefons zu erreichen.«

»Danke.« Emma nickte der Hotelangestellten freundlich zu. »Ich bin sicher, alles ist ganz wunderbar.«

Nachdem die Guest Relations Managerin den Raum verlassen hatte, legte Julian seinen Aktenkoffer auf den Konferenztisch. Er liebte den Augenblick, wenn man mit beiden Händen parallel die Schlösser aufschob und der Koffer sich mit einem Klacken öffnete, um seinen Inhalt freizugeben, selbst wenn es in diesem Fall keine Geldbündel, sondern lediglich Wanzenscanner waren. Einen davon reichte er Emma, und sie machten sich an die Arbeit.

»Also, wer kommt?«

Emma ließ ihren Scanner unter dem Rand der Tischplatte entlanggleiten. »Ich bin davon ausgegangen, dass du uns Einlass verschaffst, das heißt, wir brauchen keinen zusätzlichen Schlösserknacker. Zur Not kann ich dir da zur Hand gehen.«

»D'accord. Weiter.« Der erste der dicken Samtvorhänge war sauber.

»Wir sprechen von zwanzig Gemälden mit Rahmen und einem Zeitfenster von höchstens zehn Minuten, das heißt, wir brauchen Manpower für den Transport. Und wir brauchen einen Fahrer und zwei Leute für die anderen Fluchtautos, außerdem noch drei für die Attrappen, aber das können auch Leute aus dem Einbruchsteam erledigen.«

»Du hast mit Fluchtauto-Attrappen geplant? Hast du welche?«

Emma schenkte ihm ein schmales Lächeln, während sie um den Tisch herumging und die Stühle scannte.

»Ich habe Mick, beziehungsweise Speedy. Für die Operation nutzen wir Decknamen, wie immer.«

Julian hatte mitgezählt. »Das ist alles, oder? Drei Fahrer, die mit laufendem Motor dastehen, drei Kraftpakete, die die Attrappen fahren, und du und ich. Wieviel hast du jedem versprochen?«

»Hundertfünfzig.«

»Klingt fair, und es bleibt genug für uns. Ist jemand dabei, den ich kenne?«

»Möglicherweise.«

»Außer Speedy, meine ich.«

Emma lächelte. »Natürlich habe ich für heute nur Leute ausgesucht, die wir vermutlich einstellen wollen.« Sie ließ den Scanner sinken, als es an der Tür klopfte, in einem Rhythmus, den Julian kannte.

Fragend sah er Emma an. »Du hast nicht ...?«

Sie hob nur unschuldig die Schultern.

»Herein.«

Der schlaksige, blonde Mann, der den Raum betrat, grinste, dass es von einem Ohr zum anderen reichte. »Emma, Lucien – es freut mich, euch zu sehen.«

»Alvie.« Julian schüttelte dem Neuankömmling die Hand. »Das ist eine erfreuliche Überraschung. Wie sollen wir dich nennen?«

»Nennt mich King, den König der Schlösser.«

»Er macht die Schlösser.« Mit dem Daumen deutete Emma auf Julian und umarmte Alvie dann. »Du siehst gut erholt aus. Portugal steht dir.«

»Kommt mich besuchen. Ich habe ein Gästezimmer. Mehrere.«

»Kann sein, dass ich dich beim Wort nehme.« Julian wandte sich an Emma: »Du hättest mir sagen können, dass er kommt.«

»Kleine Geheimnisse beleben die Beziehung, Levraix.«

»Boss, bitte«, sagte Julian. »Keine Namen.«

»Wenn, dann bin ich der Boss.«

»Okay, Boss.«

»Du bist Spirit, der Geist.« Alvie klopfte Julian auf die Schulter. »Du gehst durch Wände.«

Wieder klopfte es, und Amy Brown öffnete die Tür. »Ich wollte mich nur erkundigen, ob alles in Ordnung ist bei Ihnen, oder ob Sie etwas brauchen.«

»Danke, es ist alles prima.«

Sie schob einen Getränkewagen herein. »Gut, dann bringe ich Ihnen nur schnell Wasser und Kaffee. Wenn Sie etwas brauchen, zögern –«

Julian lächelte sein Unwiderstehliches. »Kurzwahltaste drei. Danke.«

Die Hotelangestellte verstand seinen Fingerzeig und verließ den Raum.

$$$

In Zimmer 121 des *Crown Jewel Inn* klatschte Andrew Parker die Hände aneinander. »Dann wollen wir mal.«

Helens Magen war noch nicht wieder ganz hergestellt,

aber ihr Kopf war entsetzlich klar. Die Erkenntnis, dass sie sich heute Abend offiziell von David trennen würde, wollte sich immer wieder zwischen ihre Tagesarbeit drängen. Dass sie noch keine Lösung dafür hatte, wie sie das Mithören ihrer Kollegen verhindern sollte, wenn sie sich später mit Lucien traf, machte die Sache nicht besser.

»Andrew? Aufnahme läuft«, sagte Tom.

Helen wandte ihre Aufmerksamkeit der unmittelbar anstehenden Aufgabe zu und setzte den Kopfhörer auf.

Kurz darauf betrat eine junge Polizistin den Raum, die Helen an diesem Morgen zum ersten Mal getroffen hatte: Amy Brown. »Erledigt, Sir.«

»Haben wir gemerkt. Gute Arbeit, Brown.«

»Die Wanze ist unter der Tablettkante. Es besteht kaum Gefahr, dass sie gefunden wird, Duponte und Levraix schienen das Zimmer bereits abgesucht zu haben.«

»Dann wollen wir mal.«

Helen beneidete Amy ein wenig um den Job, immer wieder in ihrer Rolle als Hotelangestellte den Konferenzraum mit neuen Getränken zu versorgen und danach die Polizisten in Raum 121 darüber in Kenntnis zu setzen, was sich unten abspielte. Es dauerte zweieinhalb Stunden, bis sie eine Textnachricht von Lucien bekam, wo sie sich in dreißig Minuten für ihr Vorstellungsgespräch einfinden sollte.

Sie zeigte Parker die Nachricht, und er nickte. »Das ist das, was ich an den cleveren Verbrechern mag. Sie fordern uns heraus.«

»Ja«, sagte Tom. »Er kennt Charlotte Hunter nicht wirklich, und in einer halben Stunde hätte niemand die Gelegenheit, hierher zu kommen und ihn gleichzeitig zu hintergehen.«

»Normalerweise. Wenn wir nicht schon hier wären.« Die Befriedigung darüber, dass sie einen Schritt voraus waren, mischte sich mit dem schalen Beigeschmack, den Helen immer hatte, wenn sie direkt gegen Lucien agieren musste, doch es gab keinen Weg daran vorbei.

Die halbe Stunde, die sie mit dem Warten auf ihren Einsatz verbrachte, schien sich ewig zu dehnen. Endlich gab Amy das Signal, dass sie sich bereithalten sollte. Der Mann, der sich vor ihr für das Verbrechen des Jahres bewarb, war soeben eingetroffen, nach Amys Aussage ein vierschrötiger Kerl, der sich wahrscheinlich als Schläger anheuern lassen wollte.

»Bereit für den großen Auftritt, Shepherd?«, fragte Andrew Parker schließlich.

Helens Mund war pappig. »Ja.« Sie musste auf jeden Fall zu ihrem »Vorstellungsgespräch« erscheinen, bevor der potenzielle Schläger den Raum verließ. Nach wie vor war sie sich nicht sicher, in welchem Verhältnis Lucien und seine Freundin Emma Duponte zueinander standen, aber wenn er Emma verraten hatte, was zwischen ihnen war und die beiden darüber sprachen und dabei abgehört wurden, war sie geliefert. Die unehrenhafte Entlassung aus dem Polizeidienst war das Mindeste, was ihr in dem Fall bevorstand.

»Wenn es Probleme gibt – wir sind da«, versicherte Parker ihr. Natürlich konnte sie ihm schlecht mitteilen, dass genau das ihr Problem darstellte.

»Danke, Sir.«

Wenn sie jetzt irgendetwas Auffälliges tat, würde Parker dreimal mehr ihr nicht vorhandenes Transkript aufgrund des »ausgefallenen« Mikrofons überprüfen. Aber wie sollte sie Lucien warnen, ohne dass ihre sämtlichen Tarnungen in alle Richtungen aufflogen? Auf keinen Fall konnte sie riskieren, ihre verbotene Beziehung sichtbar zu machen, das hatte also oberste Priorität. Mit allem anderen würde sie umgehen müssen.

Auf dem Weg von Zimmer 121 zum Konferenzraum wurde sie immer langsamer. Eine geschriebene Notiz (»Psssst! Wanzen!«) würde Lucien verraten, dass sie der Gegenseite angehörte; eine gesprochene Warnung hingegen würde eben diese Gegenseite – mit Recht – daran zweifeln lassen, dass ihre Prioritäten gerade vernünftig gesetzt waren. Wie sie es drehte und wendete, sie kam aus der Nummer nicht raus. Es sei denn … Die Wanzenscanner-App auf ihrem Smartphone war nur eine Spielerei, aber wenn sie sie ein schaltete und versehentlich in die Nähe des Abhörgeräts ging, würde sie anschlagen, und Lucien oder Emma Duponte wüssten, dass etwas nicht stimmte. Natürlich konnte das Gespräch immer noch in die falsche Richtung laufen. Ein einfaches »Nimm dir was zu trinken« gäbe den mithörenden Kollegen preis, dass sie sich in der Nähe der Wanze befand, wenn diese entdeckt wurde – nicht gut.

Sie klopfte an die Tür des Konferenzraums und trat ein, ohne auf eine Antwort zu warten. Es war exakt der richtige Moment. Der Bewerber vor Helen schien soeben nach der Klinke gegriffen zu haben, um den Raum zu verlassen, denn er zuckte erschrocken zusammen, als sie ihm auf einmal gegenüberstand.

Entschuldigend lächelte sie ihn an und schob sich in das Zimmer. Schnell sondierte sie die Lage. Das Tablett mit den Getränken und der versteckten Wanze befand sich zum Glück an der Ecke des Tisches, die der Tür am nächsten war, und nahe genug am Rand, dass sie es nicht erst zu sich ziehen musste, um die Scanner-App anschlagen zu lassen. Lucien lehnte mit verschränkten Armen an einer der Fensterbänke, Emma Duponte hatte den Mann vor ihr offensichtlich gerade verabschiedet, denn sie stand in der Nähe der Tür.

Flucht nach vorn, Shepherd. »Ich hoffe, ich bin nicht zu früh. Die Zeit stimmt, oder?«

»Sie ist perfekt.« Lucien löste sich von der Fensterbank und trat auf sie zu. »Hi. Ich bin Spirit. Wie heißt du für dieses Unternehmen?«

Helen sandte ein stummes Dankgebet an wen auch immer. Hätte sie diese Frage in den vergangenen Stunden nicht mehrmals gehört, wäre sie in diesem Augenblick versteinert, weil sie geglaubt hätte, enttarnt zu sein. So konnte sie lächelnd sagen: »Hunter hat bisher gut funktioniert.«

Er zog einen Mundwinkel hoch, ganz leicht nur. »Durchaus adäquat.«

Bevor er nur ein einziges Wort mehr sagen konnte, ging sie ihm entgegen und machte dabei einen kleinen Bogen in Richtung Tisch. Los, schlag an, bitte! Die halbe Sekunde, die es dauerte, bevor endlich das ersehnte, elektronische Piepen erklang, erschein ihr wie eine Ewigkeit.

Lucien blieb stehen. »Telefon?«

Sie warf ihm und danach Emma einen hoffentlich glaubhaft erschrockenen Blick zu und schüttelte panisch den Kopf, Zeigefinger an den Lippen. »Meins nicht«, sagte sie für die Zuhörer in Raum 121.

Zwei Kriminelle sahen sie fragend an.

Mit ihrem nächsten Schachzug würde sie sich klar gegen ihre Kollegen stellen, doch es ging nicht anders, wenn sie unbeschadet aus der Sache hinausgehen wollte. Sie zog ihr Smartphone aus der Tasche und zeigte es Lucien. Immer noch piepte es, und die Scanner-App blinkte rot. »Wanze«, formte sie mit den Lippen.

Direkt auf das Tablett zuzusteuern wäre ein wenig auffällig, also beugte sie sich hinunter und begann den Tisch abzusuchen.

»Meins ist es auch nicht«, sagte Emma Duponte geistesgegenwärtig. »Sicher, dass es nicht deins ist, Lucien?« Zu Helen gewandt, schüttelte sie den Kopf, doch es war Lucien, der die Gläser und Wasserflaschen vom Tablett hob und dann mit der Hand unter dem Rand des Tabletts entlangfuhr.

»Sorry, ja. Wartet, ich muss das eben annehmen.«

Helen deaktivierte die App in dem Moment, als er das

Tablett vom Tisch nahm, die Wanze abriss und kurz darauf mit einer der Wasserflaschen auf dem Tisch zerschlug.

Einen Augenblick sagte niemand etwas. Charlotte Hunter, rief Helen sich in Erinnerung. Sie war Charlotte Hunter, aufstrebende Jungverbrecherin, und das hier stellte keinen schlechten Einstieg in ein Vorstellungsgespräch dar.

»Woher wusstest du das?«, fragte Lucien. Anscheinend hatte er mit Duponte nicht über die Details ihrer Beziehung gesprochen, denn er machte keinerlei Anstalten, ihr näher zu kommen.

»Ich wusste es nicht«, log sie, ohne mit der Wimper zu zucken. »Die App habe ich routinemäßig an, wenn ich in eine neue Umgebung komme, die potenziell nicht sicher ist.«

Emma Duponte lächelte und reichte ihr die Hand. »Nicht schlecht, Hunter. Ich bin … für diese Operation höre ich auf den Namen Boss.«

»Ich wäre mein Geld nicht wert, wenn ich nicht wüsste, bei wem ich mich bewerbe, oder?«

»Stimmt. Also, was kannst du noch, außer extrem wachsam sein?«

$$$

Nachdem Helen den Raum verlassen hatte, ließ Julian sich gegen die Tür sinken. »Finden wir irgendwas, das ein glaubhafter Grund wäre, sie einzustellen?«

»Sie kann mit Waffen umgehen.«

»Was sie uns hier nicht wirklich demonstrieren konnte, das müssen wir einfach glauben.«

»So tun, als müssten wir es einfach glauben«, korrigierte Emma. »Klar, dass sie es in ihrem Job kann.«

»Wohl wahr. Die Frage ist: Wollen wir sie offiziell einstellen? Wir müssten sie von allen anderen im Team getrennt halten, ich verpfeife keinen der Leute, die uns vertrauen.«

Emma nickte langsam. »Das ist ein Problem. Allerdings haben die Cops blöderweise jetzt die Decknamen von allen, die heute hier waren.«

»Gut, dass es nur die sind. Und wir wüssten es nicht einmal, wenn Helen nicht ihren Scanner so ganz zufällig in die Nähe dieser Wanze gehalten hätte.« Er rätselte immer noch, was sie dazu bewogen hatte, ihre Kollegen zu verraten.

Wie so oft schien Emma ähnliche Gedanken zu haben. »Warum hat sie das getan?«

»Keine Ahnung«, sagte er langsam, doch dann wurde es ihm klar. »Um sich selbst zu schützen. Sie wusste ja nicht, ob ich nicht was Verräterisches sage. Stell dir mal vor, was los ist, wenn herauskommt, dass sie …« Er brach ab.

»Mit dir schläft?« Emma lächelte engelsgleich.

»Ja.«

»Ich schätze, ihre Karriere wäre zu Ende. Was bedeutet, wir haben ein Druckmittel gegen sie in der Hand.«

»Theoretisch«, sagte er. »Wir hätten es, wenn sie nicht der Meinung wäre, wir wären auf diese Charlotte-Hunter-Nummer reingefallen.«

Normalerweise mochte er es, mit verschiedenen Realitäten zu jonglieren. Es hielt den Geist lebendig, den Ball immer genau dann weiterzuspielen, bevor irgendeine Katastrophe eintrat. Aber jetzt gerade wurde es zu viel. Langsam verlor er den Überblick darüber, wer was über wen dachte. Dazu noch tat es mehr weh, als er sich selbst eingestehen wollte, Helen zu sehen und zu wissen, dass er sie nicht lieben durfte, weil sie ihn in dem Augenblick ans Messer liefern würde, in dem er seine Wachsamkeit verlor. »Lass uns bezahlen gehen. Ich kündige die Suite.«

Whirlpool hin oder her.

»Nicht mehr paranoid?«, fragte Emma.

Er versuchte zu lächeln, doch es wurde nur ein schiefes Grinsen daraus. »Mehr denn je, aber es nützt ja nichts, hier zu logieren, wenn die Bullen diesen Unterschlupf kennen.«

Schweigend räumten sie ihre Habseligkeiten zusammen und gingen zur Rezeption.

$$$

»Wie konnte das passieren?« Andrew Parker kochte, und Helen konnte es ihm nicht einmal verdenken.

»Ich weiß es nicht, Sir«, sagte sie zum dritten Mal. »Levraix' Telefon hat geklingelt, und ich habe dorthin gesehen, als Duponte die Wanze entdeckt hat. Mir ist fast das Herz stehen geblieben. Erst, als ich mich wieder gefangen hatte, wurde mir klar, dass niemand daraus auf meine wahre Identität schließen kann.«

Parker atmete schwer, sichtlich um Gelassenheit bemüht. »Ich hoffe, wir können jetzt nicht den Einsatz vergessen. Wenn denen klar ist, dass wir die Zusammenstellung ihres Teams kennen und unsere Schlüsse daraus ziehen können, werden sie vielleicht noch einmal neu denken. Und so sehr ich es begrüßen würde, wenn die Bilder in der National Gallery blieben, wo sie sind, so schade fände ich es auch, wenn uns die Chance auf diesen großen Fang entginge.«

»Sie machten tatsächlich nicht den Eindruck, als würden sie das Ganze abblasen.« Nach kurzem Nachdenken wagte sie sich einen Schritt weiter vor: »Eher im Gegenteil. Mir kam das alles sehr professionell vor.«

Tom schaltete sich ein. »Und wir haben jetzt eine Frau in Levraix' Team, die uns stets auf dem Laufenden halten kann.«

»Falls sie das tut«, sagte Parker und fügte, wie um diesen Satz wieder wegzuwischen, hinzu: »Ist Charlotte Hunter angenommen worden?«

Helen biss sich auf die Lippen. »Ich hoffe es. Levraix will mir morgen Bescheid geben.«

Eindringlich betrachtete er sie. »Gut. Dann fassen Sie mir in eigenen Worten zusammen, was sich bei Ihrem Gespräch abgespielt hat. Möglichst detailliert bitte, da wir ja keine Aufzeichnung dazu besitzen.«

$$$

»Da muss ein Irrtum vorliegen, die Bankkarte ist brandneu.« Julian ließ sein arglosestes Lächeln auf die Rezeptionistin los. »Würden Sie es bitte noch einmal versuchen?«

Die Frau tat ihm den Gefallen, doch am Ergebnis änderte das nichts. »Es tut mir leid, Mister Paragon, ganz offensichtlich ist die Karte defekt. So etwas kommt vor. Haben Sie noch eine andere Karte, die Sie nutzen können?«

Fast hätte er losgelacht. In seinem Portemonnaie steckten mindestens noch fünfzehn Karten, nur leider keine weitere auf den Namen Felix Paragon. Und Felix war es, der hier eingecheckt hatte.

Emma kam ihm zu Hilfe. Wie selbstverständlich öffnete sie ihre Handtasche, holte ihre Börse heraus und reichte kurz darauf eine American-Express-Karte über den Tresen. »Versuchen Sie diese.«

Als sie das Hotel verlassen hatten, zog Julian Emma an sich. »Danke. War ein guter Morgen mit dir.«

»Dito. Was tun wir den Rest des Tages?«

Mit leisem Bedauern ließ er sie los. »Ich geh zur Bank, schätze ich, und kläre das mit der Karte. Und heute Abend lade ich dich zum Essen ein.«

Sie legte den Kopf schief. »*Mildreds*?«

»Wo immer du willst.«

»*Mildreds* also. Im Gegenzug frage ich nicht weiter, was du den Nachmittag über tun wirst.«

»Bisschen entspannen.« Er grinste. »Ja, frag lieber nicht.«

$$$

Die Aufregung, die Helen verspürt hatte, bevor sie am Mittag den Konferenzraum im *Crown Jewel Inn* betreten hatte, war nichts gegen das, was sie jetzt verspürte.

Fünf Jahre gingen zu Ende, einfach so. *David, ich komme dann in ein paar Wochen vorbei und hole meine Sachen. Hier ist dein Schlüssel.* Bei dem Gedanken wurde ihre Kehle eng.

Am liebsten wäre sie davongelaufen, weg aus ihrem Leben, irgendwohin, wo es einfacher war, wo es keinen Lucien Levraix gab und keinen David Rosenberger und überhaupt niemanden, der an ihr zerrte. Vielleicht sollte sie auf eine einsame Insel auswandern. Nur sie und das Meer und die Sterne. Ab und zu dürfte Keira mit Cocktails im Koffer zu Besuch kommen, eventuell.

Das Hotel ragte fast bedrohlich vor ihr auf. Helen holte tief Luft und ging hinein.

David wartete in der Lobby. Mit dem dunkelblauen Kaschmirpullover über dem weißen T-Shirt sah er so viel weniger förmlich aus als im Anzug vor einigen Tagen – und so viel mehr wie der David, den sie geliebt hatte. Den sie auf irgendeiner Ebene immer noch liebte. »Hey«, sagte er mit einem angedeuteten Lächeln.

Ihre Kehle war trocken. »Hey.«

»Ich dachte, wir könnten uns vielleicht hier in die Bar setzen.«

»David, ich …«

Es zerfetzte sie zu sehen, wie ihn das Lächeln anstrengte. »Nur ein Drink. Und ein bisschen reden.«

»Das mit uns hat in einer Hotelbar angefangen.«

»Ich weiß. Ich war dabei.« Er hob die Hand, als wolle er sie ihr auf den Arm legen, und ließ sie wieder sinken.

Die Bar war leer bis auf zwei weitere Paare, die in dem schummrig beleuchteten Raum in tiefen Sesseln vor ihren Cocktailtischchen saßen. Eines der Pärchen war sehr jung, vermutlich Anfang zwanzig und offensichtlich frisch verliebt. Sie flüsterten, kicherten und küssten. Helen sah weg. Die anderen beiden mochten um die fünfzig sein, gut situiert, ein bisschen übergewichtig. Sie kicherten nicht und küssten nicht, sondern blätterten lustlos in ihren Cocktailkarten herum.

»Wohin wollen wir uns setzen?«

Helen zuckte die Schultern. Am besten irgendwohin, wo sie weder die Küssenden noch die Resignierten sehen musste. Schließlich wählte sie einen Tisch in der Nähe der Bar und setzte sich mit dem Rücken zum Rest des Raumes.

Vielleicht lag es an dem Licht, vielleicht hatte sie es vorher nur einfach nicht gesehen, aber Davids Augen hatten rote Ränder. Sie hatte das nicht gewollt. Nichts hiervon. Schweigend nahm sie die Karte, einfach, um irgendetwas zu tun.

»Helen?«

Sie sah ihn an.

»Haben wir noch eine Chance?«

Wie sollte sie ihm diese Frage beantworten, wenn sie es selbst nicht wusste?

»Ich habe darüber nachgedacht, was du gesagt hast.

Dass zu dich eingezwängt und nicht ernstgenommen fühlst«, fuhr er fort.

»Ich habe …«

»Warte. Bitte.« Er lächelte schief. »Du hattest recht. Ich kann nur hoffen, dass die Erkenntnis nicht zu spät kommt.«

»David. Ich …« Schon wieder blieb ihr alles, was sie hätte sagen können, im Hals stecken.

»Wenn wir uns zu Hause zusammensetzen und einen Plan machen, wie –«

»Keinen Plan.« Sie sagte es schärfer, als sie beabsichtigt hatte. »Bitte, keinen Plan. Weißt du, es ist nicht nur, dass ich mich eingeengt fühle. Vor allem fühle ich mich statisch. Alt. Das kann nicht alles gewesen sein.«

Er schwieg, und sie sah, wie es in seinem Gesicht arbeitete. Sie kannte ihn gut genug, um den Moment zu erkennen, in dem er sich hinter die Anwaltsmaske flüchtete. »Kein Plan also.«

Sie schüttelte den Kopf. »Kein Plan.«

»Okay. Was dann?«

»Lass uns darüber reden, wenn ich wieder in Washington bin.« Irgendwie war nicht genug Luft in diesem Raum. Sie griff nach einer der Papierservietten. »Ich … ich weiß nicht, ob wir noch eine Chance haben. Ich habe wirklich jemanden kennengelernt.«

David schwieg, während ihre Finger die Serviette kneteten.

»Es war nicht geplant.«

»Keine Pläne, ich weiß.« Er stand auf. »Hast du mit ihm geschlafen?«

Sie nickte stumm.

»Falls du nach Hause zurückkommen willst, wäre ich bereit, dir den Fehltritt nachzusehen«, sagte er förmlich. »Was natürlich bedingen würde, dass du –«

»Wir reden in Washington drüber, ja?«, unterbrach sie ihn. Sie war im Moment wahrlich nicht in der Lage, über Bedingungen ihres Zusammenseins zu diskutieren.

»Wie du willst.« Es tat weh, ihn gehen zu sehen, ohne einen Kuss, ohne eine Umarmung. Sie schaute ihm nach, bis er die Bar verlassen hatte.

$$$

Der Faltenwurf des Kleides stimmte nicht, die Schatten waren zu grob und zu dunkel. Behutsam tupfte Julian die Farbe wieder herunter. Renoirs Madeleine war garantiert auch nicht beim ersten Versuch perfekt gewesen, aber der alte Auguste hatte Zeit gehabt, und ihm blieben nur noch ein paar Tage. Er mischte noch ein bisschen Weiß in das Dunkelblau für den Schatten in der Ecke, nur einen Hauch. Warum konnte er auf Felix' Konto nicht zugreifen?

Dieses Mal tupfte er die Farbe konzentrierter auf das Bild und verglich seine Arbeit zur Sicherheit mit der Druckvorlage, die er neben der Staffelei an die Wand gehängt hatte.

Von Emma sollten fünfhunderttausend Euro auf dem

Konto sein, und von seinem Schweizer Konto hatte er sechshundert überwiesen. Genug, um die Crew auszuzahlen, Equipment zu kaufen, die Ausreise zu organisieren – und verflucht noch mal mehr als ausreichend, um die albernen tausend Kröten für das Hotel zu begleichen.

So sehr er es versuchte, er kam nicht in den Fluss. Immer wenn er anfing, sich zu entspannen und wirklich bei Madeleine zu sein, ratterten seine Gedanken wieder los, als wollten sie ihn auf etwas hinweisen, das er bisher übersehen hatte.

»Dazu kann ich Ihnen keine Auskunft geben.« Aber der junge Mann am Bankschalter war kein Pokerspieler gewesen. Sein Gesichtsausdruck hatte ihn verraten, bevor er geschäftsmäßig lächelnd aufblickte.

»Sie können nicht, oder Sie wollen nicht?«, hatte Julian freundlich gefragt.

»Bitte, Mister Paragon, mir sind die Hände gebunden. Ich habe keine Befugnis, Ihnen –«

»Dann holen Sie bitte Ihren Vorgesetzten.« Es gab keinen Grund, das nicht auch mit einem Lächeln zu sagen.

Der Junge hatte geschluckt. »Der ist nicht da.« Ohne »Sir«, ohne »Mister Paragon«. Etwas war nicht in Ordnung.

»Wann ist er da?«

»Das kann ich Ihnen nicht –«

»Lassen Sie mich raten.« Ganz leise hatte er das gesagt, aber der Junge war zusammengezuckt, als hätte er ihn geschlagen. »Auf meinem Konto befinden sich ungefähr neunhundertsiebzigtausend Pfund.«

Flackern im Gesicht des Jungen.

»Warum funktioniert die Karte dann nicht, und Sie können mir hier auch nichts auszahlen?«

»Ich bin nicht befugt –«

Julian hatte sich umgedreht und war gegangen. Seine Selbstbeherrschung war durch die Wanze im Hotel bereits ausreichend an ihre Grenzen gekommen.

Er wechselte den Pinsel, um mit den helleren Farben die Schatten nachzubessern, und endlich setzten sich in seinem Kopf die Puzzleteile zusammen. Es lag derart eindeutig vor ihm, dass es schon fast peinlich war.

Die Nummer im Museum.

Sein heruntergefallenes Portemonnaie, Helens Hand, die danach griff.

Helen hatte Felix' Ausweis gesehen, und zwei Tage später war sein Konto gesperrt.

Es reichte.

Sie hatte mit ihm gespielt, und irgendwie hatte er das gemocht. Die falschen Namen, das Hin und Her mit den Identitäten – all das war charmant gewesen. Aber die Wanze heute Morgen befand sich auf einer anderen, einer ernsthafteren Ebene, und das jetzt … sein wie eine Lunte schwelender Geduldsfaden war am Ende angelangt.

Es blieb nur noch eins zu tun.

»Jules, was ist?« Emma sparte sich die Begrüßung am Telefon.

»Kann später werden heute«, sagte er knapp. »Ich muss noch was erledigen.«

»Okay. Verrätst du mir, was?«

»Ich weiß, wie die Polizei von Felix erfahren hat. Ich kümmere mich darum.«

»Tu mir nur einen Gefallen.«

»Fast jeden.«

»Mach nichts Unüberlegtes, ja? Ich will dich nicht nochmal verlieren.«

Er lächelte ins Telefon. »Nichts Unüberlegtes, versprochen.« Im Gegenteil. Er war selten so klar gewesen.

Nachdem er das Gespräch beendet hatte, reinigte er die Pinsel, legte sie behutsam in die Schatulle zurück und betrachtete noch einmal sein klägliches Tagwerk. Dann ging er, einen Schritt nach dem anderen, zu dem wurmstichigen Schrank in der Ecke, zog die unterste Schublade auf und holte das Seidentuch heraus, das er gehofft hatte, nie wieder anrühren zu müssen. Beinahe ohne sein bewusstes Zutun schlugen seine Hände das Tuch auseinander, und seine Augen betrachteten den Revolver vor ihm, als hätte das alles nichts mit ihm zu tun.

$$$

Helen verbrachte des Rest des Abends damit, ziellos durch die Straßen zu laufen, immer da, wo es bunt und laut war und sie nicht denken musste.

Als sie ihre Wohnung betrat, war es bereits dunkel. Mitten in der automatischen Bewegung zum Lichtschalter hielt sie inne. Etwas war anders, eine Art lautloses Atmen lag im Zimmer, oder vielleicht war es auch die Spur eines Geruchs, der hier nicht hingehörte.

Mit hämmerndem Herzen tastete sie nach ihrer Tasche, in der sie die Dienstwaffe mit sich trug, umfasste den Griff und schalte mit der anderen Hand das Licht ein.

An ihrem Tisch, in ihrer Wohnung saß … »Lucien! Oh mein Gott. Du hast mich so erschreckt!«

Er lächelte nicht, und erst jetzt sah sie die Ruger GP100, die vor ihm auf dem Tisch lag. »Deine Tasche zu mir«, sagte er ruhig. »Hände so, dass ich sie sehen kann.«

Helen verstand nicht, was gerade geschah; es war, als wäre sie in eine andere Realität gefallen, in der es keine Orientierungspunkte gab. Sie wusste nur: Jeder Widerstand in einer solchen Situation konnte gefährlich nach hinten losgehen.

Schnell überlegte sie, ob es das Risiko wert war, ihre Waffe aus der Tasche zu ziehen, doch die Art, auf die Lucien emotionslos jedes noch so kleine Muskelzucken ihrerseits beobachtete, brachte sie davon ab. Sie ließ die Tasche von ihrer Schulter auf den Boden gleiten und schob sie mit dem Fuß zu ihm hinüber.

Achtlos trat er sie noch ein Stück weiter von ihr weg, den Blick konzentriert auf Helen geheftet. »Setz dich.«

Die Szene war seltsam surreal.

In ihrer Wohnung, an ihrem Tisch, saß der Mann, dessentwegen sie gerade vermutlich ihre Verlobung gelöst hatte, und betrachtete sie wie seine schlimmste Feindin. Die kalte Entschlossenheit in seinem Blick mehr noch als die

Waffe vor ihm auf dem Tisch machten ihr das erste Mal wirklich – wirklich – klar, dass er ein Krimineller war.

Dieser Mann hier hatte nichts Leichtes, Charmantes mehr an sich wie der Lucien Levraix, mit dem sie durch den Regen gelaufen war und den sie geküsst hatte, als würde danach die Welt untergehen.

Mit leicht erhobenen Armen trat sie langsam näher, wobei er noch ihre winzigste Bewegung zu registrieren schien.

Sein Gesicht wirkte wie aus Stein gemeißelt, die Hände lagen regungslos neben der Pistole.

Helen zog den Stuhl unter dem Tisch hervor, die andere Hand immer noch erhoben, und kam seiner Aufforderung nach, sich zu setzen. »Und jetzt?«

»Jetzt reden wir, Detective Shepherd.«

Das Abenteuer geht weiter.

LONDON HEIST : NO MORE SECRETS

von Jonna McKay

ISBN 9-783-95869-334-0